# RÉVOLTE VAMPIRE

*À Marcy*
*Toujours à mes côtés et qui*
*a permis que tout ceci se réalise.*


Publié aux États-Unis sous le titre *The Bleeding Dusk*, par Signet Eclipse, une marque de New American Library, une division de Penguin Group (USA) Inc.

Couverture : Studio City / Shutterstock
ISBN : 978-2-35288-738-6
Code Hachette : 50 8701 0

Rayon : Fantasy
Collection dirigée par Christian English & Frédéric Thibaud

Catalogue et manuscrits : www.city-editions.com



Dépôt légal : troisième semestre 2011
Imprimé en France par France Quercy, 46090 Mercuès - n° 11423/

LES CHRONIQUES
DES GARDELLA

# RÉVOLTE VAMPIRE

Colleen Gleason

Traduit de l'anglais (États-Unis)
par Martine Desoille

City
Roman

# Prologue

La tanière de la Reine des Vampires était nichée au cœur de la Transylvanie, entre les versants enneigés des Muntii Făgăraș.

Elle était si bien cachée que Maximilian n'aurait pas réussi à la localiser si les deux morsures indélébiles qu'il portait au cou ne l'avaient guidé jusqu'à l'entrée de la caverne.

Les marques, laissées par Lilith sur sa peau, s'étaient mises à le brûler et à le picoter, lui indiquant qu'il touchait au but. Elles ne cessaient jamais complètement de le tourmenter mais, par moments, la sensation refluait suffisamment pour qu'il parvienne à oublier qu'il était sous son emprise.

Max passa devant une Gardienne aux prunelles rose rubis et aux crocs capables de secréter à volonté un puissant poison. La femelle vampire ouvrit la lourde porte des appartements privés de la reine, puis se recula pour le laisser passer.

— Maximilian, susurra Lilith, en le fixant avidement de ses yeux bleus cerclés de rouge. Si je m'attendais à ce que tu me rendes visite ! Quelle bonne surprise !

La pièce était chaude et faiblement éclairée.

Un feu ronflait dans la cheminée qui occupait toute la longueur d'un mur, jetant des ombres rouges et noires tout autour. Nonchalamment étendue sur une méridienne, Lilith portait un long fourreau bleu acier qui enserrait étroitement son corps. Sa chevelure incandescente de Méduse rousse retombait en boucles sensuelles sur sa peau d'albâtre.

Bien qu'ayant passé plus d'un millénaire sur terre, Lilith avait les traits délicats et le corps d'une jeune fille de vingt ans. Ses yeux luisaient d'un dangereux éclat qui démentait ses manières affables. Max savait qu'il devait rester sur ses gardes.

Mais du moins avait-il l'avantage de la surprise.

Il s'avança jusqu'au centre de la pièce puis s'immobilisa, déterminé à mettre à profit le peu de marge de manœuvre dont il disposait.

— Ainsi donc, tu n'es pas mort, fit Lilith en cambrant son long corps gracieux pour s'asseoir.

— L'obélisque d'Akvan a été détruit. J'ai rempli ma part du contrat.

Elle sourit, révélant des crocs étincelants.

— C'est donc pour cela que tu es venu.

Elle s'était levée et s'approchait lentement, apportant avec elle un parfum de rose. Instantanément, les morsures dans le cou de Max se réveillèrent, comme si Lilith s'était insinuée dans ses veines. Il s'obligea à respirer lentement... profondément.

Mais il avait beau résister et éviter son regard sournois, il sentait qu'il cédait à l'envoûtement. Déjà ses muscles tressaillaient imperceptiblement sous sa peau.

— Tu m'avais promis de me délivrer de ton emprise si je réussissais. Mais peut-être pensais-tu que j'échouerais.

Lilith inclina la tête de côté sans cesser de le fixer, puis tendit vers lui sa main aux ongles acérés.

— Au contraire, Maximilian. Je connais ta force et ta détermination, et j'étais certaine que tu réussirais.

Max résista à l'envie de reculer quand la griffe mortelle

de Lilith laboura sa joue. Son cœur ne s'était pas emballé, et bien qu'il eût la gorge sèche il restait maître de lui-même. Ça n'était pas la première fois qu'il tenait tête à la reine des vampires.

Elle posa sa main sur sa poitrine, lui provoquant une chaleur intense, comme une brûlure. Ils étaient face à face et de taille égale.

— Et… ceci…, ajouta-t-elle en laissant courir sa paume sur ses pectoraux musclés.

Aussitôt, il sentit les battements de son cœur s'accélérer tandis que son sang se mettait à pulser furieusement dans ses veines. Elle cherchait à raffermir son emprise sur lui. À exciter son désir.

— Ne vas-tu pas me libérer comme tu me l'avais promis ? demanda Max en fermant les yeux.

Il ne se faisait guère d'illusions en venant ici. Il doutait que Lilith acceptât de le libérer de son joug, mais il n'avait rien à perdre de toute façon.

À présent, elle avait posé ses deux mains sur ses épaules. Max sentit un filet de sang chaud s'écouler sur sa joue, là où elle l'avait griffé. Une vive répulsion s'empara de lui quand elle se rapprocha et pressa ses lèvres entrouvertes sur le filet de sang qui gouttait de sa mâchoire.

Il tressaillit, en proie à un flot de sensations étranges. Au contact de ses lèvres, l'une ferme et froide, l'autre tendre et chaude, ses doigts se mirent à trembler. Il inspira vigoureusement pour tenter de dissiper la sensation d'abandon qui l'assaillait et faisait chanceler ses genoux.

Lorsqu'elle plaqua ses lèvres sur les siennes, il sentit le goût de son propre sang et lui rendit son baiser avec fougue… et répulsion.

Car malgré le brouillard du désir, Max se rappelait qui il était et pourquoi il était là.

Glissant sa main dans l'échancrure de sa chemise, il palpa la minuscule croix en argent accrochée à son mamelon.

Instantanément, la force de l'amulette sacrée – la *vis bulla* – se répandit en lui. Il pouvait de nouveau respirer librement. Lilith poussa un cri et fit un bond en arrière.

— Tu es venu armé !

Elle était incapable de le regarder, ou de regarder la croix d'argent qu'il avait dissimulée sous sa chemise à présent entrouverte. C'était la seule arme, avec la minuscule *vis bulla*, qu'il possédait. Moins efficace qu'un pieu de frêne, elle avait cependant provoqué l'effet escompté.

— Je ne suis pas idiot au point de venir totalement démuni, répondit Max d'une voix égale, bien que son sang continuât de pulser frénétiquement dans ses veines. Un pieu aurait été préférable, mais tes Gardiens ne m'auraient pas laissé passer. J'ai essayé.

— J'aurais dû m'en douter, Maximilian.

Elle gardait ses distances, le regard légèrement détourné. La surprise l'avait fait sursauter, mais la seule vue d'un crucifix ne suffisait pas pour effrayer un vampire de son envergure.

De même que les yeux des mortels s'accoutumaient au passage de la lumière à l'obscurité, elle pourrait bientôt regarder Max en face.

Sa grande croix l'empêcherait de l'approcher – et sa petite *vis bulla* en argent rendrait à Max sa force et sa rapidité de Vénatore, ainsi que sa capacité à cicatriser rapidement –, mais ne pourrait en aucun cas nuire à Lilith.

— Et tu oses venir me demander d'exaucer tes vœux. Maximilian, tu me fascines. Es-tu certain de ne pas vouloir rester ici avec moi ? Pour toujours ?

— Je n'aspire pas à l'immortalité.

— Sans doute, mais ça n'a pas toujours été le cas.

— C'était il y a longtemps, répliqua Max, qui avait appris à vivre avec ses choix.

— Pas si longtemps. Tout au plus quinze ou seize ans. Et l'année que tu as passée en compagnie des membres de la Tutela n'a pas réussi à raviver ce désir ?

L'année qu'il venait de passer au sein de la Tutela – les protecteurs des vampires – avait été un véritable enfer.

— Je l'ai fait uniquement parce que tu m'avais promis de me délivrer si j'accomplissais la mission que tu m'avais confiée. Et maintenant, je suis venu chercher ma récompense.

Lilith le regarda à nouveau, étira la main pour lui toucher le bras.

— Je ne peux pas te laisser partir, Maximilian, mon cher Vénatore.

— Dans ce cas, tu as menti. J'ai fait ce que tu m'as ordonné, mais toi, tu n'as jamais eu l'intention de me rendre ma liberté.

— Allons, Maximilian. Tu sais bien que les secrets que je t'ai révélés, ceux qui t'ont permis de détruire l'obélisque d'Akvan, ont été tout aussi bénéfiques à ta race qu'à la mienne. Et je trouve que tu t'en tires plutôt bien.

Un flot de bile reflua dans sa gorge au souvenir de tout ce qu'il avait enduré pour pouvoir accomplir les désirs de Lilith. Il avait fait son devoir, un devoir terrible, répugnant, qui lui avait brisé le cœur.

À tel point qu'il avait ôté sa *vis bulla* et tourné le dos à Victoria et aux Vénatores… et pris le risque de venir jusqu'ici.

— Ah, Maximilian… soupira Lilith.

Elle passa ses doigts dans ses cheveux, lui provoquant un picotement désagréable dans le cuir chevelu.

J'aime tes longs cheveux. Ils te donnent un air… sauvage. Tu ferais un vampire magnifique.

Il ferma les yeux et attendit, ignorant la pulsation du sang dans ses veines, l'envoûtement lancinant qu'elle exerçait sur lui, les tremblements dans ses doigts.

L'insupportable parfum de rose de la hideuse créature qui se tenait devant lui.

La façon dont son corps répondait au sien, et tout cela à cause de la morsure qu'il portait au cou.

— Je ne boirai plus jamais ton sang, à mon grand regret, soupira Lilith en se rapprochant – son haleine n'était pas putride comme celle des morts vivants… mais chargée du même parfum capiteux que celui qui flottait autour d'elle. Bien, Maximilian, je vais te délivrer de mon emprise, même s'il m'en coûte énormément.

Sentant qu'elle le relâchait, il ouvrit les yeux. Prudemment.

Lilith se recula, d'humeur soudain légère.

— Il y a un baume que tu peux appliquer sur tes… mes morsures, pour les guérir définitivement, lança-t-elle. Nous cesserons d'être liés l'un à l'autre.

Et ?

Elle sourit de toutes ses dents.

— Et… ces liens, en se dissolvant, détruiront tes pouvoirs de Vénatore. Ta *vis bulla* ne te servira plus à rien. Tu ne pourras plus déceler la présence des miens. Tu ne garderas aucun souvenir des moments que nous avons passés ensemble, ou de l'époque où tu étais Vénatore. Tout s'effacera de ta mémoire.

— Je ne me souviendrai plus des Vénatores et des vampires ?

— Non. Et ce sera ta bénédiction.

Il pourrait ainsi oublier tout ce qui était arrivé. Vivre une vie normale.

— Tu as fait ton devoir, Maximilian. Tu as fait tout ce qu'on exigeait de toi, et même plus. Naturellement, tu vas me manquer . . .

C'est alors qu'il comprit.

— Et naturellement, je serai mûr à point pour être cueilli par toi.

— Oh, non, Maximilian. Tu seras comme n'importe quel autre mortel. Tu ne seras plus un danger pour moi. Tu cesseras d'être un mélange excitant de plaisir et de douleur.

— Elle lui caressa la joue, glissant sa main sous sa chemise. Au contact de sa *vis bulla,* elle sursauta.

— Tu n'auras plus le moindre intérêt à mes yeux, dit-elle en riant.

— Et pourquoi cela ?

Lilith posa ses deux mains sur sa poitrine.

— Parce que je n'aurai plus le plaisir de ferrailler avec mon plus grand ennemi. Max le Vénatore !

Il la saisit par les poignets – c'était la première fois qu'il la touchait de son propre gré – puis la repoussa.

— Eh bien, Maximilian, que préfères-tu ? La liberté d'une vie tranquille passée dans l'ignorance… ou ta *vis bulla* et moi ?

# 1.

# Où notre héroïne est réarmée

Sur la rive ouest du Tibre, dans le quatorzième *rione* de Rome, s'étire le petit quartier du Borgo, délimité à l'ouest par la resplendissante Basilique Saint-Pierre, et à l'est par l'imposante forteresse de Sant'Angelo.

Dans ce dédale de petites rues, ou *borghi*, voisinaient de paisibles pensions de famille, des boutiques et des églises qui attiraient des pèlerins venus des quatre coins du monde. Les fabricants de chapelets, ou *coronari*, et les *osterie* – où l'on servait viandes et pâtisseries – voisinaient avec des maisons d'artisans employés par le Vatican.

Dans l'un de ces *borghi* malodorants, non loin d'une fabrique de parapluies en soie huilée, nichait l'église de Saint-Quirinus. À peine plus grande qu'une chapelle, crépie de jaune et coiffée de terre cuite, elle ne payait pas de mine et n'attirait pas plus l'attention qu'un vulgaire cancrelat romain.

Cependant, profondément enfouie sous la petite église se trouvait une vaste pièce circulaire au centre de laquelle murmurait une fontaine de marbre rose, dont l'eau était si pure et limpide qu'elle avait l'éclat du diamant.

Pour accéder à la salle souterraine, il fallait emprunter un escalier dérobé. Tel un moyeu, l'escalier en colimaçon desservait plusieurs galeries disposées en rond comme les rayons d'une roue et menant à d'autres pièces et galeries.

Lady Victoria Gardella Grantworth de Lacy, marquise de Rockley, se tenait devant la fontaine.

Deux minuscules croix d'argent se balançaient au bout de ses doigts, et sur la table qui se trouvait derrière elle reposait un vieux parchemin déroulé et maintenu à plat par le poids d'un encrier et d'un petit livre.

Victoria ne s'était pas encore consolée de la mort de sa grand-tante Eustacia, survenue dans des circonstances atroces un mois plus tôt, soit environ un an après la disparition de son cher Phillip, son époux qui avait été transformé en vampire.

Elle était profondément éprouvée et n'était pas certaine de pouvoir se remettre un jour de la perte des deux êtres auxquels elle tenait le plus au monde.

— Pourquoi ne porteriez-vous pas les deux ?

— Porter deux *vis bullae* ?

Victoria se tourna vers Wayren qui s'était penchée au-dessus de la fontaine pour y tremper un doigt.

— Est-ce permis ?

Grande, blonde et élancée, Wayren était vêtue d'une longe robe toute simple, munie d'une ceinture de cuir, et dont les manches étroites s'évasaient au niveau des poignets pour former deux longues pointes qui tombaient presque jusqu'à terre.

Malgré son style vestimentaire vieux de plusieurs siècles, Wayren ne semblait pas moins à l'aise dans sa robe de châtelaine du Moyen Âge que Victoria dans son corsage et sa jupe de soie bleue et noire à volants.

— *Permis* ? Voilà un mot pour le moins étrange dans la bouche d'une Gardella, dit Wayren en rejetant d'un geste gracieux une fine tresse de cheveux blonds par-dessus son épaule.

Wayren n'était pas une Vénatore. Elle était… en fait Victoria ne savait pas grand-chose d'elle si ce n'est qu'elle détenait une collection inépuisable de vieux livres et de manuscrits et qu'elle était l'encyclopédie vivante à qui s'adressaient les Vénatores lorsqu'ils avaient besoin d'une information ou d'un conseil.

— Lorsqu'il est adoubé, le Vénatore reçoit une *vis bulla* créée spécialement pour lui. Il n'en existe pas deux pareilles, et l'amulette sacrée devient comme une partie de son corps. Chaque fois que possible, les Vénatores sont enterrés avec leur *vis bulla*, ce qui ne fut pas le cas de votre tante. Personnellement, je n'ai jamais entendu parler d'un Vénatore portant deux *vis bullae*, mais sans doute parce que l'occasion ne s'était encore jamais présentée – les *vis bullae* sont fabriquées à la demande, comme vous le savez. Mais dès lors que vous êtes la nouvelle Gardella, personne ne peut vous interdire quoi que ce soit.

— J'ai du mal à réaliser que je suis celle à qui tous les Vénatores doivent obéissance, y compris les plus anciens, alors que j'ai été moi-même adoubée il y a deux ans à peine.

La tante de Victoria était morte à quatre-vingt-un ans, ce qui faisait d'elle l'une des plus vieilles chasseuses de vampires.

En tant que descendante directe de la lignée des Gardella, Victoria avait hérité du titre – et des responsabilités – d'*Illa* Gardella : La Gardella.

— Vous êtes jeune, indiscutablement – et peut-être même la plus jeune de nos Vénatores, dit Wayren en souriant. Mais vous avez mérité votre titre. Ce que vous avez accompli au cours des dix-huit derniers mois est un véritable exploit qui aurait donné du fil à retordre à votre tante elle-même quand elle avait votre âge.

Victoria détourna les yeux, posant son regard sur le jet cristallin d'eau bénite.

Jamais elle n'aurait pu bouter Lilith hors de Londres, l'année dernière, où tuer Nedas, le fils de la Reine des vampires, sans l'aide de Max.

— Les *vis bullae* sont des amulettes précieuses, déclara

Wayren comme pour chasser au loin les pensées désagréables de Victoria. Elles ne peuvent et ne doivent pas être détruites, et n'ont aucune valeur pour qui n'est pas Vénatore. Votre tante vous a-t-elle dit d'où elles provenaient ?

— L'argent qui sert à façonner les croix provient d'un gisement situé sous le mont Golgotha, en Terre Sainte, répondit Victoria. Une fois forgée, la *vis bulla* est conservée dans de l'eau bénite consacrée par le pape, en attendant d'être remise au Vénatore à qui elle est destinée. Mais… chaque *vis bulla* n'est-elle pas réservée à l'usage exclusif d'une personne en particulier ? Un Vénatore peut-il porter la *vis* d'un autre Vénatore ?

Wayren hocha la tête.

— Oui, chaque *vis bulla* est unique. Comme vous pouvez le constater, celle qui appartenait à votre tante Eustacia est différente de celle que Max vous a donnée. Mais le pouvoir contenu dans n'importe quelle *vis bulla* est capable de revigorer n'importe quel Vénatore.

Victoria n'eut pas besoin de regarder les petites croix suspendues à de fines chaînes d'argent pour les différencier. Celle de sa tante était biseautée avec des extrémités taillées en pointes.

Celle de Max était de facture plus grossière et dépourvue d'ornementation. Mais l'une et l'autre n'étaient pas plus grosses que l'ongle du pouce.

Quant à celle que Victoria portait au nombril, avant qu'elle ne lui soit arrachée durant la terrible bataille qu'ils avaient livrée à Nedas, elle était si fine et ornementée de filigranes si délicats qu'on avait du mal à croire qu'elle ait pu être forgée par la main de l'homme.

— Eh bien ? demanda Wayren. Qu'avez-vous décidé ?

Victoria hocha doucement la tête. Elle se demandait si les deux amulettes allaient lui donner deux fois plus de force, ou, au contraire, se neutraliser l'une l'autre.

S'il y avait un problème, elle pourrait aisément se séparer de l'une d'elles.

— Je vais porter les deux.

Pendant qu'elles parlaient, les autres membres du Consilium allaient et venaient, entrant et sortant des différentes galeries, certains faisant une pause devant la fontaine d'eau bénite pour y tremper les doigts ou échanger quelques mots.

Tous étaient des hommes. Victoria était la seule femme parmi la centaine de Vénatores vivants dans le monde. Ici, au Consilium de Rome, ils n'étaient jamais plus d'une vingtaine en tout.

— Très bien, je vais dire à Kritanu de tout préparer pour que nous procédions sans délai à la cérémonie. J'imagine que vous avez hâte de reprendre votre mission après ce repos forcé d'un mois.

Wayren lui décocha un petit sourire, puis s'éloigna d'un pas gracieux qui donnait l'impression qu'elle glissait sur l'eau.

La réinsertion de la *vis bulla* fut rapide et moins douloureuse qu'elle ne l'avait craint. Kritanu, le vieil homme originaire d'Inde qui avait été le compagnon et le maître d'armes de sa tante Eustacia, maniait habilement l'aiguille recourbée.

Avec des gestes précis et prompts, il inséra chaque amulette séparément dans le pli de chair formé par la partie supérieure du nombril, afin qu'elles puissent loger côte à côte dans la petite cavité de chair.

Dès que la première fut en place, Victoria sentit un regain d'énergie. Elle avait l'impression d'être à nouveau entière.

Elle espérait que la *vis* de sa tante allait lui conférer la force de caractère d'Eustacia tout en l'aidant à se consoler de sa disparition.

— Des chiens et des chats décapités ? demanda Victoria en regardant Ilias, le gardien du Consilium, et Michalas, l'un des Vénatores qui résidaient en permanence à Rome.

Depuis bientôt deux mois que Kritanu avait inséré les deux *vis bullae* dans son nombril, elle était sortie plusieurs fois chasser à la tombée de la nuit, mais n'avait croisé que peu de vampires.

Michalas acquiesça en silence. Avec son épaisse toison de boucles auburn, son teint de lait et ses yeux bleu faïence, il avait davantage l'air d'un chérubin que d'un farouche guerrier, et ce en dépit du fait qu'il était de dix ans plus âgé que Victoria.

— Il doit y en avoir pas loin d'une trentaine, empilés les uns sur les autres. Je les ai découverts il y a deux semaines. Mais certains sont dans un état de décomposition avancée qui donne à penser qu'ils sont là depuis un bout de temps. Un mois ou deux peut-être.

— Ça ne ressemble guère à une attaque de vampires, dit Victoria en tournant un regard interrogateur vers Ilias. Ils préfèrent le sang humain, et n'ont pas l'habitude de décapiter leurs victimes de toute façon.

— En effet, dit Michalas. Il n'y a aucun indice permettant de faire le lien avec les morts vivants ou toute autre entité immortelle.

Ilias opina. Âgé d'une soixantaine d'années, il avait des yeux larmoyants et le front creusé de rides. Et quand il était profondément plongé dans ses pensées, comme maintenant, il pinçait le pli de chair entre ses deux sourcils entre son pouce et son index.

— *Vero*, pas des vampires. Mais déplaisant malgré tout. Ce pourrait être le rebut d'un étal de boucher – certains pèlerins venus d'Orient ont des coutumes alimentaires d'un genre particulier. C'était il y a deux semaines ? La pile a-t-elle grossi depuis ?

Michalas eut un petit sourire penaud.

— J'avoue que je n'y suis pas retourné voir. Avec l'afflux des touristes venus assister au carnaval, je suis allé patrouiller dans des quartiers plus fréquentés.

— Mais où as-tu trouvé ce tas de cadavres ?

— Dans l'Esquilin. Je n'y ai pas vu de morts vivants, mais il doit y en avoir, car j'ai senti leur présence.

— L'Esquilin. C'est là que se trouve la Villa Palombara, médita Ilias, le regard soudain aiguisé.

— La Villa Palombara ?

Arrivée de fraîche date en Italie, Victoria ne connaissait pas bien la ville, contrairement à Ilias et Michalas, qui étaient nés et avaient grandi à Rome.

Cependant, bien qu'elle fût une femme, et beaucoup plus jeune qu'eux, ils lui témoignaient un grand respect et lui fournissaient toujours les explications dont elle avait besoin, car elle était *La* Gardella.

— La Villa Palombara est restée vide pendant près de cent quarante ans – depuis que le *marchese* a disparu dans des circonstances mystérieuses. C'était un alchimiste qui faisait salon avec d'autres personnes qui, comme lui, cherchaient à transformer le plomb en or, processus qui, comme vous le savez, est réputé être la source de l'immortalité.

Victoria songea qu'il eut été de mauvais goût de préciser qu'il suffisait d'une morsure de vampire pour être transformé en mort vivant et atteindre l'immortalité. C'est pourquoi elle se contenta de suggérer :

— Peut-être pourrions-nous y aller ce soir, pour voir si quelque chose a changé. N'étant pas familière avec cette partie de la ville, j'aimerais pouvoir l'explorer en compagnie de quelqu'un qui la connaît bien.

— Je me ferai un plaisir de sortir patrouiller avec vous, dit Michalas.

Ils furent interrompus dans leur conversation par un grand et bel homme du nom de Zavier.

— Allez, vous autres, assez jaspiné, Wayren nous attend dans la Galerie. Content de vous revoir, Victoria.

— Zavier ! dit-elle avec un grand sourire. Vous êtes arrivé à temps pour notre célébration ! Je suis sûre que vous allez aimer le nouveau portrait de tante Eustacia.

Originaire d'Écosse, où il avait grandi avec ses frères dans la ferme de son père, Zavier aimait à exhiber ses muscles en arborant des tuniques sans manches. Cet étalage de peau nue, ajouté à sa chevelure blonde tirant sur le roux, avait un je-ne-sais-quoi de barbare qui troublait Victoria.

Mais malgré son physique de lutteur, Zavier était un géant débonnaire, au sourire chaleureux, et Victoria avait remarqué que ses yeux bleus pleins de douceur s'allumaient en sa présence.

Il avait quitté Rome aussitôt après la mort d'Eustacia pour se rendre à Aberdeen, où la rumeur courait que des vampires étaient à l'affût. Grâce à la vaillance des pigeons voyageurs soigneusement dressés de Saint-Quirinus, il avait été prévenu à temps de la cérémonie d'inauguration du portrait posthume d'Eustacia.

Tout en l'escortant, Zavier se plaça habilement entre Michalas et Ilias, puis ralentit le pas afin que Victoria et lui se retrouvent à l'arrière du groupe.

— J'ai essayé de faire dire à Wayren à quoi ressemblait le portrait d'Eustacia, dit-il.

Victoria glissa sa main dans le creux de son bras musclé, consciente que ses doigts touchaient la peau nue d'un homme. Il était le premier Vénatore avec qui elle avait sympathisé lorsque tante Eustacia l'avait amenée au Consilium.

Non pas que les autres l'aient battue froid ou regardée avec condescendance – car toute femme qu'elle fût, elle était, comme sa tante, détentrice d'un pouvoir et d'un savoir-faire exceptionnels qui leur inspiraient le plus grand respect.

— Elle ne m'a rien dit non plus, répondit-elle.

— Enfin, nous le saurons bientôt. Mais au fait, quand va-t-on remplacer votre *vis bulla* pour que vous puissiez reprendre du service ?

— C'est déjà fait, Zavier.

— Ouch ! Dommage, j'aurais aimé être là pour vous tenir la main, fit-il, l'œil narquois.

Victoria se sentit rougir sous l'allusion.

En dépit du fait que tous les Vénatores portaient leur *vis bulla* accrochée à leur chair, Victoria n'avait pas souhaité dévoiler son ventre et se faire percer le nombril devant une assemblée de sexe masculin.

De même qu'elle n'avait jamais cherché à savoir où Zavier – ou n'importe quel autre Vénatore – portait la sienne, estimant que c'était là une affaire strictement privée.

— Seuls Kritanu et Wayren étaient présents, précisa-t-elle. Comme je l'ai exigé.

— Je plaisantais, dit Zavier en riant.

Ils passèrent devant la fontaine, puis franchirent les deux colonnes de marbre du porche qui menait à la Galerie des portraits.

— Avez-vous tué des vampires à Aberdeen ?

— Et comment. Cinq de ces maudites créatures nichaient dans les sous-sols de la nouvelle salle de concert et sortaient la nuit pour agresser les gens. Je n'avais encore jamais entendu parler de vampires à cette latitude. Je croyais que le climat écossais était trop rude pour eux.

Victoria sourit.

— Ce retour au pays après toutes ces années passées ici à Rome, a dû être émouvant. Moi, qui ne suis en Italie que depuis six mois, je me languis déjà de Londres. Mais au fait, durant votre séjour au pays vous est-il arrivé de repenser aux tableaux ?

— Bien sûr ! Et j'en suis venu à la conclusion qu'ils sont tous de la main du même peintre.

— Mais certains sont vieux de plusieurs siècles ? fit remarquer Victoria avec humour. Moi, je crois plutôt que c'est une famille de peintres, des artistes dont le savoir-faire se transmet de père en fils… un peu comme les Vénatores eux-mêmes.

— Allez savoir. Comme Wayren refuse de parler de toute façon…

Il la regarda d'une façon qui la fit s'empourprer, puis demanda :

— Maintenant que je suis là, on pourrait peut-être sortir patrouiller ensemble. Le carnaval commence dans trois jours, et il va falloir redoubler de vigilance pendant les festivités.

— J'ai hâte d'assister au grand « Carnivale » romain.

— Je n'en ai pas manqué un seul ces cinq dernières années. J'aime trop les marrons chauds et les *brunetti* qu'on vend au coin des rues.

Ils venaient de pénétrer dans la longue galerie étroite dont les murs étaient tapissés des portraits de tous les Vénatores ayant existé depuis Gardeleus.

La plupart étaient des hommes, même si quelques femmes trônaient parmi eux. Zavier lui avait expliqué que toutes les femmes Vénatores étaient des descendantes directes de Gardeleus – comme Victoria et sa tante.

L'un d'elles, la préférée de Victoria, était Catherine Gardella, dont les yeux verts, pétillants de malice, et la chevelure d'un roux flamboyant lui faisaient regretter de ne pas l'avoir connue.

D'autres Vénatores, comme Zavier ou Michalas, appartenaient à des branches éloignées qui n'avaient pas produit de Vénatores pendant trois générations ou plus.

Ilias frappa trois fois dans ses mains pour attirer leur attention.

— La curiosité de notre Zavier étant si grande qu'il risque d'expirer d'impatience, je propose que nous dévoilions sans attendre le portrait de notre chère Eustacia, maîtresse des Vénatores, et gracieuse Dame Gardella.

D'un petit geste sec, il arracha le grand voile blanc qui masquait le portrait grandeur nature d'Eustacia.

En découvrant le beau visage intelligent de celle qui l'avait initiée à sa mission de Vénatore, Victoria sentit les larmes lui monter aux yeux. Le peintre, qui n'avait pas signé la toile afin de préserver son anonymat, avait rendu à la perfection la vivacité de son regard, les fines ridules aux coins de ses yeux, sa chevelure noire et brillante, son front blanc à peine ridé.

À quatre-vingt-un ans, c'était toujours une belle femme en pleine possession de ses moyens.

Victoria s'essuya discrètement les yeux. Plaquant sa main sur son ventre, elle palpa ses deux *vis bullae*… en pensant très fort à sa tante.

# 2.

# Où notre héroïne est témoin d'une découverte peu ragoûtante

— Zavier m'a tout l'air d'avoir le béguin pour notre nouvelle *Illa* Gardella, commenta Michalas, tandis que Victoria et lui filaient côte à côte dans la Via Merulana. Peut-être aurais-je dû l'inviter à se joindre à nous ?

Heureusement, il faisait trop sombre pour qu'il pût voir la rougeur qui avait envahi les joues de Victoria et qui n'était pas seulement due à la fraîcheur de cette soirée de février.

L'intérêt que lui portait l'Écossais n'avait pas échappé à Michalas – ni aux autres d'ailleurs –, mais était-ce une raison pour se sentir mortifiée ? Zavier se montrait aimable et attentionné, certes, mais son empressement n'avait rien à voir avec celui de Phillip, son époux décédé… ou de Sébastien, par qui elle s'était laissée séduire à l'automne dernier, à la faveur d'une promenade en fiacre.

À cette pensée, Victoria sentit son estomac chavirer.

Sébastien était l'arrière-arrière-arrière (elle n'aurait su dire combien de générations) petit-fils du légendaire vampire Beauregard. Ce dernier ayant été « transformé » après avoir engendré son fils, il n'avait pas transmis son sang d'immortel aux générations suivantes. De sorte que Sébastien était un mortel comme Victoria, à cela près qu'en dépit de l'intimité de leurs relations, elle n'arrivait pas à lui faire absolument confiance. Car il avait la sale manie d'apparaître et de disparaître au moment où on s'y attendait le moins – et le plus souvent quand il y avait du vilain dans l'air ou des vampires dans les parages.

Il n'arrivait tout simplement pas à choisir son camp, et ne cessait de balancer entre son grand-père et Victoria, pour qui il éprouvait… quoi au juste ? De la fascination ? De l'attirance ?

Elle s'efforça de penser à autre chose, comme il le faisait sans doute lui-même à cet instant. Maintenant que son grand-père hantait les rues de Rome, attaquant et se repaissant à tours de bras sans jamais se faire prendre, Victoria était obligée de mettre de côté ses propres sentiments envers Sébastien. Il était de son devoir et de sa responsabilité de chasser Beauregard et de transpercer de son pieu sa séculaire poitrine.

Néanmoins, Sébastien avait dû penser au moins une fois à elle depuis la dernière fois qu'ils s'étaient vus, car il s'était débrouillé pour retrouver la *vis bulla* de tante Eustacia après les événements sanglants de cette effroyable nuit, et pour la faire parvenir à Victoria. Quant à savoir comment il avait réussi à la récupérer, c'était un mystère.

Elle était également sans nouvelles de Max, depuis qu'il lui avait donné sa *vis bulla* et s'en était allé, quelque quatre mois plus tôt. Cette seconde *vis*, alliée à celle de sa tante, avait donné à Victoria une force physique et une rapidité encore plus extraordinaires que lorsqu'elle ne portait qu'une seule amulette. Au lieu de s'annihiler l'une l'autre, les deux *vis bullae* conjuguaient leurs effets pour lui apporter une force, une vitalité et une forme physique incomparables – à en juger par les progrès qu'elle avait faits à l'entraînement tout au moins.

Michalas s'arrêta brusquement de marcher, tirant Victoria de sa rêverie. Heureusement qu'aucun vampire n'avait surgi à ce moment-là, sans quoi elle n'aurait pas pu l'éviter, tant elle était immergée dans ses pensées.

— Regardez, lui dit-il. Voici le mur d'enceinte de la Villa Palombara. Il fait tout le tour du pâté de maisons et forme une sorte de pentagone. Nous nous trouvons sur l'arrière, à l'endroit le plus éloigné de la villa. C'est un peu plus haut dans cette même rue que j'ai découvert la pile de cadavres d'animaux.

Le soleil venait de se coucher et la lumière grise qui tombait du ciel donnait juste assez de clarté pour distinguer la muraille de pierre, haute une fois et demie comme Victoria.

La partie supérieure était hérissée de pierres taillées en pointes destinées à dissuader les rôdeurs.

Mais il y avait des brèches ici et là, et à un endroit, la branche d'un chêne avait défoncé le mur, ouvrant une faille suffisamment large pour pouvoir s'y faufiler.

La via Merulana, bien que bordée de petites résidences qui semblaient mieux entretenues que la Villa Palombara, n'était guère fréquentée. Hormis un ou deux attelages et quelques passants qui marchaient en se hâtant tête baissée pour se protéger du froid, l'endroit était désert et d'autant plus lugubre que Michalas et Victoria n'avaient pas emporté de lanterne de crainte d'attirer l'attention.

— Il y a plus de cent quarante ans que cette maison n'est plus habitée, dit Michalas en examinant la crevasse dans la muraille. Apparemment, le *marchese* avait un laboratoire secret où lui et ses condisciples se livraient à leurs expériences. Il venait d'annoncer qu'il était sur le point de découvrir le secret de la transmutation des métaux quand il a disparu subitement sans laisser de traces. Le laboratoire, qui doit aujourd'hui encore receler les résultats et les vestiges de ses expériences, est resté fermé depuis sa disparition.

Victoria examina le mur effondré d'un air songeur, puis dit, pince-sans-rire :

— Il ne s'est pas transformé en vampire, au moins ?

Mais avant que Michalas ait pu répondre, ils se figèrent tous deux.

— Justement, en parlant de ces maudites créatures…

Tous deux empoignèrent leurs pieux de frêne.

Leurs nuques avaient brusquement fraîchi, signe que des morts vivants rôdaient dans les parages.

— Il est derrière le mur, murmura-t-elle en le pointant du doigt.

Michalas s'approcha de la brèche.

— Vous ou moi en premier ?

— Moi ! répondit Victoria, satisfaite de sa réaction.

Les Vénatores qui n'avaient jamais combattu aux côtés de tante Eustacia, avaient du mal à admettre qu'elle était parfaitement capable de se défendre – et ce d'autant plus qu'elle portait non pas une mais deux *vis bullae* et était une descendante directe de Gardeleus.

Nonobstant, Michalas dut l'aider à se dépêtrer d'une branche qui s'était prise dans l'ourlet de sa jupe quand elle se faufila dans la brèche.

La sensation de froid dans sa nuque s'était accentuée, preuve qu'ils allaient dans la bonne direction.

Les dernières lueurs du soleil déclinaient rapidement et il faisait trop sombre pour pouvoir distinguer le relief du terrain laissé à l'abandon.

Partout entre les grands arbres squelettiques poussait une inextricable broussaille qui ne laissait guère de place pour se frayer un chemin. Victoria songea qu'à Londres il eut été impensable de trouver une propriété telle que celle-là dans un état aussi pitoyable.

Michalas désigna d'un geste les vestiges d'une vieille allée presque entièrement dissimulée par les herbes folles et ils se mirent à longer en silence le pâle sillon empierré en direction de la villa. Quand ils atteignirent un muret qui semblait servir de séparation entre le devant et l'arrière de la propriété, la sensation de froid dans la nuque de Victoria s'accentua brusquement, lui révélant la présence de trois ou quatre morts vivants de l'autre côté du muret.

Elle fit le signe quatre avec ses doigts, puis désigna une brèche dans le mur, suffisamment large pour pouvoir s'y glisser.

Juste au moment où Michalas hochait la tête, le grincement métallique d'un portail qui tournait sur ses gonds leur parvint. Ils attendirent quelques instants, puis recommencèrent à avancer à pas de loup dans la direction des vampires.

Huit yeux rouges luisaient dans le noir. Les morts vivants semblaient en pleine discussion ; sans doute élaboraient-ils leur plan d'attaque de la soirée.

Manque de chance, Victoria était fermement décidée à interrompre leurs préparatifs de festin…

Avant que les morts vivants aient eu le temps de réaliser qu'ils n'étaient pas seuls, elle surgit de l'ombre et transperça le premier. La créature se figea, puis éclata en un nuage nauséabond de cendre et de poussière, ultimes restes d'une vie de damnation éternelle.

Entre-temps, Michalas était lui aussi passé à l'action et, en moins de temps qu'il ne faut pour le dire, ils firent un sort aux trois vampires restants. Pris par surprise, c'étaient des proies faciles, car manifestement des morts vivants de fraîche date et peu expérimentés.

Après avoir transpercé son deuxième et dernier vampire, Victoria fit une pause et se tint coite pendant un moment. Sa nuque ayant cessé de la picoter, elle rempocha son pieu.

— Venez par là, fit Michalas en avançant dans l'obscurité.

Victoria lui emboîta le pas. On pouvait difficilement qualifier de bataille leur brève échauffourée – et elle se dit qu'elle aurait pu venir à bout des vampires sans l'aide de Michalas –, même en étant affublée d'une robe de cour.

Enfin, elle aperçut la silhouette trapue de la villa, sombre et silencieuse comme un tombeau.

— Elle doit se trouver quelque part par là, dit Michalas en longeant un autre muret, perpendiculaire au premier et qui s'enfonçait dans l'obscurité sur l'arrière de la maison.

— Qui cela ?

— *La Porta Alchemica.* La Porte de l'Alchimie – celle du laboratoire secret. Je ne l'ai jamais vue, mais j'en ai entendu parler.

— Il fait trop sombre, dit Victoria, en levant les yeux vers un pin parasol particulièrement touffu qui oblitérait le peu de clarté qui tombait du ciel. Jamais nous ne pourrons la trouver.

— Si seulement Miro avait la bonne idée d'inventer une source de lumière qui puisse s'utiliser à tout moment au lieu de passer son temps à créer des armes sophistiquées, soupira Michalas. Peuh ! Je n'ai pas besoin d'autre chose qu'un pieu de frêne bien aiguisé.

Bien que Victoria fût elle aussi convaincue qu'un pieu de frêne était la meilleure arme qui soit, elle ne dit rien, jugeant inconvenant de se répandre en récriminations contre Miro, le maître armurier des Vénatores, alors que ce dernier était justement en train de mettre au point une arme secrète spécialement pour elle.

— Eh, je crois bien que c'est ici. Touchez, dit Michalas.

Elle s'approcha et tâta le chambranle d'une lourde porte ménagée dans la muraille.

Au même instant, la lune sortit de derrière les arbres, illuminant la porte de pierre blanche et lisse surmontée d'un linteau sculpté.

— Il faut trois clés pour l'ouvrir, l'informa Michalas. Ah, ce cercle mouluré, au milieu, ce doit être la serrure. D'après la légende, les symboles et les inscriptions du chambranle proviennent du journal d'alchimie en possession duquel Palombara était entré juste avant de disparaître.

— Est-ce que ces symboles recèlent les secrets de

l'immortalité ? demanda Victoria en palpant le relief des moulures qui recouvraient le chambranle.

Michalas s'était remis à marcher en suivant le chemin par où ils étaient venus. Soudain, elle l'entendit trébucher, puis tomber.

— Ouch !

Même les Vénatores avaient leurs moments de faiblesse, apparemment, car elle l'entendit pester entre ses dents.

— Que se passe-t-il ? demanda-t-elle.

— Ne... n'approchez pas, dit-il en se relevant et en se plantant devant elle pour lui boucher la vue.

Mais Victoria avança malgré tout et manqua presque buter à son tour sur... quatre cadavres. Elle vit que les quatre corps étaient encore vêtus. L'un en robe, les trois autres en habits.

Des êtres humains.

Décapités.

*Comme tante Eustacia.* L'horrible scène lui revint en mémoire comme un flash. Du sang partout.

Inspirant profondément, elle ferma les yeux. Son cœur battait à tout rompre et son estomac faisait des vagues, mais elle parvint à garder son calme. Elle attendit un long moment, s'obligeant à déglutir avec force.

— Qu'est-ce qu'ils manigancent ? Pourquoi leur ont-ils coupé la tête ? demanda-t-elle.

— Pour les emmener quelque part, à l'extérieur de la propriété, je suppose.

— La pile de cadavres d'animaux toute proche n'est donc pas une coïncidence. Allons voir si... s'il y a d'autres cadavres là-bas. Mais... nous ne pouvons pas laisser ces malheureux comme ça.

— Non... Nous ferions bien d'aller les déposer à l'extérieur des murs pour qu'on puisse les retrouver. Et peut-être les identifier. Je n'ai entendu aucune rumeur en ville signalant la moindre disparition, dit Michalas. J'ai un cousin dans la *polizia*, qui me tient informé de tout ce qui se passe.

— Mais pourquoi les vampires voudraient-ils les décapiter ? répéta Victoria.

Quoi qu'il en soit, Michalas avait raison, ils ne pouvaient pas les laisser là.

Joignant leurs forces, ils déposèrent les cadavres dans un petit jardin, à quelques centaines de mètres de la Villa Palombara. Michalas lui dit qu'il allait suggérer à son cousin de venir faire une ronde dans cette *viuzza.*

Ainsi la police pourrait essayer de retrouver les familles des victimes.

Une fois leur macabre tâche accomplie, Victoria voulut voir la pile de cadavres d'animaux.

Elle se trouvait à quelques rues de la propriété, dans le coin le plus sombre d'une cour envahie par la végétation, derrière les restes d'un logis à demi carbonisé.

D'après Michalas, la pile avait grossi depuis la dernière fois. Et pourri, car la puanteur était insoutenable.

Elle ne contenait apparemment que des chiens et des chats, et peut-être un ou deux loups.

En tout cas, il était difficile de croire qu'il s'agissait d'une simple coïncidence et que les quatre cadavres humains n'étaient pas destinés à finir dans cette pile.

— Maintenant, nous avons la preuve que les morts vivants sont impliqués dans cette affaire, dit Victoria. Mais reste à savoir ce qu'ils font avec les têtes.

# 3.

# Où le jardin secret de Victoria est envahi

Le soleil commençait à poindre quand Victoria et Michalas s'en retournèrent au Consilium après avoir occis trois autres vampires aux alentours de la Villa Palombara.

Lorsqu'ils eurent fait leur rapport à Ilias, ce dernier suggéra à Victoria de se réunir avec lui et Wayren. Michalas, visiblement soulagé d'être congédié, dit avec un petit sourire qu'il avait hâte de regagner son lit.

Victoria aurait volontiers fait de même, mais elle suivit docilement Ilias jusqu'à la bibliothèque.

Dès qu'elle entra dans la salle dont Wayren avait fait son bureau, elle fut saisie par l'odeur de vieux papier et de parchemin, d'encre et de cuir.

La pièce hémisphérique et coiffée d'un dôme était entièrement tapissée de livres posés sur des étagères qui semblaient avoir été sculptées à même la pierre.

En y regardant de plus près, Victoria remarqua que les ouvrages reposaient en fait sur des linteaux gravés d'inscriptions et de symboles qu'elle n'arrivait pas à déchiffrer.

Elle traversa l'épais tapis blanc qui recouvrait la moitié du sol jusqu'à une chaise à dossier droit. Au centre de la bibliothèque, un énorme bloc de verre faisait office de table de travail, derrière laquelle Wayren siégeait, ses lunettes carrées posées soigneusement sur un plateau de bois à côté d'un livre grand ouvert.

Ayant refermé la porte derrière lui, Ilias prit place dans le dernier fauteuil restant.

La bibliothèque, accessible par une porte aux serrures invisibles, n'était pas aussi vaste que Victoria l'aurait imaginée, si l'on songeait à la quantité phénoménale d'informations auxquelles Wayren avait accès. Elle était éclairée par des bougies fichées dans des supports muraux ou des chandeliers à plusieurs branches disposés un peu partout. Bien que souterraine, la pièce était aussi lumineuse que si elle avait été éclairée par le soleil zénithal de juillet.

— Je croyais qu'Ylito devait se joindre à nous ? s'étonna Ilias.

— Il est occupé. Je l'ai mis au fait de l'affaire qui nous occupe et il vous demande de bien vouloir l'excuser.

— Ylito ? demanda Victoria.

— Elle connaissait tous les Vénatores par leur nom, même si elle ne les avait pas tous rencontrés, de même que les Comitators – leurs maîtres d'armes – mais n'avait jamais entendu parler d'Ylito.

— Ce n'est pas un Vénatore. Il est herboriste et alchimiste et étudie assidûment, et avec un talent certain, les propriétés des plantes et des métaux.

— Vous voulez dire qu'il est sorcier ?

Wayren fronça légèrement les sourcils.

— Il préfère l'appellation d'hermétiste ou d'archimage, plutôt que celle de sorcier ou magicien, expliqua-t-elle, avant d'ajouter : si puissants et sages que soient nos Vénatores, ils ont besoin de gens comme Ylito, capables de concocter des protections, des infusions et des distillats, et même extraire les énergies inhérentes à l'or et à l'argent – et ce dans le but d'éradiquer le mal que Lilith et ses semblables cherchent à répandre sur terre.

— Je ne suis pas étonné que vous n'ayez jamais vu ni même entendu parler d'Ylito, précisa Ilias. Il ne sort de son laboratoire que contraint et forcé.

— Bien. Et maintenant, revenons à nos moutons. Nous sommes en présence de vampires qui décapitent des animaux et même des êtres humains. Étant donné que ce sont plutôt des rites démoniaques, je me perds en conjectures. Pourquoi des morts vivants, qui abhorrent les démons, se livreraient-ils à de telles pratiques ? Il va falloir que j'approfondisse la question, dit Wayren lorsqu'ils lui eurent décrit en détail la pile de cadavres. Mais je pense qu'une visite à *la Porta Alchemica* en plein jour s'impose. Peut-être trouverez-vous des indices que vous n'avez pas pu voir dans l'obscurité.

— Il faut trois clés pour ouvrir la Porte Magique, dit Ilias à Victoria. Chacune doit être introduite dans une serrure spécifique, et ne peut en être ôtée qu'une fois la porte déverrouillée. Palombara portait une clé sur lui. Il avait caché la seconde quelque part dans la villa et la troisième fut remise à Augmentin Gardella peu de temps avant la disparition du *marchese*.

— Un Vénatore ? dit Victoria soudain parcourue d'un frisson.

— Oui. Malheureusement, Augmentin n'a pas réussi à sauver Palombara avant que ce dernier ait mené sa quête à bien. Mais il a gardé la clé. Et l'a transmise à ses descendants. Votre tante Eustacia est la dernière personne à l'avoir eue en main.

— Elle n'est pas ici, précisa Wayren. Et il faut que nous la retrouvions avant que les vampires ne s'en emparent. Je pense que votre tante la portait sur elle. Avez-vous souvenance d'un bracelet en argent ? Il a été fabriqué spécialement pour y accrocher la clé, qui était toute petite – à peine plus grosse qu'une phalange.

— Elle le portait sur l'avant-bras et ne l'ôtait jamais. Comme sa *vis bulla*.

— Mais que peut-il y avoir de si important pour les vampires derrière cette porte ? demanda Victoria.

— Les papiers et les carnets intimes de l'alchimiste doivent contenir des informations qu'ils cherchent à tout prix à s'approprier. Après la disparition de Palombara, la porte du laboratoire a fait l'objet de nombreuses tentatives d'effraction, tant de la part de morts vivants que d'alchimistes mortels. Mais toutes ont échoué, car ils ne possédaient pas les trois clés. Pas même celle du *Marchese* Palombara, apparemment.

Ilias marqua une pause, pinçant le sommet de son nez entre son pouce et son index.

— Pour finir, ils ont renoncé et la Porte de l'Alchimie est restée intouchée pendant cent quarante ans, continua Wayren. Mais maintenant que les vampires ont recommencé à rôder autour de la villa – sans parler de la mort de votre tante et du risque que la clé ne tombe entre de mauvaises mains – nous devons être vigilants. En fait, il n'est pas impossible que la clé qu'Eustacia portait sur elle lui ait été ôtée et qu'on ait déjà cherché à l'utiliser. Le fait que les morts vivants veuillent s'approprier ce qui se cache derrière la porte est suffisamment préoccupant en soi.

Le beau visage lisse et sans âge de Wayren était grave et pâle.

— Il faut retourner inspecter la porte pour voir si l'une des clés n'aurait pas été introduite dans une serrure, dit Ilias.

— Vous avez raison, approuva Wayren. Ylito sera certainement d'accord pour vous accompagner, Victoria. Ainsi, vous en saurez un peu plus sur ce que recèle le laboratoire de Palombara, et pourrez vous assurer que personne n'a cherché à s'y introduire.

Le soir commençait à tomber quand Victoria regagna enfin la villa Gardella qu'elle avait quittée la veille au matin pour se rendre au Consilium. N'ayant pas fermé l'œil depuis plus de vingt-quatre heures, elle était épuisée et n'aspirait à rien d'autre qu'à aller s'enfermer dans sa chambre pour y pratiquer la méditation et la respiration ventrale selon les préceptes de Kritanu.

La porte d'entrée s'ouvrit d'elle-même juste au moment où elle allait tourner la poignée.

— *Grazie* Giorgio, dit Victoria au majordome italien en se dirigeant aussitôt vers l'escalier. S'il vous plaît, sonnez Verbena et demandez-lui de me rejoindre dans mes appartements.

— *Si*, milady, répondit Giorgio l'air embarrassé, mais peut-être prendrez-vous d'abord la peine de passer au salon ?

— Au salon ?

Au même instant la porte du salon s'ouvrit à la volée.

— Victoria ! Victoria, nous sommes là ! s'écria une voix familière aux accents légèrement stridents.

Victoria se figea sur place, les doigts crispés sur la main-courante, tandis que lady Melisande Gardella Grantworth s'élançait vers elle dans un tourbillon de volants et de dentelles.

— Nous ? bredouilla Victoria, tout espoir de repos et de quiétude envolé.

Pas étonnant que Giorgio ait fait cette tête.

— Absolument ! Lady Nilly, la duchesse Winnie et moi-même. Juste à temps pour assister au carnaval. Et pour te voir aussi, naturellement. Ma pauvre chère enfant, je suis désolée de n'avoir pas pu venir avant pour t'épauler dans ces moments difficiles.

Lady Melly s'approcha de Victoria – toujours agrippée à la rampe – et la serra dans ses bras.

Au même instant, les deux amies de sa mère déboulèrent dans le vestibule, les bras tendus, en s'exclamant tour à tour et sans transition sur la coiffure sans apprêt de Victoria, ses traits tirés, le climat italien, si doux pour un mois de février – et d'ailleurs comment se faisait-il qu'elle avait les mains glacées ? Et cette une robe – si on pouvait appeler ça une robe – sale comme tout et chiffonnée. Oh, mon Dieu ! Elle n'avait pas eu d'accident au moins ?

Tandis que les deux vieilles dames la serraient dans leurs bras et lui tapotaient le dos en lui susurrant des paroles affectueuses, Victoria lança à Giorgio, par-dessus son épaule :

— Dites à Verbena qu'elle va devoir attendre.

Longtemps.

Deux heures plus tard Victoria se retirait enfin dans ses appartements, deux longues heures durant lesquelles sa mère, Winnie et Nilly n'avaient cessé de répéter qu'elle avait les yeux cernés, les joues creuses et le teint hâve. Sans parler de sa coiffure avachie et de sa robe informe et d'une saleté repoussante.

Et comme si cela ne suffisait pas, il fut également question de son retour à Londres pour se trouver un nouveau mari.

Et de son amie Gwendolyn Starcasset qui était devenue la coqueluche du beau monde depuis ses fiançailles avec un comte, dont la rente annuelle s'élevait à cinquante mille livres, et dont le frère, George, ferait un excellent parti pour Victoria.

Victoria dut se mordre la langue pour ne pas déclarer haut et fort que la dernière fois qu'elle avait vu George Starcasset, c'était ici à Rome, et qu'il était en compagnie de Nedas, en qualité de membre de la Tutela, et l'avait menacée d'une arme.

Vinrent ensuite les sempiternelles récriminations de lady Melly à l'endroit de son prétendant, Lord Jellington, qui avait déçu ses attentes – d'où son arrivée subite et impromptue en Italie.

Enfin, les remarques fusèrent sur les biscuits italiens (trop secs et croquants), les rues de Rome (trop fréquentées, enchevêtrées et remplies de pèlerins), et la beauté de la petite fontaine devant la villa.

Victoria, qui ne portait pas de gants, avait servi elle-même le thé afin de cacher les vilaines callosités dans la paume de sa main gauche – celle dont elle se servait pour manier le pieu.

— À nous deux, Milady, lui dit Verbena, la tirant subitement de sa rêverie.

Assise devant sa coiffeuse, Victoria releva la tête et regarda sa femme de chambre dans le miroir.

Deux touffes de cheveux orange saillaient de chaque côté de sa face rebondie où se lisait un mélange de pitié et d'espièglerie.

— Z'avez vu l'gros crucifix autour du cou d'la duchesse ? Ma parole que même mon cousin Barth, l'en a jamais porté d'si gros, même quand y' transportait des vampires. Sauf vot' pardon, l'crucifix d'la duchesse y l'est encore plus gros qu'çui du pape.

Tout en parlant, Verbena avait défait et ôté la tunique de sa maîtresse.

Victoria soupira, les yeux battus :

— Maintenant que mère et ses deux amies ont débarqué sans prévenir, je vais devoir ruser pour pouvoir sortir la nuit à leur insu.

Dans quelques petites heures le soleil allait se coucher – et les vampires sortir de leur tanière – mais elle allait devoir dîner en compagnie de lady Melly et lui faire la conversation. Et les jours suivants aussi.

En découvrant la pile de cartons d'invitation sur la table du vestibule, lady Melly s'était lancée dans un long soliloque : Victoria menait une vie de recluse et ne voyait plus personne depuis la mort de tante Eustacia, mais heureusement, Melly était là pour reprendre sa fille en main.

Verbena défit l'austère chignon de Victoria.

— On va prend' bien soin d'vot coiffure et d'vos toilettes. Maint'nant qu'vous avez l'titre de marquise, vot'mère tolérera pas l'moindre laisser aller.

La femme de chambre semblait ravie de la soudaine tournure que prenaient les événements, car elle n'aimait rien tant que d'imaginer des coiffures et des toilettes dans lesquelles sa maîtresse Vénatore pouvait incorporer tous les accessoires qui lui étaient indispensables.

Victoria savait que la jupe fendue et la longue tunique qu'elle portait ces derniers temps ne plaisaient guère à Verbena, mais dès lors que Victoria ne quittait pour ainsi dire jamais la villa, sauf le soir, pour se rendre au Consilium et sortir ensuite chasser les vampires, elle ne trouvait pas trop à redire.

Ne connaissant quasiment personne à Rome, Victoria ne se sentait nullement obligée de répondre quand elle recevait une invitation à un bal, un dîner ou une soirée musicale.

Et c'était très bien ainsi, car elle était avant tout une Vénatore et entendait se consacrer entièrement à sa mission.

Mais tout risquait de changer maintenant que lady Melly et ses deux commères étaient à Rome.

— Ma mère m'a abondamment chapitrée sur le laisser-aller de ma tenue vestimentaire – une négligence qu'elle a mise, heureusement, sur le compte de la douloureuse disparition de tante Eustacia.

Victoria jeta un coup d'œil plein d'envie au lit.

Peut-être pouvait-elle espérer prendre deux petites heures de repos – si elle parvenait à tenir ses angoisses à l'écart.

— Malheureusement, l'évocation de ce triste événement a fait boule-de-neige et fait ressurgir un problème encore plus grave.

— Bah, ch'ui sûre qu'on va réussir à embobiner vot' mère et ses deux amies. J'l'ai entendu dire qu'elle voulait qu'vous r'tourniez à Londres pour fréquenter à nouveau l'beau monde… elle voudrait bien qu'vous vous r'mariez et lui fassiez d'beaux petits-enfants qu'elle ferait sauter sur ses genoux.

Victoria secoua la tête.

— Non, non. Ce n'était pas à cela que je pensais.

Verbena écarquilla des yeux bleus, ronds comme des billes.

— Un problème encore plus grave ?

— Le bracelet en argent que ma tante portait au bras… Je dois le retrouver, car dès que ma mère va s'en souvenir, elle va me le réclamer. Mais le gros problème, c'est que les vampires le cherchent aussi, car une clé spéciale y est attachée.

Victoria se leva et s'approcha du lit.

— Ça, pour sûr qu'c'est un problème, Madame.

— Mère étant persuadée que ma tante est décédée de mort naturelle, elle va penser que ma tante portait son bracelet sur son lit de mort, et que je le lui ai ôté.

— Vous pensez pas qu'vot'tante aurait pu l'donner à M'sieur Kritanu.

Victoria secoua la tête.

— Non. Kritanu m'a remis tous ses effets personnels, et le bracelet n'en faisait pas partie.

La femme de chambre fit la moue, puis sa face rebondie s'illumina.

— Mais, Madame, y'a bien quelqu'un qu'a vu l'corps de vot'tante après sa mort, puisqu'y vous a renvoyé sa *vis bulla*. P'têt'que…

— Je sais, coupa Victoria. Mais c'est justement là que réside le problème.

Non seulement elle allait devoir empêcher les vampires de trouver les clés et d'ouvrir la Porte Magique… mais également trouver un moyen d'entrer en contact avec Sébastien pour lui demander son aide.

En échange de quoi, il exigerait, comme toujours, une contrepartie.

Ce qui, pour être parfaitement honnête, n'était pas absolument pour lui déplaire.

Victoria fit la connaissance d'Ylito deux jours plus tard, par un matin pluvieux. Par un heureux hasard, lady Melly, qui avait prévu d'emmener sa fille visiter le Colisée, s'était trouvée terrassée par la migraine. Invoquant une excuse similaire, Victoria s'était retirée dans sa chambre, et de là s'était faufilée hors de la villa en ordonnant à Verbena de ne laisser entrer personne avant le lendemain matin.

— C'est le premier jour qu'elle ne me traîne pas avec elle pour faire les boutiques ou visiter les monuments, dit Victoria en se faufilant en catimini dans le vestibule des domestiques pour sortir par la porte de service. Pourvu que sa migraine ne la quitte pas de la journée et de la soirée.

— Tss, tss, Madame, c'est pas très charitab' pour vot' maman c'que vous dites là. Après tout, c'est bien normal qu'elle veuille vous montrer au monde.

— Tu veux dire me *marier*, ronchonna Victoria en posant la main sur la poignée. Pour quelqu'un comme elle, tellement à cheval sur le protocole, je trouve curieux qu'elle veuille m'exhiber dans le monde trois mois seulement après la disparition de tante Eustacia.

— C'est vrai, Madame, et j'sais bien qu'vous étiez proches elle et vous, mais c'était jamais qu'vot'grand-tante. Le deuil est pas si long. Et pis vous êtes à Rome maint'nant. Et si lady Melly portait encore le deuil, elle pourrait pas aller au carnaval c'te semaine.

Victoria décela comme de l'émotion dans les yeux pervenche de sa femme de chambre.

— Z'êtes encore trop jeune et trop belle, Madame. Vot' maman n'veut qu'vot bonheur.

Le bonheur ! Victoria se demandait si elle y croyait encore.

Car elle avait un rôle plus important et difficile que la plupart des femmes – ou même des hommes. Elle était destinée à être plus qu'une femme qu'on épouse pour faire des héritiers, ou un trophée jeté à la face du monde par sa mère.

Mais si, malgré ses lourdes responsabilités, elle parvenait à atteindre la même sérénité que sa tante en tant qu'*Illa* Gardella, elle saurait s'en contenter.

Ayant été retardée par sa mère, Victoria arriva en retard à son rendez-vous avec Ylito devant le mur d'enceinte de la Villa Palombara.

Malgré le froid mordant et la pluie, elle avait demandé à Oliver, son cocher, de prendre des chemins détournés afin de s'assurer que personne ne la suivait. Quand la calèche s'arrêta devant la brèche dissimulée par les branches du vieux chêne, Oliver se retourna et demanda :

— C'est ici ?

Non seulement il conduisait moins brusquement que Barth, son cocher londonien, mais il était attentif à sa sécurité et rechignait à laisser une femme seule dans un endroit réputé dangereux.

Et contrairement à Barth, Oliver n'avait jamais vu Victoria en découdre avec les vampires.

— Oui, laissez-moi ici et retournez à la maison.

Jamais elle n'avait vu un homme à la peau aussi foncée qu'Ylito. Même le teint acajou de Kritanu était plus clair que celui de l'herboriste.

— Ainsi donc, vous êtes la nouvelle *Illa* Gardella, dit-il en la dévisageant d'un œil froid.

Le son grave et mélodieux de ses paroles surprit Victoria qui s'attendait à un timbre plus exotique, s'accordant avec sa peau brune et ses cheveux entortillés et hérissés sur sa tête en petits picots longs comme le doigt. Elle savait par Wayren que sa famille était originaire d'Égypte, mais que le grand-père d'Ylito avait quitté la terre des pharaons pour entrer au service des Vénatores près d'un siècle plus tôt.

— Et vous le mystérieux Ylito, répondit-elle en le gratifiant malgré elle d'un petit salut. Je suis ravie de faire votre connaissance, et ce d'autant plus que je crois savoir que vous n'aimez pas sortir de votre laboratoire.

Âgé d'environ quarante ans, il était vêtu à la mode du temps, d'une culotte, de bottes et d'une redingote, mais sa peau foncée et son port princier lui conféraient une allure singulière. S'étant incliné profondément, il dit :

— Venez, allons voir cette mystérieuse porte.

À la lumière du jour, Victoria vit à quoi ressemblait la brèche dans le mur. Au fil des ans, le chêne avait forci, éventrant la muraille là où à l'origine il ne devait y avoir qu'une fissure. À présent, cachée par les branchages et la broussaille, l'ouverture était à peine visible.

Avec l'aide d'Ylito, Victoria se faufila entre les pierres rendues glissantes par la pluie.

Heureusement que Zavier ne les avait pas accompagnés, car bâti comme il l'était, il n'aurait jamais pu se glisser dans une fente aussi étroite. Ylito s'engouffra après elle dans la brèche, et dès que ses pieds eurent touché terre, Victoria se mit en route.

La terre détrempée s'infiltrait dans ses souliers. Elle entendit Ylito qui pestait à mi-voix en ôtant la boue qui avait éclaboussé sa botte, mais il la suivit docilement tandis qu'elle se frayait clopin-clopant un chemin en direction d'une bâtisse grisâtre derrière laquelle se dressaient les vestiges de ce qui avait dû être le corps principal de la villa et sa façade de pierre jaune.

Tout en cheminant dans la gadoue et les herbes folles, Victoria pensa à Sébastien. Comme allait-elle faire pour le retrouver ?

Lorsqu'elle était à Londres, il lui suffisait de se rendre à la taverne du Calice d'Argent dont il était propriétaire… jusqu'à ce que le Calice soit ravagé par un incendie. Elle en était à se dire qu'elle allait devoir publier une annonce dans les journaux, quand une pensée lumineuse lui traversa l'esprit. La dernière fois qu'ils s'étaient croisés ici, à Rome, Sébastien l'avait présentée à deux jeunes femmes, des jumelles prénommées Portiera et Placidia. Peut-être pourraient-elles lui dire où il se trouvait.

Elle allait leur rendre visite. Sa mère, qui adorait les mondanités, serait ravie.

Depuis que lady Melly était arrivée, Victoria avait passé les deux dernières soirées à la maison, en compagnie de sa mère et de ses amies, à jouer au whist, à cancaner et à faire des choses sur lesquelles elle croyait avoir tiré un trait définitif lorsqu'elle s'était mariée et avait quitté la maison maternelle.

— Nous y voilà, dit Victoria tandis qu'ils passaient la grille.

À main droite se trouvait l'infranchissable porte de pierre.

— *La Porta Alchemica*, dit Ylito en s'approchant du chambranle de marbre blanc.

Maintenant qu'elle la voyait à la lumière du jour, Victoria ne la trouvait pas particulièrement massive. C'était une porte de dimensions courantes, au point qu'un homme de haute taille, comme Max, eût été obligé de baisser la tête pour pouvoir en franchir le seuil.

Ylito se mit à palper le marbre comme s'il avait cherché à lire les inscriptions avec ses doigts. Sur la corniche était gravé un large cercle à l'intérieur duquel se trouvaient deux triangles superposés, l'un pointé vers le haut et l'autre vers le bas, et chacun marqué d'une croix.

— Jupiter... étain... *diameter sphaerae thau... circli... non orbis prosunt*... Vénus... cuivre... murmura Ylito en laissant courir sa main sur le côté droit du chambranle.

— Qu'est-ce que cela signifie ?

— Ce sont les symboles alchimiques représentant Jupiter, expliqua-t-il en lui montrant un dessin en forme de croix avec une flèche pointée vers la droite. Et ceci représente l'étain. En dessous, le symbole de la féminité, ou de Vénus, est figuré par un cercle prolongé par une croix. Et voici Mercure et Mars...

— Mais quelle est la signification exacte ?

— Je ne sais pas et, apparemment, Palombara ne le savait pas non plus. La légende veut qu'il ait découvert les carnets secrets d'un alchimiste venu à Rome pour y chercher une herbe mystérieuse. Après la disparition de l'alchimiste, Palombara a étudié ses carnets et fait graver une partie de leur contenu sur cette porte. Par exemple, sous le symbole de Jupiter on peut lire : « Le diamètre de la sphère, le Tau du cercle et la croix du globe sont inutiles à ceux qui ne savent pas voir. » En résumé, cela veut dire qu'il ne sert à rien d'avoir des outils si on ne sait pas s'en servir.

Victoria, pour qui tous ces symboles ne rimaient à rien, ne pouvait qu'acquiescer.

Un grand cadran rouge était incrusté à mi-hauteur de la porte. En son centre était gravé un triangle dont chaque pointe était ornée d'une petite fente rectangulaire longue d'un pouce et large de deux doigts.

Victoria remarqua que la terre et la mousse qui recouvraient l'encoche du bas à droite avaient été grattées, comme si quelqu'un avait cherché à introduire quelque chose dans la fente.

Elle y glissa les doigts et examina le pourtour de l'ouverture qui ne ressemblait en rien à un trou de serrure ordinaire. Elle réalisa soudain que la clé n'était peut-être pas une clé ordinaire avec un long panneton à l'extrémité crantée, mais quelque chose de complètement différent et suffisamment petit pour pouvoir pénétrer dans l'étroit orifice.

— Ylito, regardez.

Il s'accroupit à côté d'elle et glissa ses doigts à l'intérieur de la fente jusqu'à la deuxième phalange. Ses yeux sombres s'illuminèrent soudain.

— L'une des clés a été trouvée.

Son visage s'anima. Il semblait fasciné.

— *Si*, cette clé ne pourra pas être retirée tant que la porte n'aura pas été ouverte. Chaque clé, une fois introduite dans la serrure, fait levier sur le loquet qui se trouve à l'intérieur et permet au disque de tourner et par conséquent d'ouvrir la porte.

La poitrine de Victoria se gonfla soudain d'espoir. L'une des clés manquantes, était-ce celle qui avait été donnée à Augmentin Gardella puis à tante Eustacia ? Comment le savoir ? Les autres avaient-elles été découvertes ?

Puis elle remarqua que la mousse et la terre avaient été ôtées juste au-dessus de la fente, dévoilant une petite inscription.

Ylito était déjà en train d'essayer de la déchiffrer, passant et repassant rapidement ses doigts bruns sur la pierre sculptée.

— C'est le nom de la clé. *Deus et homo*. Dieu et l'homme. Et voyez ici, ce symbole, un grand cercle avec des rayons, pareil à un soleil, et un cercle plus petit à l'intérieur. Ce même symbole est probablement gravé sur la clé pour que son propriétaire sache dans quelle serrure l'insérer.

— Et les deux autres ? demanda Victoria en s'accroupissant et en grattant la mousse avec ses ongles pour inspecter la pointe du triangle de gauche. Elles portent aussi un nom ?

— Tout est inscrit ici, au-dessus de la porte, dit Ylito en attirant son attention sur le grand cercle gravé au-dessus de la porte. « *Tri sunt mirabilia : Deus et homo, mater et virgo, trinus et uranus* », autrement dit : « Les merveilles sont au nombre de trois : Dieu et l'homme, mère et Vierge, l'un et le trois. » Les trois merveilles sont les clés qui donnent accès au laboratoire secret.

Victoria observa les mots gravés autour du cercle, puis se baissa à nouveau et recommença à gratter la mousse autour de la serrure de gauche. L'inscription « *mater et Virgo* », mère et Vierge, apparut. Elle s'assit sur ses talons, le cœur battant.

— Et ceci ?

— C'est la serrure correspondant à la clé « *mater et Virgo* », répondit Ylito en suivant le contour des inscriptions avec le doigt. Le mince croissant de lune à gauche, représentant la Vierge, côtoie le cercle rond et gravide représentant la mère. Ce sont les deux parties du symbole ancien des trois déesses : la Vierge, la mère, la vieille femme.

— Ce symbole de la mère et de la Vierge est gravé sur le bracelet d'argent de tante Eustacia, s'exclama Victoria. Ils n'ont pas encore trouvé sa clé !

— Non, mais nous avons ici la preuve que quelqu'un est à sa recherche.

## 4.

# Où Victoria se prend d'aversion pour les dragées de carnaval

— Eh, bien, que dites-vous du carnaval romain ? demanda Zavier au moment où, pour la énième fois, un joyeux drille légèrement éméché les bousculait.

— Je n'ai jamais rien vu de semblable, répondit Victoria en rajustant son masque de papier mâché. On dirait que les gens sont devenus fous !

Bien que convaincue de la nécessité de patrouiller les rues durant les huit jours du carnaval, elle ne voyait pas la nécessité de porter un masque.

Le sien, en forme de tête d'oiseau, ne tenait pas en place et lui obstruait la vue chaque fois que son long bec rencontrait un obstacle ou qu'un fêtard s'amusait à lui lancer une dragée en plâtre.

Ce qui arrivait fréquemment à en juger par toutes les traces blanches qui émaillaient déjà son masque et ses habits.

Bien qu'il ait eu l'air de beaucoup s'amuser, elle avait remarqué que Zavier surveillait de près le déroulement des événements. Au milieu de toute cette effusion et la multitude des masques qui avaient envahi la via del Corso et les petites rues alentour, les attaques de vampires – mais surtout les enlèvements par les membres de la Tutela – étaient à craindre.

Et comme si cela ne suffisait pas, venait s'ajouter le risque de se faire enlever et décapiter pour quelque mystérieuse raison. Jusqu'ici, ils n'avaient pas encore croisé de morts vivants, mais minuit venait seulement de sonner et il faudrait attendre encore de longues heures avant que le jour se lève.

Depuis presque une semaine qu'avait débuté le carnaval, c'était la première fois que Victoria et Zavier sortaient chasser ensemble.

C'était également la première fois qu'elle sortait patrouiller depuis que sa mère était arrivée, et qu'Ylito et elle étaient allés inspecter la Porte Magique…

À la grande joie de lady Melly, Victoria avait rendu visite aux jumelles Portiera et Placidia.

Mais, malheureusement, cette après-midi passée à prendre le thé avait débouché sur d'autres invitations, et les sœurs avaient insisté pour qu'elle vienne admirer les courses de chevaux libres depuis leur balcon qui donnait sur la via del Corso. Ce brusque retour à la vie mondaine procurait un sentiment étrange à Victoria, qui pensait avoir tiré un trait définitif sur les mondanités depuis qu'elle se consacrait entièrement à ses activités de Vénatore.

Comble de malchance, ces heures passées à échanger des potins n'avaient servi à rien : à aucun moment elle n'avait réussi à orienter la conversation sur Sébastien, de sorte qu'elle ignorait s'il se trouvait à Rome ou non.

Plus tard, quand Victoria avait réussi à s'extraire des griffes de sa mère, Ilias lui avait expliqué qu'en ce soir de lundi gras, veille de clôture du carnaval, la frénésie et l'excitation – et le danger – allaient décupler.

Lady Melly et ses amies avaient projeté d'aller rejoindre les sœurs Tarruscelli pour admirer le spectacle de la rue depuis leur balcon tendu de velours rouge.

Masquée ou pas, Victoria était bien contente de pouvoir sortir pour accomplir sa mission, armée de son pieu de frêne.

Une délicieuse odeur de châtaignes rôties la tira brusquement de ses réflexions.

— Zavier, fit-elle.

Au même instant, son long bec d'oiseau heurta un obstacle et son masque bascula. Le temps qu'elle le remette d'aplomb, Zavier avait disparu.

Une femme ordinaire, sans défense et ne jouissant pas d'une force musculaire hors du commun, aurait été prise de panique de se retrouver ainsi séparée de son cavalier au beau milieu de cette frénésie.

Mais Victoria garda son sang-froid. Son pieu dans une poche et son pistolet et quelques écus dans l'autre, elle se fraya un chemin jusqu'au coin de l'avenue où un couple vendait des marrons chauds.

Juste au moment où elle sortait une pièce pour la tendre au marchand ambulant, Victoria sentit une dragée de plâtre lui percuter l'épaule. Celle-là avait été lancée avec une force inhabituelle et à courte distance.

Saisissant instinctivement son pieu, elle fit volte-face, juste à temps pour voir une silhouette gracile tourner précipitamment les talons et se fondre dans la foule.

Elle s'élança à sa poursuite. Les yeux sombres derrière le masque de paon et la démarche souple lui semblaient familiers.

Au même instant, quelqu'un lui agrippa le bras par-derrière et Victoria fit à nouveau volte-face, en saisissant son pistolet cette fois.

— Zavier ?

— Mais où étiez-vous donc passée pendant tout ce temps ?

— Je... j'étais allée acheter des marrons quand quelqu'un m'a lancé une dragée de plâtre.

Il s'esclaffa.

— Vous avez, en effet, une jolie tache blanche à l'épaule.

Passant son bras sous le sien le plus naturellement du monde, il lui poursuivi :

— Je n'ai pas vu ni senti un seul vampire ici ce soir…

Sa voix se perdit tandis que la nuque de Victoria fraîchissait d'un coup.

Tous deux se regardèrent.

— Par ici, fit-elle en l'entraînant dans la direction où s'était faufilée la mystérieuse silhouette.

Était-ce une coïncidence ? Toujours est-il que c'était la première fois de la soirée qu'ils flairaient la présence d'un vampire.

Ils enfilèrent une rue après l'autre et se retrouvèrent bientôt à l'écart de la foule.

Victoria s'avisa qu'ils étaient en train de gravir une petite colline au sommet de laquelle se découpaient des monuments funéraires et des pierres tombales.

Un cimetière. L'endroit était plutôt bien choisi pour chasser des morts vivants.

Ôtant son masque, elle resserra les doigts autour de son pieu.

— Vous entendez quelque chose ? demanda Zavier lorsqu'ils eurent franchi le portail de fer.

Ici, à l'écart du carnaval, régnait un silence paisible entrecoupé de loin en loin par des cris et des éclats de rires.

— Non, dit-elle en marchant parmi les pierres tombales qui jetaient de grandes ombres noires sur le gazon.

L'air frais de la nuit sur son visage lui fit l'effet d'un baume. Elle remarqua que les cheveux sur sa nuque n'étaient plus hérissés. Elle avait perdu la trace.

— Les vampires ne sont pas légions cette année au carnaval, commenta Zavier. Peut-être ont-ils décidé de se faire discrets après la mort de Nedas et de prendre le temps de remettre de l'ordre dans leurs rangs.

Lorsque Victoria avait tué le fils de Lilith, l'obélisque d'Akvan avait été détruit. Nedas était l'un des chefs des vampires parmi les plus puissants de Rome. Avec sa disparition, s'était posé le problème de sa succession et de l'avenir de la Tutela, la confrérie des mortels qui servaient servilement de rabatteurs aux morts vivants.

— L'occasion est trop belle de prendre le pouvoir sur les vampires de Rome et leurs suppôts pour que Beauregard la laisse filer, opina Victoria en enjambant une petite bordure de fer qui s'agrippa dans l'ourlet de son pantalon. Il était tellement heureux d'apprendre la mort de Nedas qu'il s'était mis en tête d'exécuter Max le soir même devant tous les vampires réunis. Heureusement, nous avons réussi à leur échapper de justesse.

— N'y avait-il pas un autre vampire qui briguait lui aussi la succession de Nedas ?

— Si, le comte Regalado, l'ancien chef de la Tutela, récemment transformé en vampire. Il semblerait qu'il ait non seulement le soutien de la Tutela mais celui des disciples de Nedas. C'est en partie grâce à l'intervention de Regalado que Max et moi avons réussi à échapper à Beauregard.

Le comte Regalado était le père d'une jeune femme qui aimait s'offrir à la morsure des vampires et à laquelle Max était fiancé.

Victoria n'aurait pas été étonnée d'apprendre que le père de Sarafina se repaissait du sang de sa propre fille depuis qu'il avait été transformé. Le personnage était suffisamment intempérant pour cela.

Et Sarafina assez dévergondée pour le laisser faire.

Perdue dans ses pensées, Victoria n'aurait pas remarqué que Zavier s'était arrêté de marcher s'il ne l'avait brusquement tirée par la manche.

Lâchant son masque, elle fit volte-face, le pieu brandi, et manqua presque le lui planter en plein cœur.

Loin d'être surpris ou offusqué, il la considéra d'un œil amusé.

— Vous pourriez peut-être ranger ça pour l'instant.

— Non, dit-elle.

Elle avait vu bouger une ombre derrière lui et sa nuque avait brusquement fraîchi.

Le pieu à la main, elle s'élança à la poursuite de la créature aux yeux rouges. Elle sauta par-dessus une tombe, se réceptionnant de justesse sur l'herbe mouillée et glissante.

Sans doute le vampire pensait-il avoir affaire à un couple d'amoureux, car il resta tapi dans les buissons jusqu'à ce que Victoria vienne se planter devant lui. Quand il réalisa qu'elle tenait un pieu à la main, il tourna les talons et fila.

Victoria le prit en chasse, soudain en proie à une vive excitation. Elle aimait courir ainsi librement, franchir les pierres et les haies d'un bond, contourner en un clin d'œil les vestiges d'un mausolée à demi effondré, puis se jeter sur un vampire. Elle lui fondit dessus et ils chutèrent tous deux à terre. Les jambes amples de son pantalon s'entortillèrent autour des chevilles du mort vivant qui roula sur elle en sortant ses crocs.

Ses yeux, de la couleur du Chianti, se mirent à luire comme des braises quand il se pencha sur elle. Son haleine empestait le sang. Lâchant son pieu, elle le saisit par les épaules et le renversa sur le dos. Il était jeune et frêle. Le sujet idéal pour porter le message qu'elle voulait faire passer.

Mais soudain, il y eut comme un sifflement. Le vampire tressaillit, se figea, puis explosa, *pouf*, et retomba en un nuage de cendre et de poussière sur la figure et les cheveux de Victoria. Elle releva la tête et vit Zavier debout devant elle.

— Pourquoi avez-vous fait cela ? dit-elle en ignorant la main qu'il lui tendait pour l'aider à se relever.

Elle était tellement furieuse que, pour un peu, elle l'aurait transpercé de son pieu. *Peste soit de l'hercule !* C'était son premier vampire depuis une semaine, et il était parti avant qu'elle ait pu lui dire deux mots. Et voilà qu'elle allait devoir en trouver un autre.

— Pour vous venir en aide, ma foi.

— Je maîtrisais parfaitement la situation ! Et figurez-vous que je voulais lui parler et non pas le tuer.

L'excitation du combat était retombée d'un seul coup, laissant à Victoria le sentiment désagréable d'un travail inachevé. Sans parler de la poussière de vampire qui la recouvrait des pieds à la tête.

— J'ai cru que vous étiez en danger. Je n'allais tout de même pas rester les bras ballants à attendre qu'il vous ait dépecée.

Victoria le foudroya du regard et commença à s'épousseter. Ils étaient à peu près de la même taille, mais lui était bâti en armoire à glace.

— Je suis parfaitement capable de transpercer un vampire, dit-elle lentement et distinctement. Ce n'est pas le premier, croyez-moi. Il m'est même arrivé d'en combattre cinq à la fois. Et si je n'ai pas tué celui-là, c'est parce que je voulais le charger d'un message.

Un message adressé à Beauregard, comme quoi elle était à la recherche de son petit-fils.

Sauf que Zavier ne pouvait – ni ne devait— le savoir. Il n'était même pas au courant de l'existence de la Porte de l'Alchimie.

Zavier la regardait toujours, non pas d'un air dépité ou contrarié, mais avec des yeux pleins d'admiration.

— Bien sûr, dit-il. J'ai eu un réflexe idiot. J'aurais dû savoir que vous n'aviez pas besoin de ma protection.

Le sourire qu'il lui adressa à cet instant la fit rougir jusqu'aux orteils et elle détourna les yeux.

Habituée à combattre les morts vivants et les démons, elle était cependant beaucoup moins sûre d'elle quand il fallait tenir tête aux hommes.

Elle n'avait fait ses débuts dans le monde qu'un an et demi auparavant et, au cours de cette même période, avait porté pendant douze mois le deuil de son époux, Phillip. Vêtue de noir, elle était restée cloîtrée dans sa propriété – à l'écart des bals, des fêtes, des théâtres et du sexe opposé. Et pendant tout ce temps, elle avait pleuré et médité, et en était venue à la conclusion qu'il n'y avait aucun moyen pour elle de concilier sa vie privée et sa vie de Vénatore.

Toute son existence serait consacrée à la cause des Vénatores et à sa mission de *Illa* Gardella. Sans doute continuerait-elle de faire une apparition de temps à autre dans le monde, mais jamais plus elle ne s'y immergerait comme elle l'avait fait par le passé.

Jamais elle ne se remarierait et jamais elle n'aurait d'enfant, n'en déplaise à lady Melly.

Mais lorsqu'elle, comme maintenant, elle voyait l'admiration et le désir dans les yeux de Zavier, elle était prise d'un doute. Fallait-il absolument qu'elle reste murée dans sa solitude et qu'elle tienne à l'écart tous ceux qui lui manifestaient de l'intérêt – et réciproquement.

— J'espère que vous voudrez bien me pardonner, dit-il en prenant sa main dans la sienne. J'ai agi sans réfléchir, poussé par l'instinct, comme un homme qui veut protéger une femme. J'ai beau savoir que vous êtes une vraie combattante, j'ai du mal à…

Sa voix s'éteignit et Victoria eut l'impression qu'il rougissait. Ou était-ce le froid ?

— Vous êtes tout pardonné, Zavier, le coupa-t-elle, voyant qu'il ne trouvait pas les mots pour exprimer sa pensée. Et le jour où j'aurais besoin de votre aide, je vous le ferai savoir.

Il baissa les yeux sur leurs mains toujours enlacées, la sienne petite et blanche dans sa grosse patte de géant. Et quand il releva la tête, elle sentit que son cœur s'emballait.

Avant qu'il ait pu articuler un mot, un bruissement agita les buissons autour du grand tombeau.

Zavier relâcha sa main, et sans bruit ils s'approchèrent du mausolée presque aussi grand qu'une petite maison dont les murs stuqués prenaient une teinte grise à la lueur du petit croissant de lune.

Sa façade imposante était surmontée d'une large corniche à décor de feuilles d'acanthe où était gravé le nom de la famille rendu illisible par la mousse.

Une coupole en forme de clocher occupait le centre du toit plat. Un petit escalier descendant desservait l'entrée du caveau flanquée de deux colonnes.

Le frémissement qu'ils avaient entendu provenait d'une haute haie composée d'ifs et de buis, mais peut-être n'était-ce qu'un hérisson ou un lièvre qui s'était pris dans le feuillage, car la nuque de Victoria n'avait pas fraîchi, ce qui voulait dire que le seul vampire qui se trouvait dans les environs avait été transpercé par Zavier.

Soudain, elle perçut comme un éclair parmi les buissons, suivi d'un nouveau frémissement.

Cette fois, Zavier se garda bien de la retenir ou de prendre le commandement tandis qu'ils se hâtaient vers l'endroit d'où venait le bruit.

Victoria sentit une présence derrière elle.

Elle se retourna juste à temps pour voir une grande couverture noire qui se déployait au-dessus de sa tête. Poussant un cri pour alerter Zavier, elle se plia en deux et pivota sur elle-même. Deux hommes de forte carrure fondaient sur elle depuis l'autre côté du mausolée.

S'arc-boutant sur une pierre tombale, Victoria rua, cueillant l'un des deux quidams à l'estomac et l'envoyant valser au loin avec la couverture. Son comparse l'empoigna par le bras, mais elle se dégagea avec une telle force qu'elle perdit l'équilibre et atterrit dans le buisson de laurier où elle avait vu briller un éclair blanc.

Puis un cri retentit. Elle releva la tête et vit Zavier qui l'observait, les mains sur les hanches, quand quelque chose bondit derrière lui, et Zavier tomba à terre, pris dans un tourbillon de poings et de jambes.

Repoussant son adversaire d'un violent coup de pied, Victoria roula et plongea dans le buisson. Juste comme elle ressortait de l'autre côté, elle aperçut un visage blanc aux cheveux clairs, puis un corps qui s'enfonçait dans une haie avec les mêmes mouvements souples et agiles que la silhouette qui lui avait lancé la dragée de plâtre.

Soudain, elle se sentit vaciller et atterrit face contre terre. La couverture se déploya au-dessus d'elle et la recouvrit entièrement avant qu'elle ait pu l'esquiver. L'instant d'après, elle sentit ses pieds quitter terre.

Deux bras puissants l'avaient soulevée et la retenaient prisonnière sous la couverture qui la recouvrait et la faisait suffoquer. Elle se débattit et parvint à décocher deux méchants coups de pied dans les tibias de son agresseur. Puis, rejetant la tête en arrière, elle lui décocha un grand coup avec son front.

Il y eut un craquement des plus gratifiants, et elle se sentit soudain libre. Son assaillant l'avait lâchée et elle était tombée à terre. Vite, elle se débarrassa de la couverture et se remit sur ses pieds.

Zavier se tenait devant elle, ébouriffé et le souffle court, mais souriant.

— Tout va bien ? lui demanda-t-il.

Elle regarda autour d'elle. Leurs agresseurs avaient déguerpi, les laissant seuls au milieu du cimetière plongé dans l'obscurité. Elle se tourna à nouveau vers le buisson d'où avait émergé le visage qu'elle était certaine d'avoir reconnu, mais ne vit rien de plus que quelques branches aplaties, là où elle avait chuté.

— Ils ont pris la fuite, dit-elle.

— Ouais. Ils avaient bien goupillé leur coup apparemment, je n'ai rien vu venir. Et ça n'est pas avec un pieu qu'on peut effrayer ce genre de lascars.

Il avait raison, mais les Vénatores n'avaient pas l'habitude d'utiliser pistolets ou couteaux, car ils chassaient les morts vivants, pas les êtres humains.

— Qui était-ce ? demanda-t-elle. Et pourquoi ont-ils cherché à m'enlever ? Ont-ils cherché à vous enlever, vous aussi ?

— Non, ils ont juste essayé de me neutraliser pour pouvoir vous capturer. Et ils ont pris la fuite quand ils ont compris qu'ils ne parviendraient pas à leurs fins.

Victoria leva les yeux vers le fronton du mausolée et lut les inscriptions gravées sur la frise.

Elle ne put déchiffrer toutes les lettres, mais comprit que le visage qu'elle avait vu dans les buissons et la silhouette qui lui avait lancé une dragée de plâtre appartenaient à Sarafina Regalado.

Mais cela n'expliquait pas pourquoi la fiancée de Max était venue rôder en pleine nuit autour du caveau familial.

# 5.

# Où un message est envoyé

Le dernier soir du carnaval, le Corso était brillamment illuminé.

Tous les habitants de Rome semblaient s'être donnés rendez-vous sur la large *strada* et la *piazza* contiguë avant de se déverser dans la via Ripetta plus petite et les rues alentour.

Chacun tenait un grand cierge en spirale, ou *moccoletto*, dans une main, et une longue canne surmontée d'un mouchoir dans l'autre. La multitude de petites flammes jetaient des reflets dorés sur la façade des immeubles, les masques et les calèches tandis que chacun tentait de moucher la flamme de son voisin avant que ce dernier ait pu éteindre la sienne.

C'était un jeu fort divertissant et qui mettait la foule en liesse.

Jamais Victoria n'avait vu une telle marée humaine se déverser dans les rues. Les gens s'apostrophaient depuis les balcons drapés de velours rouge – comme celui où se trouvaient présentement lady Melly et ses amies. C'est à peine si on pouvait respirer au milieu de toute cette foule et ces attelages. L'air frais de la nuit était saturé par les émanations de cire chaude et de transpiration, et Victoria n'était pas mécontente que les jets de dragées de plâtre aient été remplacés par des coups de mouchoir.

La dernière nuit de réjouissances, à la veille du mercredi des Cendres, était la plus folle, la plus bruyante et la plus belle de tout le carnaval, et Victoria aurait volontiers joui du spectacle douillettement installée dans une calèche si elle n'avait eu d'autres responsabilités.

De fait, sa canne était un tantinet plus épaisse que celles des autres fêtards – et taillée en pointe à son extrémité.

Victoria avait échangé le masque au long bec qu'elle portait la veille contre un loup doré rehaussé d'un panache blanc qui épousait parfaitement la partie supérieure de son visage. Pratique et confortable, dépourvu de protubérances encombrantes, il laissait libres sa bouche et son menton, et n'en rendait que plus délicieuse la dégustation des châtaignes rôties.

— *Senza moccolo !* cria un homme déguisé en *bandito* en approchant sa canne de son cierge.

Vite, Victoria écarta son cierge, puis moucha celui de son assaillant avec un petit hochement de tête triomphal.

Zavier lui décocha un grand sourire par-dessous son chapeau à larges bords.

— Quelle rapidité ! Vous mettez autant de zèle à protéger votre flamme que tous les gens de cette ville réunis.

— Ce carnaval est un spectacle véritablement stupéfiant, dit-elle en survolant du regard la marée humaine affublée de masques bariolés dont on ne voyait que la tête et les épaules, le reste des silhouettes étant noyé dans l'obscurité.

Les cris et les rires, les jeux de lumière et d'ombre étaient à la fois terrifiants et sublimes.

— Même si je savais qu'il y avait un vampire dans les environs, je serais incapable de l'identifier, et encore moins de le transpercer, dit-elle en haussant la voix par-dessus le tapage.

— Oui, c'est pourquoi je propose que nous profitions de la fête jusqu'à l'extinction des cierges, à minuit. Quand tout le monde rentrera chez soi, il sera plus facile de se mouvoir.

Avant qu'elle ait pu lui répondre, elle sentit un picotement dans sa nuque qui lui indiqua qu'un mort vivant se trouvait dans les parages.

Elle se retourna promptement, entrant en collision avec un ange, puis une gitane, puis une chouette, à mesure que la marée humaine se déversait à ses côtés.

Elle aperçut Zavier au loin, qui partait dans la direction opposée, comme s'il avait suivi une piste. À présent, ils étaient complètement séparés l'un de l'autre. Tout en marchant à contre-courant de la foule, Victoria scrutait les masques, cherchant à déceler des pupilles rouges ou un déguisement qui aurait pu dissimuler Sara Regalado.

Elle ferma les yeux pour essayer de sentir de quel côté se trouvait la créature, puis décida de prendre à gauche. Le froid sur sa nuque s'accentua à mesure qu'elle gagnait l'orée du cortège. Soudain, alors qu'elle s'enfonçait dans les rues moins éclairées, elle vit deux yeux rouges luire derrière un masque. Tout en jouant à *senza moccoletto*, Victoria parvint à s'approcher du vampire jusqu'à presque le toucher. Sa nuque était glacée et son pouls s'était emballé, comme chaque fois qu'elle se trouvait à proximité immédiate d'un mort vivant. Empoignant fermement sa canne taillée en pointe, elle se tourna face à lui – ou elle – et referma ses doigts autour de son bras.

La foule était si dense, si bruyante et agitée, qu'elle aurait pu le transpercer de son pieu ni vu ni connu, mais elle se retint et dit :

— Faites savoir à Beauregard que la Vénatore cherche son petit-fils.

Le vampire la toisa d'un air méprisant et sortit ses crocs.

— Je ne suis pas coursier.

— Ah non ? Dans ce cas, je vous prie de m'excuser.

D'un geste rapide et précis elle embrocha le vampire qui éclata et se répandit en un petit nuage de poussière sur les gens alentour. Une petite bergère se mit à épousseter vigoureusement son costume de carnaval.

La sensation de froid sur sa nuque avait diminué mais pas complètement disparu. S'il y avait d'autres vampires dans les parages, peut-être que l'un d'eux accepterait de lui servir de coursier.

De toute façon, hier soir, lorsqu'elle avait regagné le carnaval, en sortant du cimetière où Sara Regalado avait tenté de l'enlever, elle avait croisé deux vampires qu'elle avait chargés de transmettre son message. Peut-être cela suffirait-il.

La nuque toujours hérissée, elle se fraya un chemin dans la foule pour essayer de retrouver Zavier. Derrière elle, elle entendit pester la bergère dont le cierge avait été mouché.

Soudain quelque chose lui percuta le dos avec une telle force qu'elle serait tombée à terre si au même moment un Polichinelle n'avait surgi devant elle. Pschhh, la mèche de son cierge s'éteignit dans un grésillement. Le Polichinelle avait mouché la flamme de son *moccoletto*.

Quand Victoria reprit son équilibre, elle se retrouva face à face avec en domino noir. Bien qu'il n'ait pas eu les yeux rouges, elle reconnut la forme de son menton, et la touffe de cheveux blonds qui lui descendaient dans le cou. Il lui décocha un sourire surpris et plein de défi.

Apparemment, le message était passé.

Avant qu'elle ait pu dire un mot, il empoigna une Jeanne d'Arc qui se trouvait là et la plaça comme un rempart entre eux, puis il tourna les talons et se fondit dans la foule.

Repoussant la Jeanne d'Arc hilare, Victoria s'élança à sa poursuite.

Outre le pieu qu'elle tenait à la main, elle en avait un autre dans sa poche, ainsi qu'un *Kadhara*, un poignard à la lame recourbée que Kritanu lui avait donné quand elle avait commencé à s'entraîner à l'ankathari.

Elle portait également un gros crucifix sous son costume, sans parler de ses deux *vis bullae.*

Suivre le domino dans la foule sans perdre sa trace n'était pas de tout repos. Il ne portait pas de cierge et celui de Victoria était éteint.

Dès qu'ils s'approchèrent à nouveau de l'artère principale, elle ralluma sa mèche à la flamme d'une lanterne.

Ayant franchi l'ultime barrière humaine, elle se retrouva dans une *viuzza* – une sorte de petit îlot exigu. Elle s'arrêta pour faire un rapide repérage des lieux : dans son dos, un océan de lumière, de cris et de rires, devant elle une allée sombre et silencieuse comme un tombeau.

Sa nuque était toujours glacée et hérissée, mais il n'y avait personne en vue. Quelques instants plus tôt, quand elle avait réussi à s'extraire de la foule, il était encore ici. Mais maintenant elle était seule, et s'attendait à recevoir une couverture sur la tête à tout moment.

Se ramassant sur elle-même, elle pivota lentement sur place en scrutant l'obscurité.

— Ah, c'est *vous*. La façon dont vous maniez votre pieu vous a trahie.

La voix était aussi gracieuse que la silhouette qui s'avança dans le faible halo de son cierge.

— Beauregard, fit Victoria en regardant autour d'elle pour s'assurer qu'il était seul.

— Vous avez reçu mon message ?

— Pour quelle autre raison aurais-je cherché à vous contacter ? répondit-il en relevant la capuche de son domino.

Sa voix était posée quoi qu'empreinte de méfiance et de respect.

— Il faut croire que mon message aura été déformé, dit-elle. C'était votre petit-fils que je désirais voir. Pas vous.

— Inutile de brandir votre pieu comme une Vénatore débutante, railla-t-il en croisant les bras avec une nonchalance qui lui rappela Sébastien.

Hormis la finesse des traits et la chevelure, Beauregard et son petit-fils n'avaient pas grand-chose en commun.

Le nez de Beauregard était un peu plus large que celui de Sébastien et ses cheveux étaient blond cendré – il devait avoir une quarantaine d'années quand il avait été transformé.

C'était un bel homme, non dépourvu de charme, et vêtu avec recherche, comme Sébastien.

— Je n'ai rien fait qui puisse vous nuire à vous ou à d'autres.

— Il y a quatre cents ans que vous avez été transformé, et je doute que vous ne vous soyez pas repu d'au moins un mortel pendant tout ce temps. Une fois que vous avez bu le sang d'un être humain, vous êtes voué à la damnation éternelle.

— Euh… presque six cents ans, ma chère Victoria. Six cents. Une goutte d'eau comparé à l'âge de notre gracieuse Lilith, non ?

Ses yeux avaient pris la couleur du rubis, signe qu'il perdait patience.

— Baissez ce pieu. Après tout, c'est vous qui avez demandé à me parler et non pas moi qui ai cherché à vous mordre.

— Sans doute, mais quelque chose me dit que vous n'allez pas tarder à le faire.

— Comme vous voudrez, dit Beauregard en souriant.

Ses crocs luirent dans le noir. Ils n'étaient pas plus longs qu'une phalange, mais tellement aiguisés qu'on ne devait quasiment rien sentir quand ils se plantaient dans votre chair. Ceux du bas, en partie dissimulés par sa lèvre inférieure, étaient plus courts, mais tout aussi acérés.

Pendant qu'ils badinaient, elle s'était stupidement laissée aller à le regarder dans les yeux. Et voilà qu'il la tenait sous son emprise.

Les vampires Gardiens, reconnaissables à leurs yeux couleur rubis, étaient affectés à la garde personnelle de Lilith et, à ce titre, dotés d'un pouvoir d'envoûtement puissant. Victoria sentit ses membres mollir et sa tête tanguer. Son pouls s'était accéléré, dilatant ses veines dans lesquelles circulait un sang bouillonnant.

Beauregard avait réglé sa respiration sur la sienne. Sentant qu'elle perdait pied, Victoria resserra ses doigts autour de son pieu et du cierge qu'elle tenait dans l'autre main. Le pouvoir d'attraction du vampire était puissant et elle devait fait un effort considérable pour lui résister.

Elle voulut cligner des yeux pour tenter de briser l'emprise, mais baisser les paupières lui demandait autant d'effort que si elle avait nagé à contre-courant d'un torrent. Elle perçut un mouvement autour d'elle, puis sentit sa main chaude et vigoureuse sur son cou… elle essaya de cligner à nouveau des yeux, de maîtriser le rythme de sa respiration et de s'extraire lentement du puits rouge et palpitant dans lequel elle était tombée, en se concentrant sur le pieu qu'elle tenait à la main et les *vis bullae* qu'elle portait au nombril.

Soudain, l'emprise se brisa. Elle prit une profonde inspiration et recouvra ses sens.

Brandissant son pieu, elle frappa en visant sa poitrine toute proche. Mais il stoppa son geste et recula.

Leurs bras se choquèrent avec une force qui leur aurait brisé les os s'ils n'avaient été, elle Vénatore et lui vampire. Elle se dégagea d'une pirouette.

— Je savais qu'on ne pouvait pas vous faire confiance, soupira-t-elle en se retournant, prête à frapper. Même si votre petit-fils soutient le contraire.

Cette fois, elle lâcha son cierge et bondit en avant.

Mais il la contra une fois de plus, et ils se retrouvèrent au corps à corps, tels deux amoureux de parodie, jusqu'à ce qu'elle plonge tête baissée pour tenter de se faufiler derrière lui.

Il feinta. Elle revint à l'attaque. Il la saisit par la taille et la repoussa avec force contre le mur. Elle tituba. À la lueur du cierge qui grésillait sur le pavé, elle le toisa.

Ils étaient clairement dans une impasse.

— Forte, brave, têtue… et ravissante. Non vraiment, je ne vois pas ce que mon petit-fils vous trouve.

Ses lèvres plus fines mais dessinées comme celle de Sébastien s'incurvèrent en un sourire familier et elle ne put s'empêcher de penser à toutes les fois où des lèvres semblables s'étaient posées sur les siennes. Derrière son masque, Beauregard braqua sur elle le faisceau rouge et envoûtant de ses pupilles.

— Dommage qu'il vous ait vue le premier, Vénatore. Mais s'il ne vous traite pas avec tous les égards dus à une bien-aimée, peut-être finirez-vous par vous lasser et par aller voir ailleurs. Du côté du pouvoir. Et de l'immortalité.

Victoria eut un reniflement méprisant.

— Je ne suis pas plus sa bien-aimée qu'il n'est Vénatore, rétorqua-t-elle en se reculant pour repartir à l'assaut.

— Je vois, dit-il, le regard soudain absorbé comme s'il réfléchissait à une question fondamentale

Il semblait tellement détaché et méditatif, que Victoria faillit le regarder dans les yeux. Mais elle se reprit juste à temps.

— S'il vous plaît, cessez de me harceler, s'écria-t-il alors qu'elle s'apprêtait à repartir à l'attaque. Maintenant que vous m'avez prouvé de quoi vous étiez capable, je propose que nous parlions affaires.

Toujours sur ses gardes, Victoria demanda :

— Parler affaires ? Comme avec l'un de vos vampires que j'ai transpercé tout à l'heure ? Ou un appât destiné à m'attirer à l'écart de la foule, comme celui d'hier soir ?

Il lui sembla qu'il haussait les sourcils derrière le masque de son domino.

— Je crains que vous ne vous mépreniez. J'étais occupé à me repaître hier soir. Une corvée pénible mais nécessaire, de temps à autre. Mais oui, je me suis servi du jeune homme que vous avez occis – et de plusieurs autres – comme d'un… appât ? C'est ainsi que vous les appelez ? Pour pouvoir vous localiser dans la foule et répondre à votre message.

— Un vampire subalterne, apparemment.

Beauregard haussa les épaules.

— Les nouveaux vampires sont souvent de jeunes coqs qui se croient invincibles. Ils n'ont pas conscience que les Vénatores sont capables de mettre un terme à leur immortalité aussi facilement qu'ils peuvent ravir celle des mortels. Que cela serve de leçon à ses compagnons. C'est une chance pour moi que la plupart de ces béjaunes se soient ralliés à Regalado et aux membres de la Tutela.

— Ainsi donc la bataille fait rage entre les deux factions de vampires, dit Victoria en ramassant promptement son cierge.

— La bataille ? Le mot est un peu fort. Regalado et ses comparses ne font pas le poids face à moi. Même avec leur nouvel allié. Je sais comment m'y prendre avec eux.

Victoria fit mine de bâiller.

— Les rivalités politiques des vampires ne m'intéressent pas. S'il ne tenait qu'à moi, je vous transpercerais tous autant que vous êtes et quel que soit votre camp. Mais parlons un peu de ce qui m'a amenée dans cette sombre ruelle. Je suppose que vous attendez un paiement en échange de l'information que je recherche.

— Ah, parfait. Merci de m'épargner la tâche ingrate d'aborder moi-même cette question délicate.

Beauregard éclata d'un rire familier, comme celui de Sébastien. Puis le charme se dissipa et ses yeux se remirent à rougeoyer.

— Pourquoi voulez-vous le voir ? J'ai du mal à croire qu'une femme de votre rang et de votre qualité puisse pourchasser un coureur invétéré comme mon petit-fils de ses assiduités.

— Je pense que le coureur invétéré à de qui tenir. C'est au sujet de ma tante.

Victoria n'avait aucune raison de se montrer réservée avec Beauregard. Il lui fallait à tout prix retrouver Sébastien.

— Votre tante ?

Mince ! songea Victoria, réalisant qu'elle aurait dû jouer les amantes éconduites, et lui laisser croire qu'elle était effectivement à la poursuite de Sébastien.

Mais peut-être y avait-il un moyen de redresser la situation.

— Il m'a... envoyé quelque chose qui appartenait à ma tante, et je voulais... le remercier.

Elle savait que Beauregard était trop intelligent pour croire à une telle explication, mais peut-être qu'en manœuvrant habilement...

— Le remercier ? Ah...

La façon dont il avait soupiré en prononçant cette dernière syllabe, lui indiqua qu'il avait mordu à l'hameçon. Le rougeoiement dans ses yeux s'éteignit, faisant place à de la condescendance.

— Cela fait plusieurs mois, n'est-ce pas ? Et vous voulez le remercier.

— Il faut que je le voie, dit-elle en donnant à sa voix un accent désespéré.

Qu'il croie ce qu'il veut. Qu'il dise à Sébastien qu'elle se languissait d'amour pour lui. Cela ne changerait rien à l'affaire de toute façon.

— Comme vous l'imaginez sans doute, mon petit-fils et moi-même sommes sensibles à la gratitude. Je veux bien faire passer le message à Sébastien à condition que vous me témoigniez la vôtre.

Elle ne répondit pas, se contentant de serrer son pieu entre ses doigts et d'attendre.

Il inclina la tête en écartant les mains, avec l'air résigné de quelqu'un qui n'a pas le choix.

— Il se trouve que j'ai une certaine... envie... un désir que j'aimerais satisfaire.

Victoria savait exactement à quoi il pensait. La paume de ses mains devint moite et son cœur recommença à s'affoler. Il cherchait à nouveau à exercer son emprise sur elle.

Il était très puissant, d'une puissance égale à la sienne, malgré ses deux *vis bullae*.

— Vous ne vous repaîtrez pas de moi. Je vous expédierai en enfer avant.

Beauregard eut l'air offensé.

— Me repaître de vous ? Ma chère, vous m'insultez. Laissez cela aux chiens en rut ou aux habitués des bordels. Ce que je veux de vous est beaucoup plus qu'une rasade de votre sang onctueux et chaud. Votre délicieux sang de Vénatore.

Ses prunelles avaient recommencé à rougeoyer et elle sentait qu'il cherchait à l'envoûter.

Mais elle garda la tête suffisamment froide pour sentir le bois de frêne entre ses doigts, et l'écoulement de la cire chaude du cierge sur son autre main.

— Non ! dit-elle d'une voix ferme, bien qu'elle se sentît mollir. Je refuse de me laisser mordre.

— Dans ce cas, donnez-moi un baiser, Victoria. Laissez-moi goûter vos lèvres, dit-il d'une voix caressante qui lui donna l'impression que ses paroles s'immisçaient jusque dans ses veines qui s'étaient brusquement mises à palpiter. Je voudrais comprendre ce qui attire tant mon petit-fils.

Elle cligna des yeux, s'obligeant à garder la tête froide en se concentrant sur l'odeur putride d'un tas d'ordures qui se trouvait à proximité et en forçant son cœur à reprendre un rythme normal.

— Non ! répéta-t-elle sèchement. Vous ne pouvez pas m'envoûter, Beauregard. Je suis trop forte pour cela.

— Je ne vous demande qu'un baiser, reprit-il de sa voix calme et posée. Vos lèvres contre les miennes. Et vous pourrez mettre votre pieu entre nous, si cela vous rassure, Vénatore.

— Et si je vous le plante en pleine poitrine et vous expédie en enfer, Sébastien se lancera à mes trousses pour venger son grand-père que j'aurai condamné à la damnation éternelle.

Beauregard releva fièrement le menton.

— S'il vous plaît, Victoria, ne parlons pas de choses désagréables. Vous n'aurez aucune raison de faire une chose pareille, car si vous me donnez ce que je désire, je transmettrai moi-même votre message à Sébastien. Laissez-moi simplement... vous embrasser.

Elle resta un moment silencieuse. Après tout, ce n'était qu'un baiser... et elle garderait son pieu à la main, pointé sur sa poitrine et prêt à frapper. Si ses lèvres étaient sur les siennes, ses crocs ne pouvaient pas être sur son cou – ou n'importe où ailleurs sur son corps. Et puis ce ne serait pas la première fois qu'elle embrasserait un vampire.

— Un baiser, finit-elle par dire. Et le pieu entre nous.

— Si cela peut vous tranquilliser, fit-il en s'approchant aussitôt.

Ces doigts puissants se posèrent sur ses épaules, les enserrant comme un étau, tandis que sa tête grisonnante se penchait vers elle.

Posant la main qui tenait le cierge sur son épaule, elle glissa celle qui tenait le pieu entre eux, puis releva la tête en fermant les yeux.

Elle tressaillit quand ses lèvres, l'une froide et ferme et l'autre chaude et molle, touchèrent les siennes. Une myriade de sensations étranges l'envahit et elle renversa sa tête en arrière.

La main de Beauregard enserra sa nuque glacée, puis il laissa remonter ses doigts jusqu'à la base de sa tresse. Victoria lui rendit son baiser, accolant étroitement ses lèvres humides aux siennes.

Soudain, elle sentit un picotement sur sa lèvre inférieure, puis le goût chaud et ferrugineux du sang.

Ses mains toujours plaquées sur sa nuque, Beauregard suçait doucement sa lèvre inférieure, provoquant un chaud tourbillon au creux de son estomac et entre ses jambes. Elle tourna la tête, s'arrachant à son étreinte, et brandit son pieu. Il la relâcha et se recula.

Sa poitrine haletait et ses crocs luisaient comme deux lames d'acier.

— Par le sang de Lucifer, murmura-t-il.

Voyant qu'elle était prête à se ruer sur lui, il leva la main d'un geste apaisant.

— Je vais transmettre votre message à Sébastien, dit-il.

Puis il disparut dans la nuit, la laissant seule.

Au lieu de tourner le dos à Beauregard, elle se mit marcher à reculons pour sortir de la venelle par laquelle elle était arrivée.

Jetant des regards autour d'elle, elle essayait de calmer les battements de son cœur. Le sang qui continuait de s'égoutter de sa lèvre, là où il l'avait mordue, risquait d'attirer les autres vampires qui auraient pu se trouver dans les parages.

Enfin, elle émergea de l'îlot et aperçut au loin l'éclatant cortège des *moccoletti*. Sa nuque était toujours froide mais pas glacée. Il n'y avait pas de vampires à proximité immédiate. Elle se demanda où était passé Zavier et s'il avait trouvé des morts vivants.

Juste au moment où elle quittait l'ombre protectrice de la ruelle, elle réalisa que quelqu'un la suivait. Glissant la main dans sa poche, elle empoigna le manche de son *Kadhara* et se hâta en direction du Corso. Il ne devait pas être loin de minuit, et la grande avenue pleine de monde serait bientôt plongée dans l'obscurité.

Le terrain de chasse idéal pour les vampires à l'affût.

Le joyeux tapage du carnaval semblait avoir encore décuplé. Elle n'avait plus besoin de son cierge, maintenant qu'elle avait rejoint le flot des fêtards qui défilaient au cri de *Senza moccolo* !

Elle souffla sa bougie. Elle se sentait seule, tandis qu'elle marchait, silencieuse et l'œil aux aguets, parmi tous ces gens qui riaient et chahutaient, inconscients du danger qui les guettait en cette nuit de réjouissance.

Elle était une Vénatore – une mortelle qui jamais plus ne ferait totalement partie de la société.

Soudain, toutes les cloches de la ville se mirent à sonner, faisant sursauter Victoria. Leur son grave et funèbre dominait le vacarme du cortège. À minuit tapant, le bruit et la lumière cessèrent instantanément, faisant place au silence et à l'obscurité.

Tous les cierges s'éteignirent en même temps, comme si un grand vent s'était levé sur le Corso, soufflant toutes les chandelles d'un coup.

L'avenue se vida beaucoup plus vite que Victoria ne l'aurait imaginé et le Corso devint lugubre. Sentant que sa nuque recommençait à la picoter, elle se tint sur ses gardes.

Elle arracha son masque. Elle n'en avait plus besoin maintenant que le carnaval était fini. Le carême de quarante jours venait de commencer, et les festivités et les bals ne reprendraient qu'après le dimanche de Pâques.

Çà et là, des gens marchaient par deux ou trois d'un pas pressé, comme s'ils avaient hâte de rentrer chez eux.

Victoria vit bouger quelque chose à l'orée de son champ de vision tandis qu'un souffle froid faisait se hérisser sa nuque. Elle ralentit son allure, poursuivant sa route d'un pas nonchalant pour inciter le mort vivant à la suivre. Sentant qu'il se rapprochait, elle saisit son pieu et fit volte-face.

C'était une femelle aux cheveux bruns et aux yeux rouges. La créature laissa échapper un petit cri de surprise et tomba en poussière. C'était sans doute un de ces jeunes vampires que Beauregard tenait dans un profond mépris.

Qui avait été son maître, Regalado ou Beauregard ?

Tournant le dos à la *Piazza*, Victoria longea le Corso en direction du sud. Elle marchait d'un pas décidé mais tranquille. La nuit était jeune et elle allait devoir patrouiller pendant de longues heures avant de pouvoir regagner le Consilium ou son lit.

Par moments, elle sentait qu'on l'observait, mais sa nuque avait repris une température normale.

Elle n'entendait rien, ne flairait rien. Les passants se faisaient de plus en plus rares et elle avait parcouru deux pâtés de maisons sans entendre grincer la moindre roue sur le pavé.

Elle dépassa Santa Francesca Romana et son élégant clocher, puis se dirigea vers le Colisée et ses monumentales arcades baignées d'obscurité.

Mais, au milieu du silence, elle entendit un bruit de pas derrière elle.

Elle se retourna vivement.

Juste au moment où elle brandissait son poignard pour frapper, il saisit son poignet entre ses doigts puissants et dit :

— Je m'attendais à plus d'égards.

# 6.

# Où Victoria se heurte à un menton obstiné

— Max ! s'écria Victoria en proie à un immense soulagement mêlé de joie. Max était revenu. Il était vivant !

— Peut-être vous attendiez-vous à trouver Sébastien Vioget, dit Max en dégageant son bras pour mettre fin à cette subite effusion.

— Mais où étiez-vous donc passé ? demanda-t-elle, en le scrutant du regard, comme si elle avait cherché une réponse dans son apparence.

À la faible lueur des réverbères, elle remarqua qu'il avait les traits tirés et les joues creuses. Sa luxuriante chevelure était ébouriffée et une barbe d'au moins trois jours assombrissait sa mâchoire.

Il portait un habit noir, chiffonné, mais pas le moindre masque ou *moccoletto*.

— Il y a presque quatre mois, Max. Mais où étiez-vous donc ?

— Ici et là. Mais quelle importance ?

Bien qu'il se tînt à l'écart, il ne semblait pas pouvoir la quitter des yeux.

— Vous n'avez pas l'air d'avoir été trop malmenée pendant mon absence.

Victoria se raidit, adoptant la même pose altière que lui.

— Vous m'avez suivie ? À moins que vous n'ayez cherché quelqu'un d'autre ce soir.

Le beau visage sombre de Max semblait encore plus anguleux et sévère qu'à l'ordinaire. Quand il la toisait, comme maintenant, de toute la hauteur de son imposante silhouette, ses yeux paraissaient deux trous noirs de chaque côté de son long nez aristocratique.

— Vous suivre ? Je n'ai aucune raison de faire une chose pareille.

— Non, j'imagine que vous n'étiez pas en train de rôder dans les rues en pleine nuit pour assurer ma protection.

— Vous avez perdu votre *vis bulla*, dit-il soudain d'une drôle de voix.

— Et vous m'avez suivie pour vous assurer que je ne risquais rien ? C'est très aimable à vous, Max. Mais je ne vois pas…

*... ce que vous auriez pu faire pour me venir en aide alors que vous n'avez plus de* vis bulla.

Victoria changea promptement de sujet.

— Vous vous êtes coupé les cheveux.

La dernière fois qu'elle l'avait vu il portait une queue-de-cheval.

— Je me réjouis que cela ne vous ait pas échappé.

Ignorant sa pique, elle répondit du tac au tac :

— Sarafina joue-t-elle, elle aussi, à cache-cache dans les rues de Rome ? Pourquoi ne l'invitez-vous pas à se joindre à nous ? Je n'ai pas eu la joie de pouvoir lui parler hier soir.

— Étant donné que j'arrive seulement, j'ignore totalement où se trouve Sara. Mais j'imagine que vous avez une bonne raison de parler d'elle. Si c'est le cas, Victoria, allez-y franco. Contrairement à Vioget, je ne suis pas du genre à tourner cent sept ans autour du pot.

— C'est pourtant ce que vous êtes en train de faire,

riposta-t-elle avant de déclarer sans ambages : votre fiancée a essayé de m'enlever hier soir. Savez-vous pour quelle raison ?

Il ne répondit pas d'emblée. De même qu'il ne nia pas que Sara était sa fiancée. Il se contenta de la toiser, comme s'il était plongé dans de profondes réflexions, puis finit par demander :

— Que s'est-il passé au juste ?

— Elle nous a attirés Zavier et moi dans le cimetière où se trouve le caveau de la famille Regalado. Et là, quatre ou cinq lascars ont essayé de m'envelopper dans une couverture et de me saper le moral.

— Et, heureusement, Zavier a volé à votre secours.

— Et, heureusement, j'ai réussi à venir à bout toute seule de ce guet-apens, sans embrocher Zavier quand il a essayé de s'interposer entre un vampire et moi, répondit Victoria en réalisant que Max avait réussi à lui faire perdre son calme et en se demandant pourquoi il cherchait continuellement à l'asticoter.

— Zavier s'est interposé entre votre pieu et un vampire ? A-t-il été vertement semoncé pour son outrecuidance ? Bah, au moins, avec Vioget, cela ne risque pas d'arriver.

Soudain radouci, il demanda :

— Vous avez vu Sara hier ? A-t-elle été transformée ?

Sa question l'interloqua bien qu'elle sût que Sara aimait la compagnie des vampires et que son père, le comte Regalado, avait été le chef de la Tutela de Rome avant d'être transformé en vampire juste avant que l'obélisque d'Akvan ne soit détruit.

— Je ne le crois pas, répondit-elle. Mais si c'était le cas, cela ferait d'elle une partenaire nuptiale des plus intéressantes.

Max ouvrit la bouche comme s'il s'apprêtait à l'abreuver d'injures, mais il se retint et dit posément :

— Il est évident que vous portez une *vis bulla*.

Elle sentit ses joues s'empourprer violemment, et bien

qu'il fît trop noir pour qu'il puisse voir qu'elle rougissait, elle détourna les yeux. Elle était soudain consciente du fait que la *vis bulla* de Max, celle qu'il avait jadis portée accrochée à son mamelon, reposait à présent douillettement au creux de son nombril. Elle eut même l'impression de la sentir frémir sur sa peau.

Max était-il capable de sentir qu'elle portait sa *vis bulla* ?

— Oui, je porte celle de tante Eustacia, dit-elle.

Un silence gêné tomba entre eux. Max se tourna vers le Colisée et inspira profondément.

— Et Kritanu ? Comment va-t-il ? Et les autres ? demanda-t-il d'une voix éteinte.

Il y avait tant d'interrogations contenues dans ces trois questions que Victoria, ne pouvant répondre à toutes, se contenta de dire :

— Il est stoïque et courageux, comme seul Kritanu sait l'être. Et très triste, comme moi…

— Et moi, coupa-t-il sèchement comme s'il avait voulu la mettre au défi d'affirmer le contraire.

— Et tous les autres, ajouta-t-elle. Nous la pleurons tous… mais… il faut savoir tirer un trait sur le passé, Max.

Elle avait beau se dire qu'il avait été obligé d'exécuter tante Eustacia, elle ne s'en était jamais remise.

Une fois de plus elle détourna les yeux. Victoria n'était ni timorée ni lâche… mais l'expression de son visage lui donnait tantôt envie de l'invectiver, tantôt de le prendre dans ses bras pour essayer d'effacer la dureté de ses traits.

Une fois, elle lui avait reproché sa froideur et son indifférence, allant jusqu'à l'accuser d'être jaloux de l'affection que lui portait son mari, Phillip. Quelle ironie ! Car maintenant, c'était elle qui se sentait vide et indifférente, alors qu'il semblait presque suppliant et vulnérable.

Mais non, c'était sa culpabilité, à cause du rôle qu'il avait joué dans la mort de tante Eustacia, qui lui donnait l'impression qu'il s'était radouci.

Et elle n'était pas certaine de l'avoir pardonné d'avoir provoqué la suite d'événements qui avait conduit à ce dénouement atroce.

Elle préférait ne pas penser à cette nuit tragique, au rôle qu'il avait joué dans la mort d'Eustacia, aux risques qu'il avait pris et au danger auquel il les avait exposés.

Mais force lui était de reconnaître qu'il avait réussi à détruire l'obélisque d'Akvan alors qu'il n'y avait qu'une chance infime d'y parvenir.

Comme elle restait silencieuse, il demanda :

— Vous avez récupéré la *vis bulla* d'Eustacia ? Mais comment ?

— Sébastien me l'a envoyée. Je ne sais pas comme elle est entrée en sa possession.

— Très habile, dit-il en levant les yeux vers les ruines du théâtre antique. J'imagine que vous l'avez remercié chaleureusement, comme il se doit.

Victoria, qui avait parfaitement compris ce qu'il sous-entendait, ignora sa remarque. Maintenant qu'il était de retour, il y avait d'autres choses plus importantes à régler.

— Max, dit-elle. Avez-vous parlé à Wayren ? Connaissez-vous l'existence *de la Porta Alchemica* ?

— Non… pas depuis… depuis le soir où l'obélisque a été détruit. Que s'est-il passé ?

Elle lui parla de la porte, et des clés manquantes.

— Le bracelet d'Eustacia auquel était accrochée la clé est introuvable… murmura-t-il, l'air songeur. Et vous entendez faire appel au très inconstant Sébastien pour tenter de le récupérer.

— Vous étiez là, n'est-ce pas, quand j'ai parlé avec Beauregard ?

Elle s'était remise à marcher dans l'ombre immense de l'amphithéâtre.

— Parlé ?

Il n'avait pas l'air surpris. Et soudain Victoria compris pourquoi. Il était là quand Beauregard l'avait embrassée.

— Je savais que quelqu'un m'observait. Bien, dans ce cas, vous n'avez pas besoin que je vous dise de quoi nous avons discuté.

— Je vous l'ai dit, Victoria... Au début, je n'étais pas certain que vous portiez une *vis bulla.*

— Et vous ? Vous n'en portez plus, demanda-t-elle en se figeant soudain.

Il soutint son regard.

— Ne vous en faites pas pour moi.

Elle accéléra le pas, mais il l'a rattrapa en une enjambée.

— Pendant que vous cherchez à contacter Sébastien, un complot se prépare. Quelqu'un – Sarafina ? Si c'est bien elle que vous avez vue dans les buissons – vous a tendu une embuscade. Vous avez été piégée et auriez pu facilement vous faire tuer.

— Je ne suis pas idiote, Max. Il est évident qu'ils voulaient me capturer vivante. Sans doute croient-ils que je sais où est la clé. Aucun d'eux n'a levé la main sur moi. Et même le vampire, qui n'était rien d'autre qu'un appât, a pris la fuite. S'ils avaient voulu me tuer, ils ne se seraient pas gênés.

— Vous voulez déjà mourir, Victoria ?

Ils avaient atteint le pied de la muraille. Au-dessus de leurs têtes les trois niveaux d'arcades semblaient les guetter comme autant d'yeux noirs. Des feuilles et des lianes avaient poussé entre les pierres de la façade, conférant aux lieux un aspect sauvage.

— C'est vous, me semble-t-il, qui vouliez mourir ? Quant à moi, j'ai trop à faire pour cela.

Il ne lui avait pas témoigné la moindre gratitude quand elle lui avait sauvé la vie, le soir où tante Eustacia était morte.

Il lui avait dit qu'il aurait préféré mourir plutôt que vivre dans la culpabilité, même s'il avait agi par devoir, pour le bien de la race humaine, sur ordre d'Eustacia elle-même.

C'était pour cela que Victoria ne pouvait pas le haïr. Elle savait qu'il n'avait pas eu le choix.

— Je suis toujours vivant, non ? lui dit-il tandis qu'elle levait le nez, ébahie, vers le gigantesque théâtre romain.

Depuis quatre mois qu'elle était à Rome, elle n'avait jamais trouvé l'occasion de visiter le gigantesque amphithéâtre.

— Voulez-vous le voir de l'intérieur ? On ne risque pas de croiser de vampires. C'est un lieu consacré depuis près d'un siècle.

— Allons-y.

Cheminer ainsi pacifiquement avec Max parmi ces ruines antiques au lieu de combattre les morts vivants à ses côtés lui procurait un étrange sentiment. Ils s'engagèrent dans le passage intérieur qui faisait tout le tour de l'édifice.

Ils marchaient en silence, Max suffisamment près pour frôler sa manche. La voûte noire du plafond leur donnait l'impression d'être dans une caverne.

— Vous avez l'intention de marcher comme ça en rond toute la nuit ? demanda-t-il brusquement. Ne voulez-vous pas voir à quoi ressemble l'arène ?

Victoria laissa échapper un petit éclat de rire. Elle se sentait un peu tendue sans vraiment comprendre pourquoi. Après tout, Max était égal à lui-même.

— Si, bien sûr.

Il s'immobilisa brusquement juste au moment où elle bifurquait dans une issue latérale, et son front et le menton de Max entrèrent en collision.

Elle tituba et il l'attrapa par les bras pour la remettre d'aplomb. Il y eut un moment de silence gêné.

— Excusez-moi, murmura-t-elle poliment, en se dégageant de ses mains puissantes.

Le cœur battant la chamade, elle commença à longer le passage qui menait à l'arène.

— Ce passage s'appelle le *vomitorium*, dit Max comme si rien d'anormal ne s'était produit.

Ce qui était le cas, si ce n'est qu'elle avait, très brièvement du reste, perdu de sa dignité vénatoriale devant Max.

— On l'appelle ainsi parce qu'il était suffisamment spacieux pour permettre à une multitude de spectateurs d'entrer et sortir sans se bousculer.

La collision avec son menton, tout aussi dur et obstiné que le reste de sa personne, avait été douloureuse.

— Étant une Vénatore, je ne devrais pas en garder de trace, dit-elle sur le ton de l'humour.

— Attention à la mousse, qui peut rendre les pavés glissants, fit-il tandis qu'ils émergeaient du tunnel.

— Il y a de mousse et de la végétation absolument partout, remarqua-t-elle en jetant un regard circulaire à ce qui avait dû être jadis un espace parfaitement entretenu.

— Hannever vient chercher ici la plupart des plantes et des simples qui lui servent à préparer les remèdes et onguents du Consilium. Il y en a des centaines, apportées ici à dessein ou par hasard, au fil des siècles, des quatre coins de l'Empire romain. Nous avons beaucoup de chance.

Il s'abîma un instant dans la contemplation du carré de végétation qui avait envahi l'arène. Son long nez droit, son front proéminent, les traits anguleux de son visage auraient pu être ceux d'un des gladiateurs qui avaient combattu au Colisée. Ou ceux d'un patricien qui aurait occupé cette même place dans les gradins à l'époque antique.

Quoi qu'il en soit, il émanait de sa personne une force et une énergie toutes romaines.

Sans doute remarqua-t-il qu'elle l'observait, car il se tourna vers elle.

— Qu'y a-t-il ?

— Quand vous racontez l'histoire du Colisée, j'ai l'impression d'entendre Zavier.

— Mais oui, bien sûr. Zavier se passionne pour l'histoire des femmes Vénatores, entre autres choses, répondit-il sèchement. Quant à moi, je suis fasciné par cet endroit, ajouta-t-il en tournant à nouveau les yeux vers l'arène.

Quelque part, en ces lieux, Gardeleus, le premier Vénatore, fut assassiné par un vampire. Ce qui fut le point de départ d'une bataille qui dure maintenant depuis des siècles.

Elle contempla l'amphithéâtre envahi par la broussaille d'un côté, et de l'autre constitué d'un réseau de cavités obscures. Tante Eustacia lui avait raconté l'histoire de Gardeleus et son ultime bataille contre Judas Iscariote, le premier vampire.

— Il y avait longtemps que je n'étais pas venu ici, poursuivi Max. Je suis né et j'ai grandi à Rome, mais j'ai tendance à oublier les sacrifices que le premier Vénatore et ses descendants ont dû faire au fil des âges.

Ses paroles et sa voix étaient, pour une fois, tellement touchantes et respectueuses que Victoria ne dit rien, de crainte de rompre l'enchantement.

Enfin, il sortit de sa rêverie, et quand il se tourna vers elle et que leurs regards se croisèrent, elle eut le souffle coupé. Malgré l'immensité des lieux qui lui donnait l'impression d'être toute petite, elle se sentait à l'étroit. Comme si l'espace s'était rétréci autour d'eux.

— Victoria, dit Max. Je ne vous ai jamais dit combien j'étais désolé de ce qui est arrivé à Phillip.

Jamais il ne lui avait parlé de Phillip, sauf pour lui reprocher de l'avoir épousé, déclarant que les Vénatores ne devaient pas se marier, afin de pouvoir se consacrer entièrement à leur mission sacrée.

Victoria était tellement interloquée qu'elle ne sut que dire.

— Je pense à lui chaque jour, bredouilla-t-elle en baissant les yeux sur ses mains pâles. Et à tante Eustacia aussi.

Les larmes lui montaient aux yeux.

Il adossa son grand corps svelte et gracieux au mur de pierre.

— Et malgré cela, vous continuez de vaquer à vos occupations comme si de rien n'était. Vous avez une grande force intérieure.

À cet instant précis, Victoria n'avait pas l'impression d'être forte.

Par moments, elle arrivait à oublier son chagrin et à faire comme si tout allait bien – comme si la transformation de Phillip ne l'avait pas complètement anéantie. Il arrivait même que, brièvement, l'espace d'une journée, elle se sente d'humeur suffisamment joyeuse pour oublier la solitude à laquelle sa mission la prédestinait.

Elle s'assit et s'adossa aux gradins de pierre.

— Comment pourrais-je renoncer à ma mission, alors que le mal menace d'anéantir la terre.

Elle avait dit à peu près la même chose à Sébastien quelques mois plus tôt. Mais il ne l'avait pas comprise.

— Je sais, dit-il d'une voix grave à peine audible.

Après cela, ils se turent, et un silence confortable, exempt de ressentiment, s'installa entre eux. Pour finir, Victoria prit la parole. Il y avait une question qui la taraudait depuis quelque temps.

— Aviez-vous réellement l'intention d'épouser Sarafina Regalado ?

Pendant des mois, il avait fait semblant de servir la cause de la Tutela et s'était fiancé à la fille du comte Regalado.

Cette fois, il releva la tête pour s'abîmer dans la contemplation du ciel. Il hocha brièvement la tête et dit :

— S'il l'avait fallu, oui.

Sa réponse ne la surprit pas. Victoria savait que Max était près à tout pour contrer Lilith et ses vampires, y compris à faire les plus grands sacrifices. Pourrait-elle jamais atteindre un tel degré d'abnégation ?

— Il n'est pas toujours facile de prendre la bonne décision ou de faire le bon choix.

— Je sais, soupira Max, avant de murmurer : elle me manque à moi aussi, Victoria.

Ils se turent à nouveau, et au bout d'un moment Victoria remarqua que le ciel commençait à pâlir à l'est. L'aube approchait.

Elle avait passé toute une nuit en compagnie de Max sans avoir eu à dégainer son pieu une seule fois, ou échanger des paroles acerbes.

Voyant qu'elle cherchait à se remettre sur ses jambes, il lui tendit la main pour l'aider à se relever.

Ses doigts puissants et chauds enveloppèrent sa petite main, puis la tirèrent sans effort. Dès qu'elle fut debout, il la relâcha et se dirigea vers le *vomitorium*.

Comme ils marchaient en silence, elle remarqua quelque chose de brillant sous sa chemise. Il portait une *vis bulla*.

— Max, dit-elle en se rapprochant. Où avez-vous trouvé cette *vis bulla*.

— C'est sans importance. Le soleil se lève et je rentre me coucher. Bonsoir, Victoria.

— Max. Est-ce que cela signifie que vous êtes de retour parmi nous ?

— Je ne sais pas, dit-il, puis il tourna les talons.

# 7.

# Où une petite fiole rouge devient un sujet de conversation

— Vous êtes allé voir Lilith seul ? dit Wayren.

Craignant d'être mal accueilli par les autres Vénatores, après la mort d'Eustacia, Max avait demandé à Wayren de venir le retrouver dans la petite chambre qu'il louait en ville plutôt que de se rendre au Consilium.

— Je n'avais rien à perdre.

— Je sais bien, Max. Et je sais que vous n'avez de cesse de briser l'emprise qu'elle exerce sur vous. Mais vous avez tout de même pris de gros risques !

— Ça n'était pas comme si je me retrouvais face à elle pour la première fois, grinça-t-il.

Il savait qu'il n'aurait pas dû se montrer aussi cassant, mais que diable Wayren avait-elle besoin de retourner le couteau dans la plaie ! Réalisant qu'elle avait manqué de tact, elle fit amende honorable :

— Mais bien sûr. Je vous demande pardon.

— Lilith m'a donné un baume dont elle prétend qu'il va me libérer de son emprise…

Il tira une petite fiole rouge grenat de sa poche et la posa sur la table entre eux.

Bien que ses doigts l'eussent démangé, il n'avait encore jamais ouvert le petit flacon taillé dans une pierre précieuse grosse comme une noix.

Depuis des mois, il la sentait peser au fond de sa poche. Elle lui brûlait la main quand il la frôlait. Un matin, il s'était éveillé avec la fiole serrée dans la main.

Aussi avait-t-il décidé de s'en revenir à Rome pour en parler à Wayren.

Wayren observa la fiole, mais ne chercha pas à s'en emparer. Au bout d'un moment, elle tourna à nouveau les yeux vers Max et le regarda comme si elle savait ce qu'il allait dire.

— Il y a un prix à payer, cependant, dit-il. Si je m'en sers, je perdrai tous mes pouvoirs de Vénatore, et ne pourrai plus jamais les récupérer, même en passant à nouveau l'épreuve. J'oublierai tout ce que je sais de ce monde, comme si je ne l'avais jamais connu.

— Exactement comme un Gardella qui a été choisi mais a refusé de répondre à l'appel – la mère de Victoria, par exemple. Vous redeviendrez un homme ordinaire, insouciant.

Un homme ordinaire.

Il n'arrivait pas à imaginer à quoi ressemblait la vie d'un tel homme.

— Vous voulez vous libérer de l'emprise de Lilith, mais vous ne l'avez pas encore utilisé, commenta Wayren.

— J'ai décidé de ne pas le faire.

Par moments, comme maintenant, il avait la certitude que Wayren pouvait lire dans les pensées et même prédire l'avenir. Derrière ses lunettes parfaitement carrées, elle l'observait de ses yeux bleu-gris calmes et pénétrants.

— Vous avez déjà fait votre devoir, Max. Vous avez donné dix-sept ans de votre vie pour vous racheter de ce qui est arrivé à votre père et à votre sœur. Vous avez droit à la liberté.

Il réalisa avec stupeur que Lilith lui avait dit à peu près

la même chose. La reine des vampires l'avait ensorcelé, et maintenant Wayren lui donnait sa bénédiction.

Il savait qu'elle avait raison. Il y avait des semaines qu'il méditait sur cette question qui le torturait et occupait presque toutes ses pensées. Mais… quel serait le prix de la liberté ? Qu'allait-il laisser derrière lui ? Combien de morts, de vies détruites ?

Et qu'allait-il perdre ?

— Vous n'aurez plus aucun souvenir de votre vie de Vénatore. Cette existence disparaîtra complètement de votre mémoire. Et vous serez parfaitement libre.

— Croyez-vous que je ne le sache pas ? Croyez-vous que je veuille pas que cesse ce tiraillement permanent dans mon cou ? Ou les douleurs que Lilith m'inflige à chaque fois qu'il lui en prend l'envie ?

Wayren haussa doucement les épaules.

— Est-il plus enviable de porter le poids de la culpabilité, et de s'interdire de mener une vie normale ou d'aimer, Max ? Rien ne vous y oblige ?

— La culpabilité a cessé de me tarauder depuis longtemps, Wayren. C'est l'emprise de Lilith qui me pèse. J'ai fini par accepter mes choix. Ce qui est fait est fait et ne peut être effacé. Mais je ne peux me résoudre à vivre dans l'insouciance quand je pense à tous les êtres sans défense qui ont besoin de moi, et à toutes les morts qui pourraient être évitées si je persiste dans la voie que j'ai choisie. Je n'ai pas le droit de renoncer alors que je suis l'un des rares à pouvoir venir en aide à ces gens.

Quand il eut fini son vibrant plaidoyer, Wayren croisa ses longues mains sur ses genoux et dit :

— Vous n'avez pas été appelé, comme les Gardella, pour devenir Vénatore. Vous avez choisi de le devenir. Vous n'avez pas les mêmes obligations.

— Vous ne comprenez pas. C'est après avoir livré mon père et Giulia à la Tutela que j'ai fait ce choix. Par obligation.

— Mais vous étiez presque un enfant à l'époque. Vous pensiez leur offrir ainsi l'immortalité, ainsi que vous l'avait fait croire la Tutela. Comment croyez-vous qu'ils parviennent à attirer des jeunes gens costauds et intelligents dans leurs rangs ?

— Vous me trouver des excuses, alors que j'ai livré mon père et ma sœur aux vampires ? À seize ans, j'étais parfaitement capable de faire la différence entre le bien et le mal. Mais je ne voyais rien d'autre que l'appât du pouvoir, de l'argent et de l'immortalité.

— Et pendant les dix-sept années suivantes, au péril de votre vie, vous avez porté la *vis bulla.* Vous avez largement payé pour votre faute.

Max foudroya Wayren du regard. Wayren qui avait toujours été aussi proche de lui qu'Eustacia. La douce et calme Wayren qui incarnait, plus encore à ses yeux qu'Eustacia, la figure maternelle.

Wayren qui l'avait choyé et guidé quand il n'était qu'un tout jeune aspirant Vénatore.

Elle l'avait soutenu tout au long du mortel tournoi de la *vis bulla*, et était à ses côtés quand il avait passé l'ultime épreuve – celle qu'il devait remporter pour pouvoir garder la vie sauve et porter l'amulette sacrée.

— Pourquoi voulez-vous que j'utilise le baume ? demanda-t-il de but en blanc. Pensez-vous que je ne suis plus capable d'être un Vénatore après ce qui est arrivé à Eustacia ?

Sa gorge se noua et Wayren vit qu'il serrait les poings.

— Non, Max. Non.

Elle s'approcha de lui et posa une main sur son bras.

— Je crains simplement qu'un jour l'emprise de Lilith ne devienne trop forte pour que vous puissiez lui résister. Déjà, elle a réussi à vous persuader de détruire l'obélisque d'Akvan et son fils rival, Nedas. Vous auriez pu y laisser votre vie. Qui sait ce qu'elle exigera de vous la prochaine fois ? Et celle d'après ?

À ces mots, la colère et l'impatience qui s'étaient emparées de lui retombèrent.

— Je l'ignore, mais je sais que pour l'heure elle ne parvient pas à me manœuvrer aussi facilement qu'elle le voudrait.

Max traversa la chambre et s'approcha de la petite table de chevet sur laquelle reposait son pieu de Vénatore.

Fait de bois d'ébène, il était lisse et juste assez lourd pour qu'on l'ait bien en main. Une croix en argent en ornait le manche.

— Victoria m'a parlé de la Porte de l'Alchimie. Vous allez avoir besoin de moi s'ils parviennent à récupérer toutes les clés.

— Vous avez parlé avec Victoria ?

— Hier soir, brièvement.

— Elle a dû être contente de vous voir. Elle a passé des mois difficiles après avoir perdu son mari et Eustacia. Et vous. Vous avez disparu après la mort d'Eustacia exactement comme vous l'aviez fait après la mort de Phillip.

Elle pencha la tête de côté, comme un oiseau, et l'observa d'un œil attentif.

Max reposa le pieu sur la table de nuit.

— Je n'étais pas en condition pour revenir et porter la *vis bulla*, répliqua-t-il sèchement.

— Il n'empêche qu'elle a beaucoup souffert de votre absence, dans un moment où elle avait besoin du réconfort d'une personne de confiance.

— De confiance ? Je doute qu'elle soit assez bête pour me renouveler un jour sa confiance. Et elle n'est pas la seule. Vous étiez là, vous aussi, comme Ilias et tous les autres.

Wayren se leva d'un geste brusque.

— C'est vrai, Max. Elle a endossé son rôle d'*Illa* Gardella avec beaucoup de courage. Et même si elle a eu quelques moments de tristesse et de découragement… c'est une Vénatore réellement hors du commun. Et totalement dévouée à la cause. Elle a dû prendre des décisions difficiles. Ainsi, elle a insisté pour que personne ne sache que c'était vous qui aviez exécuté Eustacia. Elle accepte tous les changements survenus dans sa vie et tous les sacrifices avec une facilité déconcertante.

Bon sang ! Victoria avait donc pris sa défense !

Wayren regarda la petite fiole posée sur la table, puis l'effleura du doigt.

— J'aimerais l'emporter avec moi si vous n'avez pas l'intention de vous en servir, Max. Peut-être arriverai-je à découvrir comment ce baume agi pour saper vos pouvoirs de Vénatore et briser l'emprise de Lilith.

— Prenez-le.

Elle glissa le flacon dans la petite bourse suspendue à la chaîne en argent qui lui ceignait la taille.

— Je suppose que vous vous joindrez à nous ce soir, au Consilium, maintenant que vous êtes de retour. Et que vous portez à nouveau une *vis bulla*.

— Bien sûr. Fidèle au poste comme toujours.

Victoria était prise dans un dilemme quand elle se rendit à Saint-Quirinus le lendemain en fin d'après-midi.

Couchée à l'aube, elle avait dormi jusqu'à midi passé, puis était descendue déjeuner avec lady Melly, Winnie et Nilly, qui ne tarissaient pas d'éloges sur l'hospitalité des sœurs Tarruscelli – Ah, ce balcon qui offrait une vue splendide sur le Corso ! Et cette inoubliable cérémonie de l'extinction des cierges ! Malheureusement, la fin du carnaval coïncidait avec le début du Carême, quarante jours durant lesquels il n'y aurait que très peu de réjouissances ou de sorties mondaines.

Et dire que cette pauvre Victoria, clouée au lit par la migraine, n'avait pas pu assister à la soirée la plus joyeuse, la plus belle et la plus excitante de tout le carnaval.

À présent remise de ses maux de tête, Victoria se leva de table et déclara :

— Je suis désolée de devoir vous fausser compagnie, mais j'ai rendez-vous avec un artiste peintre à qui j'ai commandé un portrait posthume de tante Eustacia.

— Ma pauvre chère enfant, dit lady Winnie en lui tapotant la main de ses petits doigts potelés couverts de rubis et d'émeraudes. Après la semaine éprouvante que tu viens de passer, ne devrais-tu pas te reposer au lieu d'aller galoper à droite et à gauche ?

— Tu es toute pâle, ajouta lady Nilly. Tu aurais moins mauvaise mine dans une robe plus colorée.

Victoria leur adressa un sourire attendri. Elle savait que malgré leur propension à fourrer leur nez partout et à régenter, les deux vieilles dames ne pensaient qu'à faire son bonheur – et celui de sa mère.

— Nous ne serons peut-être plus là quand tu rentreras, dit lady Melly. La fête… euh… la réunion débute à huit heures.

— La fête ? Mais nous sommes en Carême, fit remarquer Victoria en pinçant les lèvres pour ne pas éclater de rire.

En réalité, elle était soulagée d'apprendre qu'elles avaient des projets, car ainsi elle allait pouvoir vaquer à ses occupations sans être dérangée.

— Ce n'est pas à proprement parler une fête, dit lady Nilly en écarquillant ses grands yeux bleus aux cils épars. Non, bien sûr que non. Nous n'irions pas s'il s'agissait d'une fête.

— C'est une réunion, expliqua la duchesse avec un vigoureux hochement de tête. Une réunion. Avec un dîner. Mais sans musique ni danse.

— Comme c'est dommage que je ne puisse pas me joindre à vous, répondit Victoria en se dirigeant vers la porte. Mais je pense qu'il est plus raisonnable que je me couche tôt ce soir. En tout cas, je vous souhaite de bien vous amuser, Mesdames.

— Oh, ça, nous n'allons pas bouder notre plaisir, dit

lady Melly. Je ne sais pas pourquoi les Palombara ont décidé de donner cette fête… cette réunion un mercredi des Cendres, mais… Qu'y a-t-il, ma chérie ? Tu ne te sens pas bien ? Benedicto ! Vite, du thé pour Madame !

— Palombara ?

Victoria se figea, puis se retourna si brusquement que la tête lui tourna.

— De quelle sorte de soirée s'agit-il au juste, maman ?

— Ce n'est pas une soirée, rectifia lady Winnie avec humeur. Victoria, très chère, tu n'as manifestement pas écouté ce que nous t'avons dit.

— C'est sans importance, Winnie, dit lady Nilly en haussant un sourcil charbonneux. Vous pouvez parler sans crainte d'être entendue du pape – il ne réside plus à Rome depuis la guerre de toute façon.

— Mais qu'est-ce au juste que cette réunion chez les Palombara ? demanda Victoria en revenant s'asseoir.

— À vrai dire, ce ne sont peut-être pas les Palombara eux-mêmes qui organisent la… réunion, répondit lady Melly l'air digne. Mais quoi qu'il en soit, cela promet d'être terriblement excitant. Quel dommage que tu ne puisses pas venir avec nous, Victoria ! J'ignore combien de personnes seront présentes, mais je ne m'attends pas à ce qu'il y ait foule en ce mercredi des Cendres.

— Peut-être me déciderai-je à me joindre à vous, si vous m'expliquez de quoi il s'agit exactement, dit Victoria.

— Oh, ce serait tellement plus amusant si tu venais, toi aussi, s'exclama lady Winnie soudain exaltée. La villa Palombara, qui est restée inhabitée depuis des lustres, va rouvrir ses portes ce soir pour la réunion qui…

— Oui, c'est une sorte de chasse au trésor, gloussa lady Nilly. Il semble que les convives aient été sélectionnés sur le volet, et les sœurs Tarruscelli ont insisté pour que nous venions.

— Une chasse au trésor ? Mais quelle sorte de trésor pourrait bien se cacher dans une vieille maison abandonnée ? demanda Victoria en ayant cependant sa petite idée sur la question.

— Nous ne savons pas exactement comment nous allons procéder, intervint lady Melly, mais je pense que nous allons beaucoup… enfin, un peu nous amuser. Nous y allons pour aider la famille à retrouver une clé qui a disparu depuis plus d'un siècle. Je suis sûre que le pape lui-même approuverait cette action charitable.

— Voilà qui est passionnant, en effet, dit Victoria. Je pense que je vais venir après tout.

Il était plus de cinq heures quand Victoria entra dans la petite église de Saint-Quirinus et plongea ses doigts dans le récipient plein de cendres qui avait été disposé dans le vestibule. Le résidu pulvérulent laissa une traînée grise sur son front et se déposa sur ses cils.

À l'intérieur de la nef, plusieurs pénitents étaient en train de prier. Elle fit une génuflexion, puis se faufila derrière la grille de l'autel et gagna le confessionnal.

Une fois dans l'isoloir, au lieu de s'agenouiller pour se confesser, elle fit basculer le petit loquet qui commandait l'ouverture de la porte à côté du siège.

La porte pivota silencieusement, révélant trois marches qui menaient à un long corridor aux parois tapissées d'images pieuses.

Victoria referma la porte derrière elle, puis descendit les trois marches en ayant soin de ne pas poser le pied sur celle du milieu – ce qui eût déclenché une alarme avertissant les membres du Consilium, en dessous, de la présence dans les lieux d'une personne non-autorisée.

Le corridor offrait l'apparence d'une galerie d'icônes s'achevant en cul-de-sac – sauf pour qui savait que la dernière image pieuse sur la gauche, représentant Jésus et les anges Gabriel et Uriel, dissimulait un mécanisme secret permettant de faire basculer le mur du fond derrière lequel se trouvait l'escalier en spirale desservant les chambres souterraines. Victoria descendit l'escalier en colimaçon éclairé par des flambeaux.

Elle passa sous l'arche de marbre menant à la salle principale du Consilium et s'arrêta devant la fontaine d'eau bénite.

De l'autre côté du bassin circulaire, Ilias, Zavier, Michalas et Stanislaus étaient en grande conversation.

Un homme de dos, vêtu de noir, dont la tête brune et les épaules carrées dominaient le reste du groupe, semblait être au centre de la conversation.

Ce fut Zavier qui aperçut le premier Victoria et se recula légèrement du groupe pour la saluer.

— Victoria ! Vous voilà enfin. Je me faisais du souci depuis que nous nous sommes perdus de vue, hier soir.

Il était heureux de la revoir à en juger par la rougeur écarlate qui avait envahi ses joues.

Max se retourna et leurs regards se croisèrent brièvement.

— Bonjour, Max, dit-elle en s'approchant du groupe.

Elle constata que sa bonhomie de la veille avait disparu, faisant place à l'air distant et passablement agacé qu'il arborait chaque fois qu'il la voyait.

— Bonjour à vous tous, lança-t-elle avec un grand sourire.

Tous les Vénatores l'accueillirent avec effusion, comme une sœur qu'on est heureux de retrouver après une longue absence.

Sauf Max, qui haussa un sourcil hautain, en lui adressant un petit signe de tête impersonnel. Victoria ne comprenait pas pourquoi il s'était raidi dès qu'il l'avait vue, alors que quelques instants plus tôt il était parfaitement détendu quand il bavardait avec les autres.

— Désolée d'être en retard, dit-elle.

Mais pourquoi diable éprouvait-elle le besoin de s'excuser parce que Max lui avait fait les gros yeux ?

— J'ai été retenue par un problème de dernière minute

qui requiert toute notre attention. Ilias, savez-vous où est Wayren ? Il faut que je vous parle à tous les deux.

— Elle est dans sa bibliothèque. Elle attendait votre arrivée.

Victoria s'était approchée des Vénatores et Zavier l'avait prise par le bras pour l'attirer au sein du groupe.

— Max, dit-elle en se tournant à nouveau vers lui. Je suis heureuse que vous soyez à nouveau parmi nous. Car c'est bien le cas, j'imagine ?

— Pour le moment, oui.

— Eh bien, dit-elle en s'adressant aux autres. Comment s'est passée cette dernière nuit de carnaval ?

— Quinze vampires détruits, l'informa Ilias.

— Plus deux, qui font dix-sept en tout, ajouta Victoria en souriant de toutes ses dents. Je n'ai pas constaté qu'il y ait eu des victimes.

— Mais où étiez-vous donc passée ? demanda Zavier sans cesser de lui tenir le bras. Je craignais que vos agresseurs de la veille n'aient finalement réussi à vous enlever.

Victoria sentit le regard de Max peser sur elle. Sans doute se demandait-il si elle allait parler de sa conversation avec Beauregard. Mais étant donné qu'aucun d'entre eux n'était au courant de l'existence de la Porte de l'Alchimie ou de la disparition du bracelet de tante Eustacia, elle ne voyait pas l'intérêt de les mettre au fait des événements. Ils le seraient bien assez tôt de toute façon.

Gratifiant Zavier de son sourire le plus désarmant, elle répondit :

— J'ai pris un vampire en chasse, et quand je suis revenue sur mes pas vous aviez disparu. Mais, plus sérieusement, je vais avoir besoin de votre assistance ce soir. Êtes-vous disponible ?

— Bien sûr. Dites-moi seulement ce que je peux faire pour vous.

— Merci, répondit-elle avec un sourire encore plus radieux.

Elle allait emmener Zavier avec elle, afin qu'il veille sur sa mère et ses amies, pendant qu'elle passerait la villa au peigne fin.

— Ne vouliez-vous pas parler à Wayren ? l'interrompit Max.

— Si et à Ilias aussi, répondit-elle en décochant un regard furtif au vieil homme.

Zavier eut l'air déçu quand Victoria dégagea son bras, mais elle dit :

— Je ne serai pas longue, Ilias. Laissez-moi quelques instants et je vous rejoins dans la bibliothèque.

Sur ce elle se hâta vers la galerie des portraits. Passa devant le tout dernier portrait de tante Eustacia, elle longea la galerie jusqu'au bout, là où il ne semblait n'y avoir qu'un mur mais où se cachaient en réalité trois portes invisibles.

Derrière l'une d'elles se trouvait un vieil escalier qui menait à une sortie secrète : un immeuble en ruine de la petite rue Tilhin située non loin de l'entrée principale de Saint-Quirinus.

La seconde porte menait à la bibliothèque privée de Wayren, et la troisième à une chambre forte. Naturellement, tous les Vénatores connaissaient l'existence de ces portes dérobées qui, en cas d'invasion du Consilium, permettraient de bloquer l'accès aux trésors recelés dans la bibliothèque et la chambre forte et, le cas échéant, de les évacuer par la sortie secrète.

De sorte que, selon toute logique, c'était dans cette chambre secrète qu'Eustacia aurait choisi de déposer son bracelet en argent avec la clé en cas de besoin.

Victoria doutait que sa tante ait eu le temps de les mettre en sûreté avant de se rendre à la réunion où elle avait trouvé la mort, mais Victoria avait décidé d'épuiser toutes les possibilités avant de s'en remettre à Sébastien.

Appuyant avec la main sur la frise sculptée de motifs végétaux, elle fit pivoter l'une des feuilles d'acanthe.

La lourde muraille de marbre glissa latéralement avec un grondement, libérant une ouverture juste assez grande pour qu'elle puisse s'y faufiler.

La chambre forte renfermait les secrets les plus précieux des Vénatores, ainsi que les souvenirs les plus dangereux de leur histoire.

Victoria leva le flambeau qu'elle tenait à la main. Le long des murs s'alignaient de profonds meubles de rangements, des étagères, des vitrines avec toute sorte d'objets.

Dans un coin, elle aperçut un bureau couvert de manuscrits ainsi qu'une grande loupe. C'est ici, dans ce reliquaire, que se trouvait le pieu remis à Gardeleus lorsqu'il avait embrassé son destin de premier Vénatore. Il avait été taillé dans le bois de la Sainte Croix.

La bague d'émeraude que Dame Catherine portait quand elle était à la cour de la reine Elizabeth reposait dans un petit écrin serti d'argent. Un œuf gros comme la tête d'un homme, qui avait appartenu au démon serpent Pithius, était exposé dans une cage de fer.

Il n'avait jamais été incubé, mais par mesure de précaution on l'avait enfermé à double tour, au cas où il viendrait à éclore spontanément.

Même si, d'après Ilias, il y avait des siècles qu'il se trouvait là et n'avait pour ainsi dire jamais frémi.

Il y avait également la boucle en or dont Eustacia et Kritanu s'étaient emparés un soir de Noël à Venise, sauvant ainsi la Sérénissime des griffes d'un puissant vampire qui voulait la détruire.

L'anneau de cheville qui avait appartenu à Dahhak, l'un des *daevas* de la Perse antique. Une bague de cuivre tressé, l'une des cinq données par Lilith à ses Gardiens les plus fidèles des siècles auparavant.

Une boîte de jade à la forme étrange, que Victoria n'avait jamais eu l'occasion d'ouvrir. Et, à côté de l'œuf, un objet d'obsidienne de forme allongée.

Un éclat de l'obélisque d'Akvan.

Victoria s'en approcha pour l'examiner. Le fragment de pierre aux reflets bleu-noir était long comme son avant-bras et épais de trois doigts environ.

Pointu à une extrémité et déchiqueté à l'autre, il était lisse et incurvé sur une face et strié de l'autre.

Il faisait jadis partie du grand obélisque au pouvoir maléfique du démon Akvan. Quand l'obélisque avait été détruit, il avait explosé en mille morceaux.

Victoria avait trouvé cet éclat d'obsidienne alors qu'elle s'enfuyait avec Sébastien, juste après la déflagration, et l'avait rapporté ici.

À la lumière du flambeau, le cristal noir luisait d'un éclat maléfique qui n'était pas sans rappeler à Victoria les grandes flammes bleues et noires qui s'échappaient de l'obélisque lorsqu'il était encore entier. Instinctivement, elle posa une main sur son ventre, là où elle portait ses *vis bullae*, pour se protéger.

S'approchant encore un peu, elle passa doucement la main à la surface de la pierre et sentit comme un frémissement malfaisant.

Était-il sage de garder cet objet diabolique dans le saint des saints du Consilium ?

— Que faites-vous ?

La voix de Max la fit sursauter.

— Allez-vous cesser de m'épier ? glapit-elle en se retournant brusquement. Que faites-vous ici ? Je croyais que vous n'étiez pas certain de revenir parmi nous. Et maintenant vous êtes partout, comme si vous n'étiez jamais parti. Comme si vous en aviez le droit.

Debout sur le seuil, sa haute silhouette jetait une ombre immense derrière lui dans la galerie brillamment éclairée.

— Je suis de retour. Vous cherchez quelque chose ? demanda-t-il en haussant un sourcil inquisiteur.

— Je voulais m'assurer que tante Eustacia n'avait pas laissé son bracelet ici avant de partir… ce fameux soir. On ne peut exclure aucune possibilité, dit-elle, soudain sur la défensive. Et maintenant, si vous voulez bien m'excuser, je vais être en retard à ma réunion avec Wayren.

L'obligeant à reculer pour pouvoir sortir, elle referma la chambre forte derrière elle.

Mais à sa surprise, lorsqu'elle se tourna pour entrer dans la bibliothèque, Max lui emboîta le pas.

— Que faites-vous ici ? demanda-t-elle avec humeur.

— En tant que conseiller de l'ancienne *Illa* Gardella, dit-il, j'ai été convié par Ilias à me joindre à la réunion.

Juste au moment où elle allait ouvrit la bouche pour riposter, Wayren leur dit :

— Je vous en prie, Victoria et Max, asseyez-vous.

Si la douce et gracieuse Wayren était choquée ou surprise par l'échange acerbe entre les deux Vénatores, elle n'en laissa rien voir.

— Eh bien, dites-moi ce qui s'est passé.

Victoria foudroya Max du regard. Elle n'avait d'autre choix que de parler.

— Ma mère et ses amies ont été invitées ce soir, ni plus ni moins qu'à la villa Palombara pour participer à une chasse au trésor.

— Sans doute cherchent-ils la clé manquante, dit Max en se reversant dans son fauteuil et en croisant nonchalamment ses longues jambes devant lui.

On aurait dit qu'il faisait exprès d'avoir l'air détendu pour la faire enrager.

— Oui, bien sûr. Je pense moi aussi que la clé manquante se trouve quelque part dans la villa. Afin de m'assurer que tout va bien… et pour essayer de trouver la clé moi-même, j'ai décidé d'y aller.

— Au bras musclé de Zavier, interrompit Max. Un bon plan, mais pas le meilleur d'après moi.

Victoria inspira profondément, ravalant l'exaspération qu'elle sentait monter en elle.

Elle était *Illa* Gardella désormais… et non plus la jeune Vénatore débutante qui se laissait facilement blesser par les piques de Max.

Elle était la chef suprême et avait prouvé qu'elle avait le sang et le talent requis pour cela… sans parler de ses deux *vis bullae.*

Sans doute avait-il plus d'expérience qu'elle, mais cela n'ôtait rien à son propre mérite, et elle était capable d'écouter ses suggestions sans se sentir mise au défi.

C'est pourquoi elle expira tout doucement, comme le lui avait appris Kritanu, sans à peine soulever les sourcils – contrairement à Max qui n'en soulevait jamais qu'un à la fois – et attendit qu'il finisse ce qu'il avait à dire.

— Nous savons que Sara Regalado a cherché à vous enlever. Il est donc probable qu'elle et son père soient à la recherche de la clé, ou de quelque chose d'autre à la villa. Il n'y a pas de Palombara à Rome mais, en revanche, il y a des vampires – qui cherchent à s'approprier les clés pour pouvoir ouvrir la Porte de l'Alchimie. Ne pensez-vous pas que les gens qui ont organisé la soirée à la villa, ce soir, sont des imposteurs qui cherchent à se faire passer pour des Palombara, afin d'essayer de récupérer la clé ?

— Des vampires ou des membres de la Tutela, peut-être ? ajouta Victoria. C'est pour cela que j'ai demandé à Zavier d'être là… aux côtés de ma mère.

C'était à son tour, cette fois, de se caler confortablement dans son fauteuil.

— Pour ma part, je compte y aller incognito. Je n'ai pas spécialement envie d'être reconnue par des vampires qui pourraient être présents lors de la chasse au trésor. D'autant que ce sont les sœurs Tarruscelli, des relations des Regalado, qui ont invité ma mère. Se rendre à la villa sans préparation présente un risque certain.

— Vous avez donc l'intention de vous introduire en secret dans la villa ?

— Oui, répondit Victoria. Une fois en route pour la villa, je vais trouver une excuse pour m'éclipser et laisser Zavier seul avec ma mère et ses amies.

— Brillant. Je vois que vous avez pensé à tout, dit Max, comme s'il lui faisait une faveur en daignant lui témoigner son approbation. Je vous retrouverai là-bas, et nous irons ensemble.

Elle ne répondit rien. C'eut été lui faire trop d'honneur, et elle ne voulait pas lui donner cette satisfaction.

# 8.

## Où notre héroïne endosse robe de soirée et fanfreluches

Victoria passa son bras sous celui de Zavier quand la voiture les déposa devant la villa Palombara.

Elle était vêtue avec autant de recherche et d'élégance que si elle se rendait à un bal à la cour d'Angleterre, et malgré le fait que porter une robe dans la présente situation comportait des inconvénients certains, la femme en elle avait biché en voyant la tête de Zavier quand elle était entrée dans le salon.

L'époque où elle fréquentait assidûment les soirées mondaines lui semblait tellement lointaine qu'elle aurait presque oublié quel effet cela faisait de se mettre sur son trente-et-un.

Lady Winnie avait ordonné à Rutgers, sa camériste, de prendre cette pauvre Verbena en main, et fourni du même coup à sa femme de chambre une bonne excuse pour habiller sa maîtresse comme une vraie marquise. Sa robe de soie rose perle était rehaussée dans le bas d'un volant bouillonné brodé de deux rangées de rosettes dans un ton plus foncé. Des bouquets de rosettes rouges et blanches liés par des rubans verts ornaient le dessus de ses manches.

Celles-ci étaient courtes, mais Victoria portait de longs gants qui remontaient jusqu'au-dessus du coude, de sorte qu'elle n'avait pas froid aux bras même si son étole de dentelle blanche était aussi fine qu'une toile d'araignée.

Elle avait échangé sa natte habituelle contre un opulent chignon de tresses et de rouleaux entrelacés de perles roses. Deux pendants d'oreilles en rubis et une petite croix d'argent faisaient ressortir la blancheur de son long cou gracieux.

À l'intérieur de son chignon, Verbena avait glissé un pieu richement décoré, comme ceux qu'Oliver et elle avaient pris l'habitude de confectionner pour leur maîtresse.

Celui-là était rose, long et étroit – mais suffisamment épais pour pouvoir occire un mort vivant – et sculpté de fleurs. Cette fois, Victoria avait réussi à persuader Verbena de ne pas ajouter d'aigrette.

Sous cet accoutrement de femme du monde, elle portait la dernière création de Miro : un corset conçu spécialement pour la chasse aux vampires. L'idée venait de Verbena, qui se plaisait à imaginer toutes sortes d'armes et accessoires de chasse pour sa maîtresse.

Donnant le bras à Zavier d'un côté et à lady Nilly de l'autre, elle commença à remonter l'allée menant à l'entrée principale de la villa, à la suite de lady Melly et Winnie.

— L'endroit n'est pas très accueillant, commenta lady Winnie suffisamment fort pour être entendue de Victoria qui marchait derrière. On dirait que la maison est déserte. Il n'y a même pas un laquais pour nous aider à descendre de voiture ! Je sais bien que personne n'habite ici depuis des lustres, mais ils auraient tout de même pu donner un coup de balai.

— C'est tout à fait l'atmosphère qui convient pour une chasse au trésor, fit remarquer Nilly en se serrant contre Zavier. Mystérieuse, troublante, envoûtante…

— En tout cas, il ne risque pas d'y avoir foule, ajouta

lady Melly en jetant un regard à sa fille par-dessus son épaule. Seule une poignée de personnes ont été invitées. Et nous avons eu de la chance d'en être. Si le *Barone* Tarruscelli ne nous avait pas donné son invitation nous n'aurions pas pu venir.

L'atmosphère était en effet mystérieuse et inquiétante. La maison, sinistre et obscure, était recluse derrière le mur d'enceinte que Victoria et Ylito avaient dû escalader pour pouvoir atteindre la Porte de l'Alchimie située à l'exact opposé du grand parc.

Aucune lumière ne se déversait des fenêtres. Seule une faible lueur jaune éclairait le vestibule, dont la porte s'ouvrit, laissant brièvement entrapercevoir un valet, avant de se refermer aussitôt derrière un autre groupe de convives.

La file de voitures devant la grille était clairsemée, car les invités étaient fort peu nombreux.

Un détail qui n'avait pas échappé à Victoria, tandis qu'ils s'approchaient à leur tour de l'entrée.

Lorsque la porte s'ouvrit à nouveau, elle s'arrêta et se replia discrètement dans l'ombre afin qu'aucune des personnes qui se trouvaient à l'intérieur ne pût la voir. Une fois de plus elle se perdait en conjectures.

Elle avait du mal à croire que ces gens avaient invité sa mère – la mère d'une Vénatore – par hasard.

Zavier s'immobilisa, insistant pour que lady Melly passe devant, pendant que Victoria faisait mine de rajuster son escarpin. Lady Melly, aussi fascinée par le décor que sa fille était révulsée, franchit sans hésiter la porte, lady Nilly et Winnie à sa suite.

La porte se referma sans que le valet prît la peine de jeter un coup d'œil à l'extérieur, où Victoria et Zavier étaient restés seuls.

— Prenez soin de vous, dit Zavier en serrant la main de Victoria.

— Mais bien sûr. Et merci d'être venu pour veiller sur ma mère. Si vous remarquez quoi que ce soit de louche…

— Comptez sur moi, je veille au grain. Même si je doute que la clé se trouve encore ici après toutes ces années.

— Je commence à en douter moi-même. Il se pourrait qu'il ne s'agisse que d'une banale petite soirée, donnée dans la clandestinité pour ne pas attirer l'attention des censeurs en période de Carême… mais ça m'étonnerait. Quoi qu'il en soit, je ne détecte aucune présence de morts vivants. Espérons que tout se passera sans encombre.

Elle allait se reculer pour se fondre dans l'obscurité quand la main calleuse de Zavier effleura sa joue.

— Vos lèvres sont presque cicatrisées. Surtout, évitez les coins de portes.

C'était l'excuse qu'elle lui avait donnée pour expliquer la meurtrissure laissée sur sa lèvre par Beauregard la veille au soir.

— J'ai été très maladroite, dit-elle.

Réalisant soudain qu'il voulait l'embrasser, elle fut parcourue d'un frisson.

Zavier se rapprocha et effleura sa bouche d'un baiser rendu légèrement piquant par sa moustache à l'odeur de tabac froid.

Lorsqu'il se recula pour la regarder dans les yeux, elle sentit ses doigts trembler légèrement sous son menton.

— Eh bien, dit-il, un sourire dans la voix. Comment vous sentez-vous ?

— Beaucoup mieux, dit-elle en lui rendant son sourire.

— Victoria, murmura Zavier en se penchant à nouveau pour l'embrasser.

Cette fois ce fut plus qu'un simple frôlement de lèvres, même si Zavier était un peu sur la réserve, comme s'il avait craint de se faire éconduire.

Leur baiser fut bref, ou tout au moins pas aussi long que certains baisers qu'elle avait pu échanger avec d'autres.

Il inspira comme s'il allait dire quelque chose, mais elle ne lui en laissa pas le temps.

— Ma mère va se demander où nous sommes passés.

Vous feriez peut-être bien d'entrer. Dites-lui que j'ai cassé la bride de mon soulier et que je suis rentrée pour en changer.

Il acquiesça d'un signe de tête.

— Prenez soin de vous, dit-il en se dirigeant vers la porte d'entrée.

Lorsqu'il fut parti, elle attendit. Max allait certainement surgir de nulle part d'un moment à l'autre.

Le monde était silencieux, rempli d'ombres et de murailles, et seules quelques faibles lumières tremblotantes s'étaient allumées derrière les carreaux des fenêtres.

Victoria avait ôté ses gants, car elle aimait avoir les mains nues quand il y avait de l'action dans l'air, mais elle commençait à avoir froid.

On était en février et bien que le climat fût plus doux qu'à Londres, les soirées étaient fraîches.

Elle pensa qu'elle ne pourrait rester là sans bouger bien longtemps…

Enfin, Max parut. Il était arrivé non pas par l'allée, comme elle s'y attendait, mais par l'arrière de la maison.

— Une autre clé a été insérée, dit-il sans préambule.

— Vous voulez dire que vous êtes allé inspecter la Porte de l'Alchimie et qu'il y a deux clés insérées dans les serrures ? s'étonna Victoria en faisant quelques pas dans sa direction.

— Oui. Venez, il y a une entrée de service sur l'arrière de la maison.

— De quelles clés s'agit-il ? demanda Victoria en lui emboîtant le pas.

— Celle d'Eustacia n'en fait pas partie.

Elle poussa un soupir de soulagement, mais au même instant son pied rencontra une flaque d'eau et elle se demanda si Max n'avait pas fait exprès de la mener par ce chemin boueux.

Enfin, il s'arrêta devant une porte d'allure beaucoup plus modeste que la porte principale. Quelques mouvements brefs, un bruit de bois qui craque, une poussée de l'épaule – et la porte s'ouvrit sur le noir.

— Moi, la première, dit Victoria en précédant Max dans un petit dégagement qui sentait le moisi.

La villa n'avait manifestement pas été ouverte depuis des lustres – sur ce point-là au moins, les organisateurs de la soirée n'avaient pas menti – car si elle avait été habitée, le quartier des domestiques aurait présenté des signes de vie.

— Après vous.

Il faisait noir comme dans un four. Victoria attendit que ses yeux se soient accommodés à l'obscurité avant de s'engager dans le corridor.

Elle venait de faire trois pas dans ses escarpins trempés, quand une main vigoureuse la tira en arrière.

— Où pensez-vous aller comme ça ?

Ôtant sa main de son bras d'un geste sec, elle le regarda droit dans les yeux et rétorqua :

— Où croyez-vous que j'aille ? Au salon, ou dans la salle de bal, là où ils se sont probablement rassemblés.

— Dans ce cas, je vous conseille de me suivre, car par là ce sont les quartiers des domestiques, répondit Max en désignant la direction qu'elle s'apprêtait à prendre.

Sans un mot, elle pivota sur elle-même, contrariée de constater qu'elle avait du mal à s'orienter.

Le corridor était désert et rempli de toiles d'araignée. Victoria dut se pincer le nez pour se retenir d'éternuer quand l'épaule de Max, frôlant une vieille tapisserie, libéra un nuage de poussière. Des voix résonnaient au loin, qui devenaient de plus en plus fortes à mesure qu'ils se rapprochaient du bout du couloir.

Max s'arrêta devant une porte – de toute évidence la porte de communication entre l'office et les quartiers des maîtres. Il l'entrebâilla d'un cheveu et jeta un coup d'œil à l'intérieur en se positionnant de telle sorte à lui boucher la vue !

Comme lorsqu'elle était Vénatore débutante et qu'il s'ingéniait à l'asticoter pour un oui ou pour un non. Et l'automne dernier, quand il feignait d'avoir épousé la cause de la Tutela, et qu'il s'était comporté avec une goujaterie incommensurable pour couper court à toutes ses questions.

Mais peut-être avait-il appris à la respecter depuis que tante Eustacia était morte. Cependant, malgré sa muflerie, elle était contente qu'il soit de retour.

Victoria réalisa soudain qu'il s'était éloigné de la porte et la regardait.

— Ils sont tous réunis dans ce qui ressemble à un salon d'honneur, chuchota-t-il. Je vais me faufiler à l'intérieur et écouter les conversations. J'ai vu une volée d'escaliers qui mène à une galerie ouverte.

— Je vais monter voir ce qu'il y a là-haut, dit-elle.

Mais la main de Max la stoppa.

— Longez le mur sur votre gauche en restant bien dans l'ombre, c'est là que se trouve l'escalier.

— Rendez-vous devant la porte de l'office, au cas où nous serions séparés, dit-elle.

Sans attendre de réponse, elle ouvrit la porte de communication, puis se hâta vers l'escalier qui menait à la loggia qui surplombait la salle de réception.

Comme elle longeait le mur, elle remarqua que la première pièce sur sa droite était une antichambre dotée d'une triple arcature par laquelle on accédait au salon.

Les vingt ou trente convives qui s'y trouvaient réunis tenaient à la main une coupe de cristal. Un spectacle insolite dans cette atmosphère sinistre.

La pièce était éclairée uniquement par des bougies, aucun orchestre ne jouait et les gens parlaient à voix basse. Le mobilier était sommaire : une petite desserte pour les boissons, et une autre plus longue sur laquelle était étalés ce qui ressemblait à des parchemins.

Victoria atteignit l'escalier sans incident, mais comme elle posait la main sur la rampe, son pied heurta une urne de métal qui bascula dans l'escalier. Elle la rattrapa juste avant qu'elle n'aille rouler sur le sol, puis grimpa quatre à quatre les marches.

Une fois dans la pénombre du palier, Victoria s'arrêta et jeta discrètement un coup d'œil en bas pour s'assurer qu'elle n'avait pas été démasquée.

Un certain temps s'était écoulé quand elle vit deux hommes s'approcher du pied de l'escalier. L'un d'eux pointa du doigt le premier étage, mais l'autre secoua la tête. Elle retint son souffle, observant les deux hommes qui lançaient des regards inquiets autour d'eux. Au bout d'un moment ils regagnèrent le salon.

Ayant déposé l'urne dans un coin où elle ne risquait pas de tomber, elle regarda autour d'elle. Elle se trouvait dans une galerie qui surplombait ce qui avait dû être, en d'autres temps, une salle de bal.

La galerie fermée par des tentures de velours était plongée dans l'obscurité ; la seule source de lumière étant celle provenant de l'étage inférieur. Une aubaine.

Après s'être assurée qu'elle était seule et qu'il n'y avait pas d'autre issue que celle par laquelle elle était entrée, Victoria s'approcha de la rambarde et écarta tout doucement les rideaux pour jeter un coup d'œil au salon en contrebas. De là où elle se trouvait, elle avait une vue parfaite.

Si l'on exceptait le fait que les convives étaient peu nombreux, la soirée ne se différenciait en rien d'une soirée ordinaire. En tout cas, elle ne ressemblait pas à la réunion de la Tutela à laquelle elle avait assisté à l'automne dernier. Ici, point de nuage d'encens ou de chants incantatoires, nulle estrade d'où les dirigeants de la Tutela exhortaient la foule à soutenir les vampires.

Les gens conversaient aimablement les uns avec les autres, et bien que le brouhaha de leurs voix bourdonnât en écho dans la pièce vide, Victoria ne ressentait aucune impression de malaise.

Et ne détectait la présence d'aucun vampire.

Lady Melly et lady Nilly, dont les mains s'agitaient devant elle comme deux oiseaux, semblaient engagées dans une conversation animée, tandis que lady Winnie s'approchait avec une petite assiette de ces biscuits italiens dont elle prétendait qu'ils avaient un goût de carton.

Soudain, Victoria sentit une présence derrière elle. Sa nuque se hérissa, mais elle ne se retourna pas.

Max, bien sûr. Ignorant sa présence, elle continua d'observer le petit attroupement de convives par le mince interstice laissé entre deux tentures de velours qui la masquaient à la vue. Max se rapprocha jusqu'à frôler son épaule pour jeter lui aussi un coup d'œil au salon.

Au même instant, elle aperçut Zavier qui se tenait au centre de la pièce et conversait avec deux hommes.

Elle concentra son attention sur lui plutôt que sur Max qui se tenait si près qu'elle ne pouvait pas bouger de crainte de faire remuer le rideau.

Sans doute avait-il deviné ses pensées, car il murmura d'une voix amusée :

— Un brave garçon, ce Zavier. Un bon Vénatore.

Elle continua d'observer Zavier qui dominait de sa carrure d'athlète les deux jeunes gens avec qui il parlait ; deux dandys qui auraient pu sans doute échanger quelques coups de fleurets ou décocher un coup de poing en cas de nécessité… mais qui n'avaient pas la moindre idée de la force ou de la puissance de l'Écossais vêtu sans recherche qui leur faisait la conversation.

Victoria se mit à compter les convives, s'obligeant à se concentrer. Si seulement Max avait eu la bonne idée de se reculer pour lui laisser un peu d'air.

Mais il ne bougeait pas.

— Faites attention, lui dit-il d'une voix presque menaçante.

— Attention ?

Il hocha la tête.

— Attention à ne pas lui briser le cœur.

— Victoria sursauta de surprise, mais sa main qui tenait le rideau parfaitement immobile l'empêcha de faire volte-face ou même de tourner la tête.

— Lui briser le cœur ? Auriez-vous la prétention de régenter ma vie sentimentale ?

— Zavier est une bonne pâte, répondit Max d'une voix calme et posée. Vous êtes trop forte pour lui. Vous allez lui piétiner le cœur avec vos souliers de satin et le rendre malheureux.

— Vous me surprendrez toujours…

— Victoria, coupa-t-il d'une voix calme mais ferme. Cet homme voue une vénération sans bornes aux femmes Vénatores. *Toutes* les femmes Vénatores. Si Eustacia avait eu quelques années de moins, il lui aurait fait la cour.

— Ne soyez pas grossier, Max.

Il ricana.

— Je ne fais que dire la vérité.

— D'une façon fort déplaisante.

— C'est quelqu'un comme Vioget qu'il vous faut, pas une fleur bleue comme Zavier.

— Je vais finir par me demander pourquoi vous tenez tant à me pousser dans les bras de Sébastien. Serait-ce une punition ?

— Vous poussez dans les bras de Sébastien ? Je n'irais pas jusque-là.

— N'est-ce pas vous qui lui avez ordonné de m'enlever, l'automne dernier, pour m'empêcher d'interférer dans vos affaires ?

Max savait pertinemment qu'elle voulait participer à la destruction de Nedas, mais il s'agissait d'une opération délicate et périlleuse que la moindre intervention de sa part risquait de faire échouer. Si bien qu'il avait chargé Sébastien de la neutraliser.

— Une tâche dont il s'est acquitté avec un empressement presque embarrassant. Mais il est vrai qu'il avait de bonnes raisons de se montrer coopératif. Je suis sûr qu'il a trouvé que le jeu en valait la chandelle. Cette voiture devait être très confortable.

Victoria se sentit rougir violemment. Comment savait-il que Sébastien l'avait séduite dans le fiacre ? Et comment osait-il tenir des propos pareils ? Dieu merci, Max ne pouvait pas voir la couleur de ses joues qui devaient être cramoisies de rage et de honte.

S'imaginait-il que sa sensibilité de femme se trouvait diminuée parce qu'elle avait vu et vécu des situations hors du commun ?

— Du moins Vioget, lui, sait-il reconnaître vos défauts, reprit Max d'une voix égale, comme s'il n'avait pas conscience de l'avoir insultée. Et d'ailleurs, dussiez-vous arracher les entrailles de Vioget et les piétiner à coups de talons que je m'en ficherais comme d'une guigne. Je crois même que j'applaudirais. Mais Zavier, pauvre cœur transi, serait incapable de vous trouver la moindre imperfection. Il vous place sur un piédestal.

— Je ne vois toujours pas en quoi mes affaires privées vous regardent.

— Vous ne m'avez pas compris. Ce ne sont pas vos affaires, mais celles de Zavier qui m'inquiètent. Je n'ai pas envie qu'un Vénatore se retrouve privé de ses moyens pour une blessure de cœur. Et vous allez le lui briser si vous continuez à l'aguicher comme vous le faites.

— Comment osez-vous !

— Il n'est pas assez fort, Victoria. C'est un Vénatore hors pair, mais mal équipé côté cœur. Il va vous laisser le malmener... et vous allez finir par vous lasser de sa gentillesse et de son entêtement à vouloir faire votre bonheur. Et je n'ai pas envie que cela arrive. Ce n'est bon ni pour lui, ni pour nous tous, les Vénatores.

Les larmes commençaient à picoter les coins de ses yeux, lui brouillant la vue. Des larmes de colère et de chagrin. Elle battit des paupières et inspira profondément, résistant à l'envie d'appliquer une gifle sonore sur sa joue aristocratique, comme l'aurait fait n'importe quelle jeune femme de la bonne société en pareilles circonstances.

— Vous auriez dit la même chose de Phillip si je vous avais laissé faire.

— Non, répliqua-t-il d'une voix cassante. Phillip était fort, lui. Simplement il ne comprenait pas le monde dans lequel vous vivez. Sans quoi…

Max n'eut pas besoin d'achever sa phrase, et d'ailleurs Victoria n'avait aucune envie d'en entendre davantage. Relâchant la tenture, elle fit un pas de côté, puis s'éloigna. Elle savait très bien que si Phillip avait pu la comprendre ne serait-ce qu'un peu, les choses auraient été différentes. Ses yeux la brûlaient et sa gorge était nouée comme si elle avait avalé une balle.

— Victoria, vous savez mieux que quiconque ce que c'est que d'avoir le cœur brisé. Prenez garde de ne pas briser celui d'un des nôtres.

Elle voulut riposter… puis renonça. Oh, oui, elle savait ce que c'était que d'avoir le cœur brisé. Pendant près d'un an après la mort de Phillip, elle n'avait pas voulu se saisir d'un pieu, de crainte de perdre la raison et de détruire tout ce qui se trouvait sur son passage.

Elle savait que les talents, les pouvoirs et les instincts qui étaient les siens auraient pu lui servir à faire le mal autant que le bien. Et sous son calme apparent, la rage qu'elle sentait bouillir en elle aurait pu se déchaîner et l'entraîner hors du droit chemin.

À présent, les larmes silencieuses, cachées par l'obscurité, roulaient librement sur ses joues.

Inspirant profondément, Victoria fit quelques pas. Elle voulait fuir Max et ses paroles cruelles.

Max se retourna, et le mince rai de lumière qui filtrait entre les rideaux disparu, les plongeant tous deux dans l'obscurité.

— Victoria ? murmura-t-il.

— Il n'y a plus rien à voir ici, répondit-elle, aussi posément qu'elle le pouvait. Et je n'ai vu aucun membre de la Tutela.

Elle se mouvait rapidement et en silence en direction de l'escalier, les mains tendues devant elle pour se diriger dans l'obscurité.

— Je vais descendre voir ce que je peux trouver.

— Victoria.

Elle entendait les pas de Max derrière elle. Mais elle continuait d'avancer aussi vite qu'elle le pouvait.

Enfin, elle atteignit le palier. Elle venait de poser la main sur la balustrade pour se guider jusqu'à la première marche de l'escalier quand une forme surgit brusquement devant elle.

Un objet métallique se plaqua sur son épaule.

— Quelle heureuse rencontre, dit une voix d'homme familière. Voyez donc qui est tombé dans notre petit piège.

Une flamme jaillit devant ses yeux, lui révélant le visage de George Starcasset… et de Sarafina Regalado.

# 9.

# Où trois dames sont lâchées dans la villa

Max se figea en entendant le déclic d'un pistolet en train d'être armé. Sa nuque avait fraîchi.

Des vampires… quelque part… mais pas dans les environs immédiats.

La flamme d'une bougie jaillit brusquement, jetant un halo jaune plus bas dans l'escalier. Soudain la lumière se fit plus vive tandis que trois individus entraient dans son champ de vision.

— Maximilian ! s'écria une voix qu'il ne connaissait que trop bien.

Le diable emporte la gourgandine. Incapable de donner à sa voix l'enthousiasme d'un ex-fiancé, il lâcha d'un ton morne :

— Sara. Et Starcasset. Quelle déplaisante surprise.

Victoria – dont le visage était inondé de larmes – était sous le contrôle de George Starcasset et de son pistolet. Elle le foudroya du regard, comme s'il avait été pour quelque chose dans le fait qu'elle s'était jetée bille en tête sur le canon d'une arme à feu. Avant qu'il ait pu faire un geste, Sarafina s'approcha. C'était la blonde sans cervelle, à la poitrine généreuse et aux jolis yeux bruns qu'il avait escortée dans tout Rome et avec qui il avait flirté en tête à tête plus souvent qu'il ne l'aurait désiré. Elle était ravissante, légère – exactement le genre de femme qu'il aurait épousée s'il en avait eu l'envie. Malheureusement, ses affinités avec les morts vivants, sa voix geignarde et ses minauderies, avaient le don de lui taper sur les nerfs.

Mais maintenant que la petite garce tenait un pistolet à la main, il allait devoir surveiller son langage.

À présent, elle tendait le bras vers lui comme si elle s'apprêtait à l'attirer entre ses bras. Il la toisa d'un œil excédé et légèrement amusé.

Mais quand elle tira brusquement sur son col de chemise pour exposer à la vue les marques de morsures qu'il portait au cou, il la repoussa sans ménagement et sans se soucier du pistolet qu'elle tenait dans son autre main.

— Pour l'amour du Ciel, Sara, faites attention, dit-il en remettant son col en place. Vous allez finir par blesser quelqu'un.

Mais elle ne tint pas compte de ses paroles. Au contraire. Appuyant plus fortement le canon de son arme sur son estomac, elle déclara :

— C'était donc vrai. Vous êtes retourné la voir.

Max se souvint, mais trop tard, qu'il n'y avait pas pire colère que celle d'une femme blessée dans son amour-propre.

Heureusement, Starcasset intervint à point nommé.

— Je vous suggère de régler vos querelles d'amoureux plus tard, dit-il.

Sans doute enfonça-t-il son arme plus profondément dans la chair de Victoria, car celle-ci tressaillit en grimaçant.

S'adressant à Max, il ajouta :

— Quelque chose me dit que vous allez accepter de nous suivre gentiment.

Max hocha la tête.

— En effet, nous ne voudrions pas mêler les convives à une échauffourée.

Il chercha à accrocher le regard de Victoria pour s'assurer qu'elle n'était pas sur le point de déclencher une bagarre. En vain. Elle détourna les yeux, les lèvres pincées, avec l'air de quelqu'un qui ne se sent pas concerné.

— Bien parlé, Monsieur Pesaro. Et maintenant, si vous et votre fiancée éconduite voulez bien vous donner la peine de marcher devant, lady Rockley et moi-même allons vous suivre.

Ils descendirent l'escalier jusqu'à l'antichambre, ni vu ni connu des invités réunis dans le salon, puis prirent la direction opposée à l'office par lequel Max et Victoria étaient entrés.

Max avait emporté plusieurs pieux avec lui, ainsi qu'un pistolet et un poignard dissimulé dans sa botte. Il fallait être un amateur, comme Starcasset ou Sara Regalado pour ne pas penser à fouiller des Vénatores.

Sans doute croyaient-ils que les chasseurs de vampires ne portaient sur eux que des piquets de frêne.

Il allait attendre qu'ils se soient suffisamment éloignés du salon où étaient rassemblés les convives avant d'entreprendre une quelconque riposte. S'il y avait une chose dont ils n'avaient pas besoin, c'était d'une mêlée de dames hystériques et de messieurs jouant les héros d'opérette.

À mesure qu'ils avançaient, la sensation de froid sur sa nuque allait s'intensifiant. Ils approchaient manifestement d'un nid de vampires.

Ils franchirent une porte et débouchèrent dans une grande salle humide. Celle-ci devait être partiellement enfouie sous terre, car l'air y était beaucoup plus froid.

Un contingent de vampires s'était selon toute vraisemblance rassemblé dans la Villa Palombara – la chasse au trésor n'étant qu'un prétexte pour attirer des victimes dans les filets du père de Sara, le comte Regalado, et des acolytes dont il avait réussi à s'entourer après avoir été mis en déroute par Beauregard lorsque l'obélisque d'Akvan avait été détruit.

Max réfléchissait tout en marchant aux côtés de Sara. En les amenant au plus près du nid de vampires, leurs ravisseurs espéraient sans doute les neutraliser plus efficacement.

Un brusque mouvement derrière lui le décida à agir. Comprenant que Victoria avait réussi à tromper la vigilance de cet imbécile de Starcasset, il pivota sur lui-même et dévia l'angle du pistolet de Sara qui avait tourné la tête.

Désarmer une femme sans la blesser étant une tâche délicate, Max décida d'y mettre les formes. Se glissant de côté, il exécuta un long saut aérien de *qi gong*. Malgré la faible hauteur du plafond voûté, il parvint à s'élever au-dessus des trois autres et à les contourner.

Cueillant Starcasset d'un coup de pied bien senti (il avait moins de scrupules à malmener un jeune dandy), il crocha Sara par la taille et la poussa dans une pièce adjacente dont la porte était restée ouverte.

Au même instant, il vit Victoria filant à toutes jambes dans sa robe de satin rose. Aussitôt, il remit pied à terre et poussa Starcasset à la suite de Sara, referma la porte et la barricada en calant une lourde table sous la clenche.

Sa nuque était froide et il ressentait des picotements dans les doigts, signe qu'il y avait des morts vivants tout près et qu'ils étaient nombreux. Il s'élança sur les pas de Victoria – qui avait pris la mauvaise direction, comme toujours, et allait atterrir dans un cul-de-sac.

— Par ici ! lui cria-t-il.

Ils repartirent en sens inverse, mais soudain une autre porte s'ouvrit et une dizaine de créatures s'engouffra dans le couloir.

Victoria se rua sur la première, mais une autre avait bondi, l'attrapant par-derrière. Elle tomba à terre dans un tourbillon de satin et de rubans, entraînant le vampire dans sa chute.

Après cela, Max ne vit plus rien, car son intervention fut requise par l'attaque simultanée de quatre vampires. À peine avait-il transpercé le premier que deux autres prenaient sa place, tandis que quelque chose le fauchait derrière les genoux, l'envoyant au tapis.

Tout à coup, une détonation retentit. Une douleur fulgurante lui transperça l'épaule, et une autre irradiait dans sa cuisse au-dessus du genou. Le souffle coupé, Max s'effondra de nouveau. Puis il reçut un grand coup sur la tête et tout devint noir.

* * *

— Ma parole, j'ai l'impression qu'un vampire va surgir à tout moment ! murmura lady Nilly en plaquant sa main menue sur son absence de poitrine tandis qu'elle précédait ses amies dans le couloir sombre et poussiéreux.

Le couloir était suffisamment large pour que les trois dames puissent marcher côte à côte, mais elles cheminaient en file indienne. Des vases et des statues, la plupart brisés ou effondrés ornaient le mobilier épars.

Du haut plafond pendaient des toiles d'araignée, et les trois vieilles dames sursautaient chaque fois qu'elles voyaient leur propre reflet dans un des grands miroirs qui tapissaient les murs lambrissés.

— Un vampire ? haleta lady Winnie, en plaquant elle aussi sa main sur sa poitrine. Oh, mon Dieu ! J'ai oublié de mettre ma croix ! Et j'ai laissé mon réticule avec la gousse d'ail à la maison ! Et mon pieu de frêne !

— Tss, Winnie, s'impatienta lady Melly, qui fermait la marche. Dois-je vous rappeler que les vampires n'existent pas ? Et d'ailleurs, c'est une bonne chose que vous ne portiez pas votre crucifix. Il est beaucoup trop encombrant. Il fait un bruit épouvantable au moindre de vos mouvements, et il est plus dangereux qu'autre chose, si vous voulez mon avis.

— Dangereux, parfaitement, répondit Winnie d'une voix geignarde. Pour les vampires !

— Cette maison est un vrai repaire de morts vivants, fit Nilly en se retournant vers ses amies.

La bougie qu'elle tenait à la main jetait un éclat jaunâtre sur son visage et ses boucles blondes.

— Je le sens ! dit-elle. Il y a comme des vibrations dans l'air… comme si quelque chose de ténébreux venait à notre rencontre… un bruit d'ailes de chauve-souris…

— Pitié, gémit Winnie, en lâchant la robe de sa compagne et en plaquant ses mains sur ses oreilles. Quelle mouche nous a donc piquées de venir dans cet endroit abominable ? Et pourquoi avons-nous semé ce charmant M. Zavier ?

La main de Melly se posa sur le bras dodu de Winnie, manquant la faire bondir jusqu'au plafond.

— En voilà assez ! dit-elle en haussant le ton pour couvrir les débordements hystériques de la duchesse. C'est vous qui avez eu l'idée d'envoyer M. Zavier nous chercher à boire, pour que nous puissions nous esquiver et nous lancer toutes les trois dans cette chasse au trésor. Nilly, laissez-moi jeter un coup d'œil à la carte. Et de grâce, cessez de divaguer sur les vampires.

Ayant ainsi parlé, lady Melisande repoussa son amie qui avait saisi son bras et ne voulait plus le lâcher.

— Je n'entends plus rien, chuchota la duchesse apeurée. Nous avons dû nous égarer. Oh, mon Dieu, pourquoi ? Pourquoi sommes-nous venues nous fourvoyer ici ? Demain on va retrouver nos cadavres égorgés et marqués de trois X à la poitrine.

D'un geste autoritaire, Melly se saisit de la carte, qui n'était guère plus qu'un croquis grossier de la villa. Approchant la grande feuille racornie de la bougie de Nilly, elle marmonna :

— Voyons, voyons. Où diable, nous avez-vous donc emmenées ?

Ignorant la question de lady Melly, Nilly dit à la duchesse :

— Ils ne vont pas nous égorger, ma chère. Les vampires ne font rien de tel, sauf si vous tentez de leur résister. Ils vont nous mordre à la poitrine ou à l'épaule et boire notre sang.

Les mains de Winnie se posèrent sur sa gorge dangereusement dénudée tandis que ses petits yeux écarquillés lançaient des regards furtifs à la ronde comme s'ils cherchaient des vampires tapis dans l'ombre. Mais…

— L'amie de la sœur de la mère de l'épouse de mon cousin a été mordue par un vampire, reprit Nilly en scrutant l'obscurité à son tour. D'après elle, ce n'est pas du tout déplaisant… et ce serait même plutôt agréable.

— Je ne vois pas comment la morsure d'une paire de crocs acérés pourrait être agréable, rétorqua Winnie affolée. Je crois, moi, que je perdrais immédiatement connaissance pour ne rien sentir.

— Puis-je vous aider, Mesdames ? demanda soudain une voix aimable.

Les trois amies se tournèrent comme un seul homme vers celui qui venait de… surgir de nulle part.

Winnie étouffa un soupir en serrant si fort le bras de lady Melly que celle-ci soupira à son tour.

— Nn-nn-nous… fut tout ce qu'elle parvint à dire.

— N'ayez pas peur, leur dit-il en se rapprochant, un grand sourire aux lèvres.

Une bougie à la main, l'homme n'avait rien de menaçant. À en juger par son habit de soirée poussiéreux et couvert de toiles d'araignée il était lui aussi activement à la recherche du trésor. D'âge mur, il n'était pas ce qu'il était convenu d'appeler un bel homme, mais malgré sa moustache et sa barbichette – et sa calvitie avancée – il avait une mine agréable. Et certainement pas l'allure d'une créature qui allait sortir ses crocs et se jeter sauvagement sur elles.

— Nous n'avons pas peur, dit Melly d'une voix étranglée, en s'efforçant de se soustraire à l'étreinte de Winnie qui s'agrippait à elle comme à une planche de salut. Nous nous sommes arrêtées pour jeter un coup d'œil à la carte. Êtes-vous également à la recherche du trésor ?

— Absolument. Mais peut-être puis-je vous aider ? Voulez-vous regagner le salon où tous les autres sont réunis et attendent ?

— Ils ont déjà regagné le salon ? Le trésor a donc été trouvé ? demanda Winnie, visiblement déçue.

Oubliant sa frayeur, elle se rapprocha de l'étranger.

Avant qu'il ait pu répondre, un grand bruit leur parvint, comme si une bagarre avait éclaté non loin de l'endroit où ils se trouvaient.

— Qu'est-ce que c'est ? demanda Winnie. Sont-ils en train de célébrer la découverte du trésor ?

— Non, non, je ne le pense pas, dit le chauve en offrant son bras à Melly. Il est encore trop tôt. Mais laissez-moi vous guider. Si vous voulez bien vous donner la peine de me suivre, je vais vous montrer le chemin.

Melly à ses côtés, il commença à avancer, Nilly et Winnie à leur suite.

— À supposer que ce soit un vampire ? glissa Winnie à l'oreille de Nilly. Et qu'il se transforme soudain en chauve-souris et se prenne dans nos cheveux ?

— Si c'est le cas, répondit lady Petronilla la gorge serrée. Il va chercher à nous attirer dans un piège. Une chambre à coucher peut-être, ou dans un cercueil où il nous enchaînera à deux pendant qu'il boira le sang de la troisième.

Lady Winifred trébucha.

— Un piège ? Des chaînes ? Un cercueil ? Comment ai-je pu être assez stupide pour laisser ma croix à la maison ?

— Je vais m'offrir à lui, proposa bravement Nilly. Ainsi, vous et Melly pourrez vous échapper pendant qu'il se repaîtra de moi.

— Un pieu. Il faut que je trouve quelque chose, un objet en bois, qui ressemble à un pieu.

— Mais c'est impossible ! objecta soudain Nilly. Ce ne peut pas être un vampire.

— Vraiment ? dit Winnie en se pâmant presque de soulagement.

— Mais bien sûr ! Il tient une bougie. Or tout le monde sait que les vampires y voient dans le noir. Pourquoi aurait-il besoin d'une bougie ? Et d'ailleurs, si vous voulez mon avis, il n'est pas assez beau, ni assez grand, pour être un vampire.

— Oh… oui, c'est vrai qu'il n'est pas bien grand. Et qu'il n'a pas besoin d'une bougie. C'est une chance, Nilly, que vous soyez une experte en vampires, dit la duchesse en se remettant à marcher d'un pas allègre.

Mais lady Petronilla n'avait pas l'air aussi soulagée que son amie.

— Il se pourrait que je me trompe, dit-elle presque à regret. Après tout, je n'ai jamais vu de vampires.

— Nous étions visiblement complètement désorientées, dit lady Melisande à leur guide. Je ne me souviens pas être passée par là.

L'homme rit gentiment devant la confusion de ces dames.

— Il faut prendre par là pour retourner au salon. À moins que vous ne vouliez voir où se cache le trésor ?

— Le trésor ? s'exclama lady Winifred en se rapprochant de leur guide. Vous savez où il se trouve ?

Il eut un petit sourire gêné.

— C'est-à-dire que... je ne voulais pas. Ah, Madame, je me suis trahi. Je veux bien vous y mener, mais à condition que vous promettiez de n'en rien dire à personne.

— Oh, mais bien entendu ! Et s'il y a un trésor caché là-bas, nous sommes toutes prêtes à le partager avec vous, cher Monsieur, le rassura Winnie. D'ailleurs, je pense que nous devrions y aller tout de suite sans passer par le salon… sans quoi quelqu'un d'autre risque de le trouver avant nous.

— En effet… euh… votre raisonnement ne manque pas de logique. Mais dans ce cas, nous allons tourner ici et prendre cette galerie, dit-il en leur faisant signe de le suivre.

La galerie était plus petite et étroite que celles qu'elles avaient empruntées jusque-là. Devant l'absence de meubles ou d'ornements, Winnie en déduisit qu'elles se trouvaient à présent dans le quartier des domestiques.

— Mais bien sûr ! s'écria-t-elle. Le trésor ne peut se trouver qu'à l'arrière de la villa, là où personne ne va jamais.

Soudain, Nilly, qui était à la traîne, sentit une main sur son épaule. Le hoquet de surprise qui s'échappa de ses lèvres fut rendu inaudible par la conversation animée de ses amies qui marchaient devant avec leur guide.

Elle se retourna et fit face à un homme de haute taille aux cheveux noirs et au teint blanc, vêtu d'un frac comme s'il se rendait au théâtre. Il sourit, révélant des dents à la blancheur éclatante.

Les prunelles de ses yeux rougeoyaient.

Nilly ouvrit la bouche pour crier, puis se ravisa. Fermant les yeux, elle tourna pudiquement la tête de côté, laissant à découvert sa gorge depuis la nuque jusqu'à la ligne de son profond décolleté. Retenant son souffle, elle lâcha sa bougie qui roula sur le plancher.

Elle attendit, la peau parcourue de petits picotements et le cœur battant dans sa maigre poitrine. Puis l'air frémit, et elle entendit un petit *pop,* suivi d'un *pouf.*

— Tout va bien, Madame ? demanda une voix aimable.

Nilly rouvrit les yeux. L'homme qui se trouvait devant elle n'était plus brun et n'avait plus les yeux rouges.

Mais il était tout aussi beau, avec des cheveux fauves et un teint qui semblait doré à la lueur de la bougie qu'il tenait à la main. Il la regardait d'un air légèrement amusé.

— Je… vous… euh…

Il est parti. Vous n'avez plus rien à craindre, Madame. Ou devrais-je dire, Mademoiselle ? Il lui décocha un sourire désarmant, puis demanda : Mais que fait une femme aussi charmante dans…

— Nilly !

Son attention fut captée par un froissement de soie et de satin à l'autre bout du couloir obscur. Ses deux amies arrivaient à sa rencontre, sans leur guide, apparemment.

— Oh ! gémit Nilly, sans parvenir à dissimuler complètement sa déception.

— Que faites-vous donc ? demanda Melly. Vous allez finir par vous perdre dans ce labyrinthe.

— Et nous n'allons pas pouvoir retrouver le trésor à temps, grommela la duchesse. Ma parole que s'il nous échappe par votre faute, jamais je ne vous pardonnerai, Petronilla.

— Allons venez. Notre ami et guide nous attend, ordonna Melly en désignant le bout du couloir.

— Mais qu'avez-vous fait de votre bougie ? Maintenant nous n'en avons plus qu'une, or vous savez que j'y vois mal dans le noir, s'impatienta Winnie.

Nilly se retourna mais le bel homme blond avait disparu. Sa mâchoire s'affaissa, puis se referma sans proférer un son.

Aucun des deux hommes qui l'avaient abordée n'était visible. Ne restait que sa bougie qui s'était éteinte en tombant à terre, à côté d'un petit amas de cendres qu'elle n'avait pas remarqué tout à l'heure.

— Mais… commença Nilly, puis elle renonça.

— Je me demande si Victoria est revenue à la soirée entre-temps, dit soudain Melly en longeant le couloir, ses amies à sa suite.

Elles avaient laissé leur guide seul, à l'embranchement de deux corridors quand elles avaient remarqué que Nilly n'était plus avec elle.

— J'espère qu'elle aura retrouvé ce charmant M. Zavier, dit Nilly qui avait enfin retrouvé sa langue. Et qu'ils pourront faire plus ample connaissance.

— J'espère bien que non, objecta lady Winifred l'air hautain, comme si Nilly avait suggéré que Victoria s'éprenne d'un vampire. Si charmant qu'il soit, il est beaucoup trop fruste… et… mal rasé, et indigne de notre marquise. Maintenant qu'elle s'est élevée au rang de Marquise de Rockley, il est hors de question qu'elle se retrouve dans un château froid et humide des Highlands d'Écosse… infesté de vampires et…

— Mesdames ! leur cria au loin leur guide en leur faisant signe d'approcher. Sommes-nous à nouveau au complet ?

— Oui, cher Monsieur. Veuillez nous montrer le chemin, répondit Melly.

Comme elles rejoignaient leur guide, une jeune et jolie blonde déboucha d'un couloir adjacent. L'homme se retourna, surpris, puis la jeune femme le prit par le bras et l'entraîna à l'écart.

— Ah, vous voilà enfin ! Je vous ai cherché dans toute la villa !

Puis elle baissa la voix et il sembla à Winnie qu'elle prononçait le mot… sénateur.

— Je refuse de continuer si cette gamine se joint à nous, fulmina Winnie qui, bien qu'ayant la vue basse, avait l'ouïe fine.

Qu'avait donc ce sénateur romain de tellement important pour que cette morveuse ose interrompre leur chasse au trésor ? Soudain, un bruit de pas précipités retentit derrière elles. Les trois amies se retournèrent et virent M. Zavier qui arrivait en courant dans leur direction. Un autre homme beau et blond – inconnu de Winnie et Melly, mais pas de Nilly – était avec lui.

— Ah, vous voilà enfin, Mesdames, s'exclama Zavier, légèrement haletant.

Même dans cette faible lumière on voyait qu'il avait les joues rouges et qu'il tenait quelque chose à la main – un objet long et pointu – qu'il glissa furtivement dans sa poche avant que quiconque, sauf Nilly, ait pu le voir.

— Il est l'heure de rentrer, dit-il en jetant des regards autour de lui.

L'homme blond qui arrivait à sa suite scrutait l'obscurité devant elles. Mais lorsque les trois amies suivirent son regard, elles constatèrent que leur guide et la jeune fille avaient disparu.

— Nous étions sur le point de trouver le trésor, protesta la duchesse quand Zavier lui offrit son bras. Nous ne pouvons tout de même pas partir maintenant.

— Je crains fort que le trésor n'ait déjà été trouvé. Tous les autres convives sont partis, dit le bel homme blond de sa voix rassurante.

— Mais, et Victoria ? demanda lady Melly à Zavier en prenant son autre bras.

Elle était déçue que leur guide ait disparu aussi précipitamment.

— Dommage qu'il soit parti aussi vite, marmonna-t-elle. Il était tout à fait charmant, et je ne connais même pas son nom.

— Quand Victoria est revenue, nous avons attendu un petit moment ensemble dans le salon. Puis pensant que vous étiez déjà parties, elle est rentrée à la maison, dit Zavier en fixant sur Winnie un regard ténébreux. Elle avait réussi à réparer la bride de son soulier et était déçue que vous soyez parties sans l'attendre. Allons, Mesdames, il est temps de rentrer.

— Puis-je ? dit le jeune homme blond en offrant son bras à Nilly, avant de l'entraîner d'un pas vif dans le couloir.

Si les deux messieurs jetaient des coups d'œil derrière eux, ces dames ne s'en aperçurent pas, trop occupées à régler leur pas sur les longues enjambées rapides de leurs cavaliers.

— Nous ne sommes pas entrées par ici, s'exclama Melly quand ils franchirent une petite porte basse très différente du majestueux perron qui les avait accueillies.

L'air frais de la nuit les saisit quand elles émergèrent dans le jardin baigné du clair de lune et envahi par le chiendent.

— Mes ballerines ! s'écria Nilly en levant un pied après l'autre comme si elle avait sauté sur place. Elles vont être fichues !

— Allons, allons, dit Zavier en leur faisant longer le mur pour contourner le bâtiment et revenir au portail où attendait leur voiture.

Quand elles eurent regagné le fiacre, elles constatèrent qu'il n'y avait pas d'autres attelages en vue. M. Zavier les aida à grimper l'une après l'autre, puis sauta à bord d'un bond énergique et fit claquer la portière derrière lui.

D'une main vigoureuse il martela le toit, puis s'installa sur la banquette parmi les dentelles et les froufrous. Il avait accompli son devoir.

Ce n'est que lorsque la voiture s'ébranla que ces dames réalisèrent que l'homme blond avait disparu.

Aucune d'elles n'avait souvenance de l'avoir vu après être sorties de la villa.

— Incroyable, soupira Winnie en jetant un coup d'œil par la lucarne arrière. Cet homme nous a trompées ! Je suis sûre qu'il nous a dit de partir pour pouvoir s'emparer du trésor.

Puis elle croisa ses bras dodus sur son opulente poitrine et bouda pendant tout le trajet du retour.

# 10.

# Où notre héroïne se retrouve dans une position compromettante

Victoria avait le corps fourbu comme si elle avait été rouée de coups.

La dernière chose dont elle se souvenait, c'était Max disparaissant sous une horde de vampires. Puis elle avait reçu un coup sur la tête et tout était devenu noir.

Et maintenant… elle n'aurait su dire depuis combien de temps elle était étendue ici… ni où elle se trouvait. Elle n'y voyait rien ; il faisait noir comme dans un four.

Elle cligna plusieurs fois des yeux, mais ne parvint à discerner que des ombres.

Et elle ne pouvait pas bouger. Elle avait les poignets ligotés derrière le dos, et quand elle ouvrit les mains pour tâter derrière elle, ses doigts rencontrèrent ce qui ressemblait à un mur de brique ou de pierre moussue.

Elle en vint à la conclusion qu'elle se trouvait dans une chambre souterraine. Un cachot peut-être ?

Ce qui n'augurait rien de bon.

D'autant que sa nuque était froide. Et même glacée, comme si un blizzard avait soufflé sur sa peau. Ses cheveux défaits retombaient sur ses épaules, sans pour autant la protéger du froid des morts vivants. Sa robe était tire-bouchonnée et probablement déchirée.

Mais c'était là le cadet de ses soucis… Elle inspira lentement, obligeant le flot de ses pensées à ralentir pour pouvoir se concentrer. Elle ferma les yeux, et tendit l'oreille.

Non, ce n'était pas une chimère de son imagination.

Une odeur fugace mais bien réelle de moisi et de pourriture remontait jusqu'à ses narines. Un frisson d'appréhension lui parcourut les épaules. C'était l'odeur maléfique d'un démon. Mais comment était-il possible que des démons et des vampires – ennemis mortels depuis toujours – soient réunis sous un même toit ?

La lutte entre eux pour s'attirer les faveurs de Lucifer n'avait jamais cessé de faire rage depuis que Judas avait été transformé en vampire.

Les démons étaient des anges déchus – et Lucifer était le plus grand de tous. Depuis la nuit des temps, ils semaient le péché et la désolation sur terre. Mais après la mort de Judas, persuadé que jamais Jésus ne lui pardonnerait de l'avoir trahi, Lucifer avait attiré son âme en enfer pour créer une nouvelle race de créatures, mi-hommes mi-démons.

Étant des créations du diable, les vampires estimaient avoir l'ascendant sur les démons ; mais les démons, race beaucoup plus ancienne, considéraient au contraire qu'ils étaient les héritiers légitimes du règne de l'Enfer.

Victoria savait cependant qu'il était très rare que les deux races acceptent d'unir leurs forces ou de coopérer de quelque manière que ce soit.

Soudain, elle pensa à sa mère et son appréhension se changea en terreur. Lady Melly et ses deux amies étaient peut-être encore à la villa, sous le contrôle des vampires et des démons. Zavier à lui seul n'aurait pas pu combattre tous les morts vivants qui se trouvaient ici.

Son seul espoir était donc qu'il ait réussi à détecter la présence de vampires à temps pour pouvoir mettre les trois amies – et les autres convives – à l'abri du danger.

— Max ? murmura-t-elle, pensant avoir perçu un léger mouvement – ou était-ce un gémissement – à côté d'elle.

À tout prendre, mieux valait que soit Max – ou un rongeur – qu'un mort vivant… ou une de ces horribles bestioles à huit pattes.

Victoria ferma à nouveau les yeux et se concentra. Si Max était là et qu'il ne répondait pas, c'est qu'il était dans un sale état.

Les jambes de Victoria n'étaient pas entravées. Ouvrant les mains, elle prit appui sur ses paumes et exerça une poussée pour se mettre à genoux. Une douleur atroce se mit à lui pilonner la tête, au-dessus des sourcils, quand elle se redressa. Puis elle réalisa que sa jambe droite était raide et la faisait horriblement souffrir.

Malgré la douleur, elle entreprit d'explorer la pièce dans tous ses recoins en longeant le mur.

Soudain, elle entendit des voix et les picotements sur sa nuque s'intensifièrent. Brusquement, une porte s'ouvrit à l'autre bout de la pièce. Se plaquant contre le mur, elle ferma à demi les yeux et feignit l'inconscience.

Une faible lueur s'était répandue dans la pièce, mais des ombres se tenaient dans l'embrasure et bouchaient la vue. L'odeur de mort du démon se fit plus précise – mais pas suffisamment pour s'en inquiéter. Où qu'il soit, le démon n'était pas devant la porte.

Entre ses paupières mi-closes, Victoria vit que la pièce avait la taille d'un petit salon. Une masse sombre gisait comme un paquet de chiffon à mi-chemin de la porte. Max ? Si elle avait continué à explorer la pièce, elle aurait fini par lui rentrer dedans à un moment ou un autre, car il n'y avait aucun meuble.

Victoria attendit, les muscles tendus, s'obligeant à respirer calmement.

Brusquement, une deuxième masse informe lancée sans ménagement atterrit en tas sur le sol à côté de la première.

— N'ayez crainte, dit une voix depuis le seuil.

Elle ne lui était pas inconnue, mais Victoria n'y voyait pas assez pour pouvoir identifier son propriétaire.

— Vous n'allez pas rester ici bien longtemps. Akvan va venir vous chercher.

Akvan ? Était-ce là le démon dont elle avait flairé l'odeur ?

La porte se referma, et elle entendit le grincement sinistre d'un lourd verrou.

— Aoutch ! pesta la masse qui gisait à terre. Comme si les coups ne suffisaient pas, ils m'ont jeté là comme un vulgaire ballot de linge sale.

La mâchoire de Victoria s'affaissa. Heureusement, il faisait trop noir pour qu'il puisse voir sa mine ahurie.

— Sébastien ? C'est vous ?

— En chair et en os. Ou plutôt ce qu'il en reste.

— Mais comment diable êtes-vous arrivé là ?

— Vous semblez surprise de me voir – ou plutôt de m'entendre. Je m'étais pourtant laissé dire que vous étiez à ma recherche. Ô, calme-toi mon cœur… n'était-ce donc là qu'une fausse rumeur ?

— J'avais espéré vous revoir dans des circonstances, disons… plus normales. Mais en effet, j'étais à votre recherche. J'ai quelque chose à vous demander.

Elle rampa aussi vite qu'elle le pouvait en direction de l'endroit où elle l'avait vu atterrir. La pièce était à nouveau complètement noire, mais de l'avoir vue brièvement éclairée lui avait permis de trouver ses repères.

Du moins savait-elle à présent de quel côté était la porte, et quelles étaient les dimensions du cachot. Et si la grosse masse inerte qui gisait au milieu était Max, elle serait mieux à même de lui porter secours si quelqu'un détachait la corde qui lui ligotait les poignets.

— Il a bien dit qu'Akvan allait venir vous chercher ?

— Oui, il a… Aouch ! cria-t-il quand le pied de Victoria cogna contre quelque chose de… mou. Votre empressement me ravit, Victoria, mais veuillez faire attention, s'il vous plaît. Vous m'avez broyé les… euh…

— Peu importe, dit-elle, sentant ses joues s'empourprer dans le noir. Si vous vouliez bien m'aider à me détacher ? Peut-être pourrons-nous trouver un moyen de sortir d'ici.

— Je le ferais très volontiers – même si je trouve l'idée de vous savoir ligotée terriblement excitante –, mais il se trouve que je suis moi-même pieds et poings liés. Ce qui ne semble pas être votre cas.

*Tonnerre !* Elle venait soudain de s'aviser que le poignard qu'elle portait attaché à la cuisse n'était plus là.

— Dans ce cas, asseyez-vous, ordonna-t-elle. Pour que nous puissions nous mettre dos à dos et défaire nos liens.

Soufflant et geignant, Sébastien parvint à se redresser et à s'asseoir, avant de se laisser retomber lourdement contre Victoria qui avait plié les genoux et ramené ses jambes contre sa poitrine pour se donner plus d'assise. Il émanait de Sébastien un parfum de clous de girofle auquel se mêlait une pointe de transpiration et de rouille. Leurs épaules se frôlaient et elle sentait la chaleur de son dos à travers l'étoffe de sa chemise mouillée.

— Je croyais qu'Akvan était mort, dit-elle.

Elle se mit à tâter ses bras tandis qu'il faisait de même, et au bout d'un moment leurs doigts se rencontrèrent. Ceux de Sébastien étaient moites, mais il parvint à les plier… pour caresser doucement l'intérieur de ses paumes.

Victoria avala sa salive tandis que la caresse migrait de sa paume jusqu'à son poignet puis son bras… emplissant ses sens d'une douce et chaude langueur, même ici, tout au fond de ce cachot froid et humide.

Puis ses doigts s'activèrent pour de bon, tâtant la corde pour localiser les nœuds. Flairant l'air, elle sentit une odeur de sang.

— Est-ce du sang que je sens sur vos mains et votre chemise ?

— À vrai dire, lança Sébastien d'une voix légèrement tendue. Les vampires ont mis beaucoup de zèle à m'empêcher de vous – retrouver – et du sang a été versé pendant la bataille… en quantité non négligeable. Mais je vous promets de faire de mon mieux pour ne pas tacher votre robe.

— Ils ne vous ont pas mordu, dit Victoria.

Ce n'était pas une question.

— Non, ils n'auraient pas osé. Après tout, et comme vous le savez, je suis le petit-fils de Beauregard. Ce qui ne les a pas empêchés de me reléguer dans ces lieux inhospitaliers, me direz-vous. Mais du moins n'ai-je pas eu le désagrément d'avoir la gorge tranchée. Pour l'instant en tout cas. Quant à Akvan, il *était* mort, ou plus exactement il vivait en enfer. Jusqu'à ce que Pesaro détruise son obélisque. Quand l'obélisque a explosé, à l'automne dernier, Akvan a été rappelé sur terre – à Rome, très précisément, et quelque peu affaibli. Il a passé, à ce qu'il paraît, les quatre derniers mois à reprendre des forces.

— Il est donc ici ? Mais et vous, comment êtes-vous arrivé là, Sébastien ? Arrêtez, je vais essayer de défaire vos liens à mon tour. Vous n'avez fait que me pincer jusqu'ici et vous êtes manifestement blessé.

— Ah, le héros n'a pas réussi à venir en aide à la demoiselle en détresse, soupira Sébastien sur un ton théâtral, mais il cessa de remuer les doigts et il sembla à Victoria qu'il poussait un soupir de soulagement.

— Ce n'est pas la première fois, dit-elle, et sans doute pas la dernière.

Elle se mit à tâter ses poignets pour essayer de localiser les nœuds de ses liens. Sa peau était chaude, mais poisseuse, et même du bout des doigts elle pouvait sentir les poils de ses bras sous ses manches.

— Mais bien sûr… étant donné que vous êtes La Vénatore, répondit Sébastien froidement. Je suis ici parce que mon grand-père m'a demandé de surveiller la Porte de l'Alchimie. Il semble être persuadé que quelqu'un va l'ouvrir prochainement – vraisemblablement Akvan et ses amis. J'ai aperçu ce rabat-joie de Pesaro rôder dans les parages en début de soirée… et quand j'ai appris que plusieurs… disons, civils, avaient été invités à la villa, j'ai pris la décision d'aller voir ce qui se tramait. Mais je ne m'attendais pas à vous trouver parmi les convives.

Victoria força sur ses liens pour les distendre mais ils étaient trop serrés et la position trop inconfortable.

— Vous y êtes vraiment allé dans l'intention de mener l'enquête ou dans le but d'asticoter Max ?

— Pourquoi voudrais-je l'asticoter ? demanda Sébastien, outré. En réalité, il me doit la vie.

— Vraiment ? Je ne sais pas pourquoi, mais j'ai du mal à le croire.

Elle n'arrivait pas à desserrer les liens de Sébastien ; ses doigts étaient engourdis par le froid et l'humidité, et ses poignets douloureux à force d'être pliés presque à l'équerre par-dessus la corde trop grosse et raide pour être manipulée. Elle était sur le point de renoncer, quand elle se souvint du corset spécialement conçu par Miro. Verbena et Oliver avaient essayé de lui façonner un corset semblable, mais quand Victoria l'avait enfilé une lame était sortie de son fourreau et avait entaillé l'étoffe puis sa chair en dessous. Cependant, Miro s'était inspiré de leur idée pour confectionner le corset que Victoria portait sous sa robe.

Le seul problème était… qu'elle allait avoir besoin d'aide pour le dégrafer.

— Max n'était pas particulièrement heureux de me voir, reprit Sébastien. Je crois même qu'il m'a proposé d'aller au diable quand j'ai transpercé un vampire qui s'apprêtait à se jeter sur lui – c'était à l'automne dernier, quand l'obélisque a été détruit.

— Vous ? s'exclama Victoria en réprimant un rire nerveux. Vous ne transpercez pas les vampires, Sébastien. Même si vous le pouviez vous ne le feriez pas. Je suis sûre que vous mentez.

Sébastien aimait trop son grand-père, Beauregard, pour oser transpercer un vampire, d'autant qu'il savait que tous les vampires avaient été jadis des êtres humains aimés et aimants, et que les transpercer revenait à les condamner à la damnation éternelle.

*« Je ne peux pas envoyer le père ou la sœur d'un être humain en enfer pour l'éternité »*, lui avait-il dit un jour.

— Pourrions-nous arrêter là ces élucubrations ? fit-elle sèchement. Je veux défaire ces liens, et je crois que c'est Max qui est allongé là-bas, sur le sol. Il n'a pas bougé ni émis un seul son depuis que je me suis réveillée. Et je suis sûre que s'il était conscient, il aurait riposté avec une remarque cinglante à vos divagations.

— Mon Dieu ! Dire que mon sacrifice aura été vain.

— J'ai un couteau, dit-elle. Mais il faut que vous m'aidiez à le récupérer.

Sébastien rit.

— Vous pouvez être sûre qu'ils vous auront ôté toutes vos armes, Victoria. Exactement comme ils l'ont fait avec moi. Je n'ai plus que mes bottes et mes habits.

— Eh bien moi, je ressens des pincements qui me disent que je porte encore mon corset, rétorqua-t-elle avec humeur. Et c'est là que se trouve mon couteau.

Elle sentit qu'il se figeait complètement. Il y eut un silence estomaqué, puis elle entendit un petit rire étouffé.

— Grands dieux, Victoria, je ne sais pas si je dois rire ou pleurer. Êtes-vous sérieusement en train de me demander de vous ôter votre corset, ici et maintenant ?

Elle ne put réprimer un sourire en entendant sa réaction où se mêlaient désir et stupéfaction. Au souvenir de ses mains sur sa peau, sur ses seins et ses hanches, le petit frisson qui avait parcouru ses bras quelques instants plus tôt se transforma en un tourbillon de sensations intenses et profondes. Sa bouche devint sèche et elle déglutit. Comment pouvait-elle avoir de telles pensées alors que leurs vies, et celle de sa mère, étaient en danger ?

Cette pensée la dégrisa d'un seul coup. Son aplomb retrouvé, elle déclara sèchement :

— Non, il n'est pas question de l'ôter. Simplement… sur le devant, l'une des baleines… euh… du côté gauche, a été remplacée par une petite lame. Je voudrais que vous m'aidiez à la déloger pour que nous puissions scier nos liens. Vous pensez pouvoir le faire ?

— Je vais faire de mon mieux, en tout cas, je vous le promets, dit-il galamment. Eh bien… allons-nous commencer par le haut ou par le bas ?

— Par le bas, répondit calmement Victoria bien que sa gorge fût sèche et qu'elle ait eu une furieuse envie de le rabrouer.

À sa grande surprise, Sébastien ne dit rien. Il se tourna de façon à se retrouver devant elle, mais de dos.

Quand il commença à tâter maladroitement pour essayer de trouver le bas de sa robe et glisser ses mains sous son jupon jusqu'à sa chemise, Victoria remercia le ciel que ce ne fût pas Max à qui elle avait demandé de l'aide.

À l'idée que ses grandes mains eussent pu se glisser sous sa robe, son estomac se serra.

Elle chassa ces pensées désagréables et se laissa distraire par les doigts de Sébastien qui se frayaient tout doucement un chemin le long de sa jambe gainée de soie jusqu'à chemise – dont la batiste était si fine qu'elle aurait pu aussi bien ne rien porter.

Sentant sa respiration s'accélérer, elle s'obligea à inspirer lentement. Elle ne voulait pas penser à l'exquis fourmillement provoqué entre ses jambes par le simple contact de ses doigts sur sa peau nue.

— S'il vous plaît, rassurez-moi, dit Sébastien. La petite femme toute maigrichonne, ce n'était pas votre mère au moins ?

— Maigrichonne ? De qui parlez-vous ? répondit-elle d'une voix légèrement rauque.

— Il y avait un groupe de trois dames – une petite maigrichonne, toute sèche ; une grande, bruyante et dodue comme un édredon ; et une distinguée et autoritaire...

Ses doigts avaient enfin atteint le bord inférieur de son corset et se lançaient à la recherche de la lame.

— … dont j'espérais qu'elle fût votre mère.

— Vous les avez vues ? Si elles ont été capturées par votre faute, Sébastien, je ne vous le pardonnerai jamais ! s'exclama-t-elle en se concentrant sur sa colère plutôt que sur ses doigts qui palpaient les baleines de son corset. Elle devrait être là quelque part. Vous devriez sentir l'extrémité arrondie du manche qui dépasse du bord du corset… juste… là, oui, c'est ça ! Dépêchez, s'il vous plaît.

— Ô femme de peu de foi, dit-il. C'est moi, je vous signale, qui ai sauvé la maigrichonne sèche comme un coup de trique des crocs d'un vampire. Et moi qui ai montré le chemin à l'homme qui était censé les protéger – Zavier, c'est bien cela ? – pour qu'il puisse les reprendre sous son aile et les mettre hors de danger.

— Elles sont hors de danger ?

Un immense soupir de soulagement franchit les lèvres de Victoria.

— Oh, mais suis-je bête, dit Sébastien en tirant sur le manche du couteau pour essayer de le déloger du corset. Il y a une petite bride qui maintient le couteau en place et l'empêche de glisser hors de sa cachette. Il faut la déboutonner et…

— Oh ! Arrêtez ! Arrêtez tout de suite !

Sébastien lâcha un petit rire espiègle.

— Mais il me semblait que vous aimiez ça, *ma chère*.

— Ça, c'était avant. Quand je croyais que je pouvais vous faire confiance.

Il recommença à tirer sur le bas du corset au lieu de laisser courir ses doigts là où ils n'auraient dû aller.

— Et pour tout dire, je ne suis pas certaine de vous avoir jamais fait confiance. Mais au fait, pourquoi espériez-vous que lady Petronilla – la plus menue des trois – n'était pas ma mère ?

Sébastien eut un grognement de soulagement quand il réussit enfin à déloger le couteau de sa cachette.

— Faites attention à ne pas me blesser avec la lame, dit Victoria, en repliant les jambes pour que sa robe retombe en place. Je vais me tourner pour que vous puissiez couper mes liens. Et puis non, tout bien réfléchi, vous allez la poser pour que je puisse la ramasser et couper vos liens d'abord.

— Quelle excellente idée. Vous allez pouvoir me saigner à blanc. Et pour répondre à votre question, je suis soulagé d'apprendre que la maigrichonne n'est pas votre mère, car, comme dit le fameux adage : femme qui vieillit ressemble à sa mère.

Victoria s'était à nouveau retournée pour se placer dos à dos avec Sébastien. Assise sur ses talons de façon à prendre de la hauteur, elle commença à scier délicatement la corde.

— Et que trouvez-vous de si déplaisant au physique de lady Petronilla ?

— Elle est plate comme une planche à pain. Plus plate même.

— Plate comme une… Oh !

Victoria leva les yeux au ciel dans le noir.

— Ah, enfin, je sens à nouveau mes doigts ! dit Sébastien en faisant frétiller ses phalanges.

— Attention ! Cette lame est très coupante, le mit-elle en garde.

— C'est vrai. Je suis déjà libre.

Elle sentit une petite secousse dans son dos quand il écarta ses poignets libérés. Avec un soupir de soulagement, il lui prit la lame des mains. Victoria entendit un bruit comme s'il était en train de se frictionner les bras et les poignets pour stimuler la circulation du sang.

— Eh bien, qu'attendez-vous ? fit-elle, impatiente.

— Je défais les liens de mes chevilles. Est-ce que vous vous rendez compte que je suis libre et pas vous ? dit-il avec un petit rire. Et que j'ai l'avantage sur vous, ma ravissante Vénatore ?

Elle sentit son estomac chavirer, comme si elle allait avoir la nausée… ou était-ce autre chose ?

— Sébastien, dit-elle d'un ton menaçant, avant de se radoucir. Il faut que je vous demande quelque chose au sujet de ma tante.

— … et que vous êtes à ma merci ?

Sa voix se fit caressante, et soudain il était à ses côtés et se mouvait avec une aisance qui lui indiqua que ses jambes étaient libres.

— Sébastien, quand vous avez pris sa *vis bulla*…

Ses mains trouvèrent son visage sans difficulté – malgré l'obscurité totale – et quand ses doigts élégants mais poisseux enlacèrent sa nuque et son menton, elle ne put rien faire d'autre que d'essayer de se reculer.

Elle n'avait aucun point d'appui hormis ses poignets endoloris et ses doigts engourdis, et quand Sébastien se rapprocha, apportant avec lui un effluve de clous de girofle, elle sentit son cœur s'affoler.

À part se plaquer au sol, Victoria ne pouvait pas grand-chose pour lui échapper… sauf qu'elle n'avait aucune envie de s'allonger.

La première fois, il calcula mal son angle d'attaque et ses lèvres glissèrent sur sa joue. Mais il ne tarda pas à rectifier son erreur et, l'attirant tout contre lui, l'embrassa à pleine bouche.

# 11.

# Où le vœu de Michalas est exaucé

Une fois de plus Victoria se retrouvait à la merci de Sébastien, avec les mains liées et dans une position inconfortable. Mais elle avait fermé les yeux malgré l'obscurité et entrouvert ses lèvres pour accueillir sa langue et l'enlacer avec la sienne. La douleur dans ses mains et ses jambes s'estompait tandis qu'elle se laissait emporter par l'extase d'un baiser profond, intime et passionné.

Elle ne pouvait pas le voir, mais elle imaginait son beau visage, les boucles sensuelles de sa crinière fauve que la lutte avec les vampires avait dû ébouriffer.

Ses yeux, un ton plus sombre, couleur châtain, et sa peau dorée. Sébastien lui faisait penser à un ange de bronze. Une comparaison qui ne manquait pas d'ironie.

Ses lèvres se refermèrent légèrement et il se mit à taquiner doucement sa lèvre inférieure, exactement au même endroit que son grand-père la veille au soir. À cette pensée, Victoria eut un haut-le-corps.

— Je croyais… que vous préfériez… les voitures, Vioget, lança soudain une voix rauque et agacée depuis l'autre bout de la pièce.

Victoria sursauta en se détournant violemment de Sébastien. Mais il tenait son visage entre ses mains et ne semblait pas disposé à la relâcher.

— Max ? Dieu merci, vous êtes vivant !

— Votre sollicitude… me bouleverse.

Il y eut un raclement sur le sol, suivi d'une inspiration saccadée.

— Peut-être auriez-vous la gentillesse… de m'apporter ce couteau…

Sa voix se perdit, avant d'ajouter avec force : j'imagine que vous avez… terminé… votre petit… manège.

— Voitures, salons ou cachots, rétorqua Sébastien. Tout est bon quand l'occasion se présente. Ce qui se produit plus souvent que vous ne pourriez l'imaginer.

Tout en parlant, Sébastien avait relâché Victoria, qui détournait la tête avec obstination chaque fois que ses doigts ou sa bouche cherchaient à l'attirer. Il renonça et vint se placer derrière elle, puis posa ses mains sur ses hanches.

Elle réalisa soudain qu'elle était encore plus à sa merci maintenant qu'il était à genoux derrière elle, le couteau à la main.

— Ne bougez pas, Victoria, souffla-t-il doucement dans son cou. Cette lame est terriblement coupante, et je ne peux pas voir ce que je fais. Je n'ai pas envie d'entailler cette chair ravissante… et d'attirer une horde de vampires affamés en faisant couler votre sang frais.

D'une main il ramena sur un côté la masse de ses cheveux pour dégager sa nuque, puis pressa ses lèvres à la jonction de son cou et de son épaule. Un soupir extatique franchit ses lèvres quand sa langue, d'abord légère comme une plume, puis de plus en plus hardie, se mit à courir sur sa peau tandis qu'il sciait ses liens avec son autre main.

Max ne pouvait pas ne pas entendre ses soupirs langoureux et le bruit des lèvres de Sébastien sur sa peau.

Vioget le faisait-il pour éveiller son désir, ou pour contrarier Max ? Elle n'aurait su le dire, mais à part s'obliger à ignorer la caresse de sa langue sur cette partie particulièrement sensible de sa personne, elle ne pouvait pas grand-chose, et quand elle sentit qu'une de ses mains – celle qui ne tenait pas le couteau, Dieu merci – se posait sur son sein, Victoria laissa échapper un petit gémissement d'extase.

Sébastien rit doucement dans sa nuque, et Victoria fit un geste si brusque de côté qu'elle perdit l'équilibre et tomba à terre. Ses liens déjà bien entamés par la lame sautèrent et lorsque sa joue atterrit sur le sol froid et terreux, elle réalisa qu'elle était libre.

Elle roula de côté avant que Sébastien ait pu la rattraper.

— Assez joué, Sébastien ! Et maintenant, donnez-moi ce couteau.

Elle s'attendait à ce qu'il la fasse bisquer, exigeant un baiser ou quelque autre forme de paiement en échange du couteau mais, à sa grande surprise, elle entendit la lame tomber juste devant elle.

— Si seulement nous avions une source de lumière, dit-elle en tâtant prudemment le sol pour localiser le couteau et le prendre par le manche.

Le poignard n'était pas plus long que sa main ni plus large que son petit doigt, mais il était terriblement coupant. Miro l'avait conçu spécialement pour elle, selon certains critères précis. Le manche en argent était très court – de la taille d'une phalange – de façon qu'elle pût insérer la lame dans l'un des sachets de coutil en ne laissant dépasser qu'une toute petite partie à l'extérieur.

La deuxième caractéristique était qu'il était muni d'une virole en argent suffisamment longue pour que Victoria pût le tenir solidement en main sans risquer de se couper.

Le couteau avait magnifiquement rempli son office et tranché les liens avec facilité.

— J'ai de quoi faire de la lumière, dit Max d'une voix un peu plus vigoureuse. Mais… je vais avoir besoin d'aide.

Victoria entendit bouger Sébastien.

— Sébastien ? Que faites-vous ?

— J'examine la porte pour essayer de voir de quel côté elle s'ouvre.

Victoria hésita à protester, puis elle se ravisa, songeant que Max et elle allaient avoir besoin de son aide. Elle se mit à ramper jusqu'au moment où elle se cogna contre une masse solide et chaude, et terriblement poisseuse.

— Oh, mon Dieu, Max… fit-elle.

Elle tâtait frénétiquement dans le noir afin de déterminer quelle partie de son corps était blessée quand, accidentellement, elle lui donna un coup dans la figure.

— Bon sang, Victoria… vous voulez m'éborgner ?

Ralentissant ses gestes, elle fit glisser doucement sa main sur sa joue, puis son cou, en ayant soin d'éviter sa bouche acerbe.

— Ne soyez pas aussi vindicatif. On n'y voit rien dans ce trou.

— En effet, grommela-t-il. J'ai de quoi nous éclairer quand vous aurez coupé ces maudites cordes.

Il respirait bruyamment, avec difficulté, et son corps était épuisé à force de lutter contre la douleur.

Vite, elle trancha les liens autour de ses poignets et l'entendit pousser un soupir de soulagement quand il ramena enfin ses bras devant lui.

— Où est la lumière ? demanda-t-elle, non sans anxiété, à l'idée qu'elle allait peut-être devoir palper le corps de Max.

— Dans ma botte gauche.

Soulagée, Victoria fit courir précautionneusement ses mains le long de son corps. À son grand effarement, elle constata que le sang s'épanchait à plusieurs endroits. L'odeur du sang était si forte qu'elle avait un goût rouillé dans la bouche.

— Vous avez été mordu ? demanda-t-elle au moment où ses mains atteignaient le bas de son mollet et, dessous, le cuir souple de sa bottine.

— Non, j'ai été touché par balle, répondit-il comme s'il s'agissait d'une évidence. Et ça fait un mal de chien, alors dépêchez-vous !

Comme l'aurait fait un valet, elle s'agenouilla à ses pieds et commença à tirer sur sa botte.

— Non, glapit-il. Dessous. Dans le talon.

— Le talon ?

— Oui, il pivote. À l'intérieur vous trouverez des petits bâtonnets de bois. Ne… ne les laissez surtout pas tomber ! Il y a aussi un morceau de papier de verre.

— Ah, encore un exploit du brillant Miro, s'exclama Sébastien depuis l'autre côté du cachot.

— Vous savez qui est Miro ? s'étonna Victoria.

Elle s'empara du talon de Max. Celui-ci pivota plus facilement qu'elle ne l'avait imaginé. Ce n'était en fin de compte ni plus ni moins qu'une petite boîte avec un couvercle.

— Je sais beaucoup de choses.

— Beaucoup de choses qui ne vous servent à rien, n'est-ce pas… Vioget ? grinça la voix de Max.

— Ça y est, j'ai les bâtonnets et le papier de verre. Et maintenant, que dois-je faire ?

— Trouvez quelque chose… à brûler. Une de ces fleurs ridicules que vous portez sur votre robe. Qu'elles servent au moins à quelque chose.

Victoria se mordit la lèvre pour ne pas répondre. Vénatore ou pas, Max souffrait le martyr, ce qui excusait en partie sa muflerie.

Délicatement, elle découpa une des roses de satin qui ornaient sa robe. Faite d'un ruban enroulé sur lui-même, la fleur, de la taille du creux de sa main, ne brûlerait pas éternellement, mais elle en avait d'autres.

— Et maintenant ?

— Apportez-les… Donnez-moi un bâtonnet… et le papier de verre.

Elle se retourna vers Max et leurs mains se trouvèrent

facilement. Elle remarqua que ses doigts étaient glacés et qu'ils tremblaient.

Victoria entendit un petit *sssnic*, et soudain une lumière jaillit.

Le visage de Max lui apparut, tel un masque crasseux aux yeux creusés, aux cheveux plaqués par la sueur sur son front et ses tempes, aux lèvres serrées et plates.

— Où est cette maudite fleur ?

Victoria lui montra le sol. Il se tourna de côté en tendant la main pour approcher la petite flamme de la rose rouge, mais ses doigts tremblaient trop. Exaspérée, elle soupira et saisit la fleur pour la lui tendre.

Un pétale de satin s'alluma, puis la rose tout entière s'embrasa lorsqu'elle la reposa à terre.

Quand elle leva les yeux, son regard rencontra celui de Max et elle vit que ses prunelles sombres flottaient dans leurs orbites. Il souffrait atrocement.

— Où êtes-vous blessé ? demanda-t-elle radoucie.

— À l'épaule. Et à la jambe droite. Mais ce n'est qu'une éraflure.

Victoria songea qu'en pareilles circonstances, dans ce cachot froid et humide, après avoir perdu une grande quantité de sang et s'être fait rossé comme il l'avait été par les vampires, tout autre que lui serait encore inconscient.

Avant qu'elle ait pu faire un geste, il se débarrassa de son habit en secouant les épaules.

Quand Victoria l'aida à glisser son bras hors de sa manche, elle avisa une énorme tache sombre sur sa chemise blanche à la hauteur de l'épaule gauche, juste au-dessus du pectoral où était accrochée sa petite *vis bulla*.

Elle tendit la main pour l'aider, mais il la repoussa.

— Déchirez mon habit. Je vais me bander avec. Ensuite nous chercherons un moyen de sortir d'ici.

— Votre habit ? Mais il est beaucoup trop épais voyons.

Ôtant son jupon, elle en déchira un large pan qu'elle lui tendit pour qu'il puisse bander lui-même son épaule.

— Eh bien, Vioget ? Qu'avez-vous trouvé ? demanda Max.

— Pas grand-chose de concluant. La porte est en bois massif bardé de fer et solidement barricadée de l'extérieur. Toutes les charnières se trouvent de l'autre côté. Et à moins que vous ne portiez d'autres instruments plus lourds cachés dans les plis de votre robe, chère Victoria, nous ne pourrons pas sortir de cette pièce avant que nos geôliers ne viennent nous chercher. Ce qui n'est pas souhaitable.

— Non, reconnut Max.

— Sara Regalado et son père – et tous les membres de la Tutela – se sont ralliés à Akvan, les informa Victoria. Et ils ont attiré des gens ici sous un prétexte fallacieux pour pouvoir les donner en pâture aux vampires.

— Pas tous les membres de la Tutela, rectifia Sébastien. Un grand nombre d'entre eux a juré fidélité à mon grand-père.

Après que l'obélisque d'Akvan et Nedas – le vampire le plus puissant de toute l'Italie – eurent été détruits, une féroce lutte pour le pouvoir s'était engagée entre Beauregard et le père de Sara, le comte Regalado.

En tant que vampire transformé de fraîche date, le comte n'était pas de taille à vaincre Beauregard… raison pour laquelle il avait conclu une alliance avec Akvan le démon.

Une tactique habile, songea Victoria qui comprenait à présent pourquoi Beauregard avait évoqué la nouvelle alliance de Regalado.

— Et pas seulement pour les vampires, précisa Max. Akvan aussi va se repaître des mortels… pris au piège ici.

— Que leur fait-il ? demanda Victoria. Il boit leur sang ?

— Il mange des crânes, expliqua Sébastien d'une voix morne, avant d'ajouter avec une certaine satisfaction : je crains que vous ne fassiez erreur l'un et l'autre. Ce ne sont pas les mortels qu'ils cherchaient à attirer ici. Et je m'étonne que vous ne l'ayez pas compris.

— Bien sûr que je l'ai compris. C'est Victoria qu'ils veulent.

Victoria réalisa soudain. Ils avaient kidnappé des mortels – et avant cela des chiens et des chats – pour nourrir Akvan pendant des mois.

— Sara a essayé de me capturer avant… cette chasse au trésor n'était qu'un piège pour m'attirer ici.

Elle regarda Max.

— Ils veulent la clé de tante Eustacia.

— Ou vous, tout simplement. Ce que je peux comprendre aisément, dit Sébastien sèchement.

— Ne la laissez pas s'éteindre, dit Max en désignant la fleur de satin presque entièrement consumée.

Émergeant brusquement de sa rêverie, Victoria découpa une deuxième rose et l'alluma à la première. Lorsqu'elle se tourna à nouveau vers lui, Max était en train de boire le contenu d'une petite fiole.

— Qu'est-ce que c'est ?

Il déglutit et la regarda avec agacement. Puis il reboucha le flacon et le glissa dans sa poche.

— Est-ce une fenêtre, là-haut ?

Victoria suivit son doigt du regard et vit, pour la première fois, à la jonction du plafond et du mur, un petit rectangle gris qui se distinguait à peine parmi les briques du mur, si ce n'est qu'il était un peu plus grand et légèrement plus clair.

— Sébastien, aidez-moi à monter sur vos épaules, dit-elle.

— Quelle bonne idée, acquiesça-t-il avec un sourire narquois. Je rêve de voir ce que vous cachez sous vos jupons…

Éludant sa remarque, Victoria s'agrippa des deux mains à la paroi puis grimpa sur le genou plié de Sébastien, et de là sur ses épaules.

Quand il se redressa complètement, le dessus de sa tête toucha le plafond.

— C'est une fenêtre. Mais trop petite pour que nous puissions nous y faufiler.

— Que voyez-vous ?

Les mains de Sébastien posées sur ses chevilles avaient commencé à migrer vers ses mollets gainés de soie. D'un petit coup de pied, elle le rappela à l'ordre, puis dit à Max :

— Le soupirail est au niveau du sol. Je ne vois pas grand-chose. Un mur. Le ciel gris, le jour va bientôt se lever.

— Est-ce que vous voyez un petit portail en fer dans le mur ?

— Il fait trop sombre, Max. Je ne vois pas grand-chose.

— Tenez.

Victoria étira le bras et prit la petite rose enflammée que Max lui tendait. Sans doute le contenu de la petite fiole commençait-il à faire effet, car ses traits étaient plus détendus.

Lorsqu'elle posa leur chandelle de fortune sur le rebord du soupirail, Victoria y vit un peu plus clair.

— Oui, je vois une chose qui ressemble à une petite grille de fer, Max…

— C'est bien ce qui me semblait. Vous pouvez descendre à présent.

Elle lui rendit la bougie de fortune, et le vit s'accroupir sur le sol.

— Vous ne vous sentez pas bien ?

— Poussez-vous, vous bloquez la lumière, grommela-t-il. La grille de fer se trouve juste à l'extérieur de la Porte Magique. Je l'ai vue tout à l'heure en faisant mon tour d'inspection.

Tout en faisant courir la flamme le long du mur au ras du sol, il ajouta :

— Ce qui confirme ce qu'Ylito et moi supputions : cette pièce est contiguë au laboratoire de Palombara.

— Je ne sais pas à quoi vous jouez, dit Sébastien, mais je vous conseille de vous dépêcher. Si c'est possible, j'aimerais mieux ne pas être là quand nos hôtes reviendront.

Je crains qu'Akvan ne décide de me manger la cervelle une fois qu'il aura obtenu de moi les renseignements dont il a besoin concernant mon grand-père.

— Dans ce cas, rétorqua Max en serrant les dents, vous pourriez peut-être vous rendre utile. J'ai de bonnes raisons de croire qu'il y a moyen d'accéder au laboratoire depuis cette pièce.

Se tournant à Victoria, il ajouta :

— Ne perdez pas de temps à me questionner. Si je me trompe. Eh bien tant pis – car il n'y pas d'autre issue pour sortir d'ici. Mais…

Il s'interrompit, puis reprit.

— Apparemment, je ne me suis pas trompé. Tenez, la voici.

Il prit appui sur ses genoux pour se relever. Sur son visage couvert de boue et de sang, Victoria discerna de la satisfaction.

— Une porte ? demanda-t-elle, incrédule.

— Une goutte d'or. De l'or fondu a coulé sous ce mur, ici… vous voyez cette brique…

Sans attendre d'autres explications ou instructions, Victoria se mit à genoux à côté de Max et glissa ses doigts dans l'espace à la base du mur de brique.

Au même instant, un frisson glacé balaya sa nuque.

— Ils viennent me chercher ! dit-elle.

— À moins qu'ils ne viennent chercher le petit-fils de Beauregard pour lui extorquer des informations qui pourraient être utiles à Akvan, reprit Max.

— Il faut que nous fassions semblant d'être toujours ligotés, proposa Victoria. Et nous les prendrons par surprise. Max, faites comme si vous étiez inconscient. Et vous, Sébastien, aidez-moi à ligoter mes poignets. Vite. Attendez.

Passant une main sous sa jupe, elle tira un petit pieu acéré dissimulé dans une autre partie de son corset. L'ayant glissé dans un des petits goussets dissimulés dans les plis de sa robe, elle laissa Sébastien lui lier les poignets, en laissant suffisamment de jeu pour qu'elle puisse se libérer facilement, puis fit de même avec lui.

Max reprit sa place à terre, et Victoria la sienne, contre le mur, après avoir écrasé la petite flamme avec son pied.

Seule une très vague odeur de fumée flottait dans l'air. Puis le silence se fit dans la pièce.

Elle sentit le froid sur sa nuque s'intensifier à l'approche des morts vivants.

— Max, vous avez le couteau ?

— Oui, et j'ai un pieu caché dans ma botte. Mais attendez que nous soyons sortis d'ici avant de lancer l'attaque.

— Séb…

Un grincement métallique la fit taire. Victoria entrouvrit d'un fil ses paupières. Ils étaient trois. Trois !

Deux hommes et une femme avec des yeux rouges et des crocs luisants.

Max avait raison, ils ne devaient pas les attaquer tant qu'ils ne seraient pas sortis du cachot, sans quoi ils risquaient de se retrouver enfermés à nouveau.

La femme entra dans la pièce et Victoria vit qu'elle tenait un pistolet à la main.

Elle ouvrit les yeux pour mieux l'observer. Elle était grande, avec des paupières sombres et un menton étroit et pointu. Ses cheveux blonds retombaient en longues mèches graisseuses sur ses épaules. S'approchant de Max, elle lui décocha un coup de pied dans les côtes avec une telle force qu'il se retrouva projeté aux côtés de Victoria.

Il ne bougea pas, n'émit pas un son ; même sa respiration était silencieuse.

La femelle s'approcha ensuite de Victoria, l'arme au poing.

— Akvan t'attend, siffla-t-elle entre ses crocs.

Habillée en homme, elle portait une veste et une chemise qui avait dû être blanche en des temps meilleurs. Quand elle se pencha au-dessus de Victoria, une lanière de cuir tomba de l'échancrure de sa chemise. Au bout était suspendu un objet brillant et pointu.

Victoria retint son souffle – le pendentif aux reflets bleu-noir était un éclat de l'obélisque d'Akvan, semblable à celui qu'elle avait elle-même rapporté et enfermé dans la chambre forte du Consilium.

S'obligeant à détacher les yeux de l'objet maléfique, Victoria inspira profondément. L'haleine de la morte vivante empestait le sang. Elle venait de toute évidence de se repaître de malheureux mortels qui n'avaient pas eu la chance d'avoir un Zavier ou un Sébastien pour les faire sortir à temps de la villa.

— Dis à tes amis de ne pas bouger, grogna la femelle. Sans quoi je te tue. Et maintenant, debout !

Tandis que Victoria se remettait laborieusement sur ses pieds, elle sentit que Max lui glissait un objet lisse et étroit dans les mains. Puis elle se dirigea vers la porte, la femelle vampire sur ses talons.

Un rapide coup d'œil en arrière indiqua à Victoria que le pistolet était toujours pointé sur elle. Il n'y avait aucune chance pour que Max ou Sébastien lui viennent en aide.

La vampiresse la tuerait instantanément.

Une fois dehors, tandis que les vampires refermaient soigneusement les verrous derrière elle, elle se demanda si elle reviendrait jamais dans ce cachot… et pour combien de temps Max et Sébastien y seraient encore.

Flanquée de deux vampires silencieux, et talonnée par la femelle, Victoria s'engagea dans le couloir.

Ils l'emmenaient à Akvan, mais elle n'avait pas l'intention de se laisser conduire comme une brebis à l'abattoir. Sitôt la porte refermée, la femelle baissa stupidement la garde de son arme. Elle semblait distraite et marchait d'un pas rapide, comme si elle avait été pressée d'en finir.

Mais Victoria, elle, avait tout son temps. Exagérant son boitement, elle ralentit son allure et ôta le capuchon de la petite fiole que Max lui avait glissée dans la main.

Elle ne savait pas précisément ce qu'elle contenait, mais elle savait que Max ne la lui aurait pas donné pour rien, et certainement pas pour se rincer le gosier.

Quand le petit bouchon sauta, elle fit pivoter discrètement ses poignets pour ne pas attirer l'attention des morts vivants. La femelle marmonna quelque chose au vampire qui se trouvait sur sa gauche.

L'autre avançait en regardant ses pieds comme s'il avait eu peur de trébucher sur le pavage inégal. C'était la femme qui commandait, ses deux compagnons n'étant visiblement que des exécutants aussi stupides que baraqués.

Heureusement pour Victoria, les pieux étaient efficaces sur n'importe quel vampire, quelle que soit leur taille.

Elle souleva imperceptiblement un bras de façon à desserrer ses liens.

Ils avaient fait environ une douzaine de pas et étaient encore en vue de la porte du cachot quand Victoria passa à l'action.

Jetant le contenu de la fiole sur les deux vampires à sa gauche, elle planta le pieu qu'elle tenait dans l'autre main dans le cœur de celui de droite. *Pouf !*

Il tomba en poussière avant même de comprendre ce qui lui arrivait. Victoria se retourna promptement pour faire face aux deux autres.

Le contenu de la fiole avait produit son effet, car le vampire de gauche et la femelle avaient poussé un cri de douleur.

Saisissant le mâle par son col de chemise, Victoria le projeta violemment contre la femelle juste au moment où celle-ci armait son pistolet.

La détonation se réverbéra avec force sur les murs. Le mâle tressaillit quand la balle le transperça, puis une vive douleur envahit la hanche de Victoria.

Comme elle se retournait, elle vit la femelle s'affaisser sous le poids de son compagnon estourbi. Saisissant son pieu, elle s'écarta du mur et se rua sur le mâle qui lançait des cris perçants. D'un geste vigoureux, elle le poussa à l'écart.

Le pistolet avait cessé d'être une menace. Quand son adversaire le pointa à nouveau sur elle, Victoria l'esquiva en se baissant, et malgré la douleur qui irradiait dans sa hanche, elle fondit sur la femelle.

Elles s'empoignèrent en un furieux corps à corps et roulèrent à terre.

Victoria poussa un cri de douleur quand un coup l'atteignit à la hanche, là où le sang coulait à flots, imprégnant sa robe.

Agrippant les épaules de la femelle, elle lui cogna la tête contre le mur et l'assomma jusqu'à faire rouler ses yeux dans ses orbites.

Saisissant la lanière de cuir avec le pendentif d'obsidienne, Victoria tira un coup sec et la sectionna.

La femelle haletait, mais Victoria ne lui laissa pas le temps de revenir à elle. *Pouf !* Elle planta son pieu dans sa chemise crasseuse, transperçant la chair et les os aussi facilement que s'il s'était agi d'une coquille d'œuf.

À peine le nuage de poussière eût-il touché terre, que Victoria se ruait sur le troisième vampire.

Mais juste au moment où elle allait le transpercer, elle avisa un trousseau de clé pendu à sa ceinture. Elle s'en empara puis plongea son pieu dans son cœur.

Chose curieuse, quand on transperçait un vampire, ce n'était pas seulement la créature qui se désintégrait mais tout ce qu'elle portait sur elle, à l'exception des objets en cuivre – raison pour laquelle les Vénatores avaient réussi à s'emparer de l'un des cinq anneaux de cuivre dont Lilith avait fait présent à ses Gardiens les plus fidèles.

Wayren décrivait ce phénomène comme une sorte d'implosion, mais sans pouvoir fournir de véritable explication. Un jour qu'elle était d'humeur particulièrement légère, elle avait suggéré qu'il s'agissait peut-être d'une faveur de la Providence pour faciliter la tâche des Vénatores : pas de restes, pas de corps ni d'effets personnels, aucune trace, et donc aucune explication à fournir à quiconque.

Quoi qu'il en soit, Victoria était bien contente d'avoir eu la présence d'esprit de récupérer le trousseau de clés avant de transpercer le vampire.

Elle se releva malgré la douleur lancinante dans sa jambe et sa hanche, puis ramassa le pendentif tombé à terre. Dès qu'elle s'en saisit, un fourmillement intense lui parcourut la main. Vite, elle le fourra dans l'un des goussets que Verbena avait cousus à l'intérieur de sa robe.

Et maintenant… les clés. Elle rebroussa aussitôt chemin en direction du cachot. Il fallait agir avant que le démon qui attendait qu'on lui amène Victoria ne s'impatiente.

Elle fit une courte pause pour tendre l'oreille, mais n'entendit rien. Apparemment, personne n'avait donné l'alerte ni entendu le raffut de la brève mais féroce empoignade du couloir.

La troisième clé fit tourner le gros verrou qui barrait la porte. Victoria appela doucement en entrant, tandis que la lumière du couloir se répandait dans le cachot.

— Enfin ! dit Max toujours adossé au mur, mais le regard plus vif. Dommage que vous n'ayez pas réussi à vous en tirer sans prendre une balle.

— Une balle ? Victoria…

Sébastien s'élança aussitôt vers elle, abandonnant ses liens défaits sur le sol. Il ne chercha pas à l'attirer à lui, mais passa la main sur l'énorme tache de sang qui s'épanouissait comme une rose sur sa taille.

Elle se demandait ce qu'elle allait bien pouvoir raconter à sa mère pour expliquer cette tache. Et les rosettes manquantes dans le bas de sa robe.

— Vous jouerez les infirmières plus tard, Vioget. Peut-être y a-t-il une voiture pour nous à l'extérieur.

— J'ai ouvert la porte pour que vous puissiez passer devant et nous montrer le chemin.

Max l'ignora et commença à se diriger vers la sortie en boitant.

Avant de franchir le seuil, il prit une nouvelle rasade de la petite fiole.

— Je croyais que...

— Taisez-vous, dit Max en sortant du cachot à pas de loup, le couteau dans une main et un pieu dans l'autre.

Étrange. Peut-être avait-il deux petites fioles – celle remplie d'eau bénite qu'il lui avait donnée, et celle-là. Elle tâcherait de tirer tout cela au clair plus tard... et de l'interroger sur les morsures qu'il portait au cou.

À son grand soulagement, Max prit un couloir à l'opposé de celui par lequel les vampires l'avaient emmenée. Il marchait d'un pas étonnamment rapide et avec une grâce de félin malgré ses blessures.

Son sens de l'orientation était celui d'un pigeon voyageur apparemment, car il les mena sans hésitation dans un corridor puis franchit une porte qui ouvrait sur un escalier. Victoria entendit des cris affolés au loin.

Un frisson glacé lui parcourut la nuque. La porte se referma derrière eux et Max commença à gravir l'escalier, elle à sa suite, et Sébastien fermant la marche.

Une fois en haut, Max tourna à gauche puis se mit à longer précipitamment un autre couloir. Victoria remarqua qu'il claudiquait légèrement tandis qu'elle s'efforçait de le suivre. L'orée de son champ de vision tremblotait, et ses genoux se dérobaient presque sous elle, mais si Max pouvait avancer à cette allure avec deux balles dans le corps, elle le pouvait elle aussi avec ses deux *vis bullae*.

Enfin, ils atteignirent l'antichambre qui donnait sur le salon où tous les convives s'étaient réunis.

Elle s'arrêta brusquement, et Sébastien manqua entrer en collision avec elle.

— Nous ne pouvons pas partir sans les autres, dit-elle en plongeant sa main dans la bourse où elle gardait son pieu de bois.

— Victoria, non, fit Sébastien.

Max se retourna brusquement.

— Ils sont tous morts. Les vampires se sont repus d'eux – vous ne sentez pas l'odeur de sang ? Il n'y a plus personne à sauver ici, à part nous.

— Il a raison, approuva Sébastien. La plupart des convives sont repartis sains et saufs, mais ceux qui n'ont pas eu cette chance… étaient déjà morts avant que nous ayons réussi à défaire nos liens.

Victoria voulut se rebiffer, leur crier qu'ils se trompaient. La vague de fureur qui s'était emparée d'elle était si violente et si noire qu'elle en eut le souffle coupé.

Elle toussa pour étouffer les paroles indignes qui lui venaient aux lèvres.

Max la regarda bizarrement puis, lui saisissant le bras, l'entraîna *manu militari* derrière lui.

Et soudain ils étaient dehors, dans l'air frais du matin qui commençait à teinter le ciel de jaune et à dessiner les contours du jardin laissé à l'abandon.

D'un geste brusque, Max la fit se retourner, puis posant ses mains sur ses épaules, plongea ses yeux dans les siens comme s'il avait cherché quelque chose. Victoria prit une longue bouffée d'air frais, et le brouillard qui avait envahi sa vision se dissipa, emportant avec lui sa fureur démentielle. Elle battit des paupières.

Max la relâcha, puis siffla à Sébastien entre ses dents :

— Retournez auprès de Beauregard.

— Non, répondit sèchement Sébastien.

Victoria réalisa qu'ils s'approchaient du mur d'enceinte derrière lequel se trouvait la rue, et peut-être même Oliver qui les attendait avec une voiture.

Ou bien… les pensées de Victoria s'envolèrent quand les mains de Sébastien la plaquèrent contre le mur. Il la tenait fermement par les épaules et se penchait au-dessus d'elle. Elle inspira précipitamment, tiraillée entre l'envie de l'embrasser et celle de l'envoyer au diable.

Mais avant qu'elle ait pu prendre une décision, il dit :

— J'ignore quand nous nous reverrons, mais restez à l'écart de mon grand-père.

— Il mérite d'être transpercé, répliqua-t-elle.

Mais ne put rien ajouter car il lui scella les lèvres d'un baiser. Quand il la relâcha et qu'elle rouvrit les yeux, Victoria vit Max… et Zavier qui la regardait avec des yeux effarés comme s'il avait vu le diable en personne.

# 12.

# Où Lord Jellington a un rival

Victoria voulait s'arracher à son rêve pour revenir à la réalité. Elle suait et haletait comme si elle avait couru un marathon.

En vain elle tentait de dissiper les visions cauchemardesques qui l'assaillaient. Prunelles rougeoyantes, hideuses créatures, visages horrifiés, griffes, sang…

Elle s'obligea à s'asseoir et à ouvrir les yeux pour regarder le décor familier de sa chambre à coucher. Quand les battements de son cœur se furent calmés, elle tira le cordon pour appeler Verbena.

Les draps tire-bouchonnés pendaient hors du lit, et un soleil clair et pur entrait à flots à travers le rideau de dentelle. Il devait être midi passé depuis longtemps.

Elle voulut mettre pied à terre, mais un tiraillement dans sa hanche lui rappela qu'elle était blessée.

Après avoir traversé le corps du vampire, la balle avait rasé sa hanche droite, laissant une traînée rouge sombre sur sa peau. À la jambe gauche, elle portait des griffures et des bleus qui avaient dû déjà s'estomper.

Assise au bord du lit, les orteils touchant à peine le parquet, Victoria regarda son reflet dans la glace de la coiffeuse. Malgré les cernes noirs qui entouraient ses yeux et l'éraflure qu'elle portait à la joue, elle n'avait pas l'air trop mal en point.

Mais Max.

La veille, avant de monter dans la voiture où l'attendaient Oliver et Zavier, elle était revenue sur ses pas et lui avait dit :

— Je ne partirai pas sans vous. Vous avez perdu trop de sang et devez vous faire soigner.

Mais sa bouche s'était tordue en un rictus condescendant, et il avait répondu :

— Ne soyez pas stupide, Victoria. Ce n'est pas la première fois que je suis blessé, et ce ne sera pas la dernière.

— Je suis *Illa* Gardella et je...

— Arrêtez, Victoria, vous allez vous ridiculiser. Et maintenant, rentrez chez vous et faites-vous panser.

N'ayant d'autre choix, elle était montée dans la voiture où l'attendait Zavier, qui n'avait pour ainsi dire pas desserré les dents de tout le trajet.

Manque de chance, il l'avait vue embrasser Sébastien (ou plutôt le contraire, car, en l'occurrence, c'était Sébastien qui avait pris l'initiative). Et sans doute l'avait-il fait exprès pour ennuyer Max, qui détestait qu'on perdît son temps en frivolités, ou pour signifier à Zavier qu'elle était *sa* propriété.

Mais ce qui la contrariait le plus, c'était que Max avait raison. Non seulement elle avait blessé Zavier, mais elle se rendait compte à présent que ce n'était pas quelqu'un avec qui elle aurait pu nouer des liens intimes.

C'était un ami, et un Vénatore vaillant et habile, mais son baiser ne lui avait fait aucun effet. Elle avait embrassé deux hommes hier, et il n'y en avait qu'un avec qui elle aurait aimé recommencer.

Quand elle réussit enfin à poser le pied sur la descente de lit – beaucoup moins moelleuse que le tapis d'Aubusson de sa maison de Londres –, on frappa à la porte et Verbena entra comme un tourbillon.

— Vo't mère et les deux aut'dames, elles sont en bas, annonça-t-elle.

Une petite ribambelle de domestiques entra à sa suite dans la chambre, avec une baignoire et des brocs d'eau chaude.

— Elles demandent à vous voir, Madame, et voudraient savoir où qu'vous étiez passée hier soir.

— Flûte, pesta Victoria qui était attendue au Consilium.

— Et moi, ajouta Verbena en refermant la porte quand la dernière servante fut ressortie, j'aimerais qu'vous m'disiez si l'corset il vous a servi. Et vot' rob', milady ! Comment qu'vous zavez fait pour la mett' dans c'état ?

Victoria s'immergea avec délectation dans l'eau chaude et soupira.

À l'occasion, il faudrait qu'elle signale à Verbena que son chignon s'était défait quand elle avait été capturée par les vampires et qu'ils lui avaient pris son pieu de frêne.

Quand l'eau commença à tiédir, elle sortit du bain et s'enveloppa dans la grande serviette que lui tendait Verbena. Juste au moment où elle allait s'asseoir devant sa coiffeuse, sa femme de chambre tendit la main vers l'éclat d'obsidienne suspendu à la lanière de cuir.

— Ne touche pas à ça ! s'exclama Victoria, en saisissant d'un geste brusque le pendentif noir et brillant.

Il était extraordinairement lourd pour un objet de si petite taille, et ses doigts se mirent à la picoter exactement comme lorsqu'elle était dans la villa.

— Coiffe-moi vite, pour que je puisse aller vaquer à mes occupations.

Verbena roula des yeux effarés, mais se tint coite, heureusement, car Victoria commençait à en avoir par-dessus la tête de cette femme de chambre qui fourrait son nez partout et jacassait à tort et à travers.

Des images de mains griffues et d'éclats d'obsidienne lui revinrent brusquement avec une violence presque aveuglante. Elle songea que le cauchemar qu'elle avait fait était une mise en garde contre Akvan, qui était revenu sur terre lorsque son obélisque avait été brisé.

Si ce fragment de pierre était important au point d'avoir orné le cou d'un vampire, que dire de celui, beaucoup plus gros, qu'elle avait enfermé dans la chambre forte du Consilium. Dès qu'elle aurait réussi à se soustraire à la vigilance maternelle, elle s'empresserait d'ôter cet objet maléfique de sa maison.

En attendant, le meilleur endroit était la poche invisible de sa robe.

Tandis qu'elle descendait l'escalier, un concert de voix animées lui parvint depuis le salon. Ces dames étaient d'humeur loquace apparemment.

Victoria hésita à se faire monter quelque chose à manger avant d'aller les rejoindre, mais elle n'eut pas le temps de décider, car lady Winnie s'écria :

— Victoria !

— Nous commencions à nous dire que tu allais passer la journée au lit, ajouta sa mère. Allons viens et racontenous tes aventures d'hier soir.

— Victoria fut entraînée dans l'élégant salon et assise sur le seul siège dépourvu de coussins : une chaise disposée entre sa mère et la duchesse. Là où elle aurait préféré ne pas être.

Avant que ces dames aient eu le temps de commencer leur interrogatoire, on frappa et Giorgio entra.

— Pour les *signore,* dit-il en s'adressant à lady Melly et ses deux amies.

Puis il les salua et se recula, tandis que trois domestiques entraient, chacun avec un bouquet de fleurs.

Aussitôt les trois femmes se mirent à chercher le petit carton caché parmi les rameaux et les fleurs bariolées.

— Pour moi ? s'exclama lady Winnie en plaquant le petit bouquet sur sa généreuse poitrine et en plongeant son nez dans les lis blancs et roses.

Quand elle releva la tête, son nez était jaune de pollen, mais elle n'eut pas l'air de s'en soucier, même quand elle se mit à éternuer violemment.

— Il vient de la part de ce monsieur charmant qui nous a guidées hier soir, dit-elle quand elle eut repris son souffle, après une salve d'éternuements.

— Il n'est pas venu en personne, mais il a envoyé des fleurs, renifla Melly, qui avait reçu le plus gros et le plus beau bouquet – une gerbe de roses de toutes les nuances avec une rose blanche au milieu.

— Mais il vous a envoyé la plus grosse gerbe, fit remarquer lady Nilly, à demi cachée derrière une profusion de giroflées et de tulipes. Vous lui avez certainement tapé dans l'œil, ma chère.

— Cela n'empêche pas qu'il aurait pu venir en personne, répliqua Melly en relevant son long nez étroit d'un air dédaigneux. Je vais faire en sorte que nous ne soyons pas à la maison demain, au cas où l'envie le prendrait de se présenter ici. Et d'ailleurs, Victoria va nous accompagner dans notre tournée de visites, ajouta-t-elle d'un ton impérieux.

— Votre tournée de visites ? Mais chez qui ? sursauta Victoria. Nous ne connaissons personne ici.

— Il y a presque six mois que tu es à Rome et tu ne connais personne ? Comment est-ce possible, Victoria ? Et d'ailleurs ce n'est pas vrai. Tu connais les sœurs Tarruscelli.

— C'est vrai, mais…

— Tu viendras avec nous demain. Et tant pis si Alberto trouve porte close.

— Il est bel homme, commenta Winnie. Quoi que plus petit que Lord Jellington. Et chauve. Dommage qu'il ne sache pas écrire « enchanté ».

— Alberto ? s'enquit Nilly. Il a signé Alberto sur la carte qu'il vous a adressée ?

— Il doit être amoureux ! dit la duchesse, ses sourcils

épais et buissonnants se haussèrent, formant une longue ligne sombre sur son front. Sur ma carte à moi, il n'a pas signé Alberto.

— Quel nom charmant, soupira Nilly. Tellement italien. Tellement viril ! Ah, et quand on roule le R pour le prononcer… Alberrrrrto. Al*berrrrrt*o.

— C'est ridicule, lâcha Melly alors que ses deux amies semblaient sous le charme. Il fait preuve de politesse, voilà tout. S'il était épris de moi, il serait venu en personne. Jellington l'aurait fait, lui, même s'il ne m'a pas envoyé de fleurs le lendemain du jour où nous avons fait connaissance.

Victoria en avait assez de leurs bavardages. L'éclat d'obsidienne dans sa poche s'était mis à peser une tonne et elle était curieuse de savoir comment se portait Max.

De plus, il fallait qu'elle informe Wayren des événements de la veille.

— Je vous prie de m'excuser, dit-elle en se levant. Mais j'ai rendez-vous avec ma répétitrice de latin.

— Une répétitrice de latin ? s'étonna sa mère. Mais pourquoi diable apprends-tu le latin, Victoria ?

— Pour pouvoir étudier l'histoire de Rome dans les textes anciens, répondit-elle sèchement.

Puis exécutant une petite révérence, elle se dirigea en hâte vers la porte.

— Passez une bonne journée, Mesdames. Je ne suis pas sûre que nous nous verrons ce soir, maman, car ma répétitrice m'a invitée à dîner.

Il était tard quand Victoria se présenta au Consilium. La grande salle où murmurait la fontaine d'eau bénite était déserte et silencieuse.

La chose en soi n'avait rien de surprenant, car les Vénatores ne venaient au Consilium que pour assister aux réunions, préférant occuper leur temps à patrouiller et chasser le vampire. Même Wayren et Ilias n'étaient pas là, bien qu'ayant chacun des appartements privés dans les recoins les plus reculés de ces catacombes. Idem pour Miro, Ylito et le physicien Hannever, qui passaient le plus clair de leur temps enfermés, les uns dans leurs ateliers, l'autre dans son laboratoire et ne circulaient pour ainsi dire jamais dans les galeries.

Victoria se rendit aussitôt dans la chambre forte contiguë à la bibliothèque de Wayren. Après tous les événements de la veille à la villa, elle voulait s'assurer que le gros éclat d'obélisque était toujours à sa place et avait hâte de mettre l'autre en lieu sûr avant que quiconque eût connaissance de son existence.

Une fois à l'intérieur, elle prit soin de refermer la porte derrière elle, puis alluma la lampe et s'approcha de la table où reposait le gros fragment d'obsidienne qu'elle avait trouvé. Il était exactement là où elle l'avait laissé. Soulagée, elle tira la lanière de cuir de sa poche.

Quand elle posa le pendentif sur la table, les deux éclats de cristal noir se choquèrent, produisant une étincelle bleue qui la fit sursauter. Une odeur de fumée aux relents putrides envahit ses narines.

Victoria tira aussitôt sur la lanière de cuir pour éloigner les deux fragments l'un de l'autre.

Lorsqu'elle posa tout doucement sa main sur le plus gros des deux, une décharge brutale irradia en pointes de feu dans tout son bras jusqu'à son épaule.

Elle ôta sa main instinctivement et contempla la grosse pointe noire et brillante comme du verre.

Ironiquement, cette écharde d'obsidienne qui exsudait la malfaisance avait la même taille et la même forme que les pieux de bois qu'elle utilisait pour tuer les vampires.

Bien sûr, la source de cette malfaisance n'était pas un vampire, mais Akvan.

En dépit du fait que tous les démons, qu'ils soient des anges déchus ou des demi-humains appelés vampires, descendaient de Lucifer, les uns et les autres vivaient et mourraient différemment.

Et il était intéressant de constater que cet objet-là, en particulier, aurait pu aisément passer pour un pieu de Vénatore.

Que se passerait-il si elle l'emportait et essayait de s'en servir pour transpercer le cœur d'un vampire ? Ou d'Akvan ?

Victoria passa à nouveau la main sur la pointe de cristal et remarqua que le fourmillement s'était atténué. Il n'y avait plus d'étincelles, mais le fragment noir était légèrement chaud.

Elle se demanda soudain si c'était pour récupérer cet éclat d'obélisque – ce fragment de son pouvoir – qu'Akvan avait lancé ses disciples à ses trousses.

Dans le cimetière, Sara Regalado et ses acolytes n'avaient pas cherché à lui faire de mal, simplement à la capturer – peut-être avec l'intention de la ramener à la villa et de la livrer à Akvan qui aurait exigé qu'elle lui rende son bien.

Mais comment savait-il qu'il était en sa possession ?

Personne, hormis Wayren, Ilias et Ylito, n'était au courant qu'elle l'avait trouvé. Même Max l'ignorait.

Personne sauf…

Victoria sentit son sang se glacer.

Sébastien !

Sébastien l'avait vu ramasser l'éclat d'obélisque lorsqu'ils s'étaient échappés de l'opéra en flamme, le soir de la mort de tante Eustacia.

Elle se redressa brusquement, tâtant instinctivement le pieu qu'elle portait dissimulé sous sa robe.

Le soleil devait être couché à présent. Elle allait sortir patrouiller et tenter de trouver quelqu'un qui puisse faire passer un message à Beauregard ou Sébastien.

Sinon, elle irait elle-même.

Elle venait de laisser passer sa chance de parler à Sébastien du bracelet de tante Eustacia. Cette fois, elle avait deux bonnes raisons de le retrouver.

Et une autre aussi : savoir si les événements de la villa Palombara n'étaient qu'une mise en scène imaginée par Sébastien et son grand-père pour s'emparer de l'éclat d'obélisque.

Après tout, rien ne lui prouvait qu'Akvan était de retour… si ce n'était son odeur méphitique.

Elle regarda à nouveau le fragment de cristal noir posé sur la table.

À présent, elle était certaine que quelqu'un – Akvan, Sébastien ou Beauregard, ou les trois – cherchait à s'emparer de la malfaisante relique. Raison de plus pour ne pas la laisser exposée ici, à la vue de tous.

Elle ramassa la lourde pointe d'obsidienne et la prit fermement en main. Puis elle se mit en position et donna un coup devant elle, comme si elle transperçait la poitrine d'un vampire imaginaire. Lilith. Beauregard.

Un coup de cette pointe, et n'importe laquelle de ces créatures aux yeux rouges et aux crocs acérés retournerait directement en enfer.

Les lèvres de Victoria se retroussèrent en un rictus haineux. Sébastien avait cherché à lui faire croire que certains vampires n'étaient pas tout à fait mauvais et qu'ils ne méritaient pas d'être condamnés à l'enfer éternel. Mais il se trompait.

Et s'il essayait de l'arrêter, elle l'expédierait au diable avec les autres.

La grande épine de verre commençait à se réchauffer entre ses doigts moites. Il fallait qu'elle la mette en lieu sûr. Dans un tiroir, à un endroit où personne ne pourrait la retrouver. Tout au fond de la pièce, elle trouva une petite caisse remplie de copeaux de cèdre.

Elle y déposa l'épine et le pendentif puis referma le couvercle et empila une deuxième caisse sur la première.

Maintenant que les éclats de l'obélisque d'Akvan étaient à l'abri, elle allait pouvoir s'occuper de Sébastien.

De retour dans la galerie, elle s'arrêta devant la porte de

la bibliothèque et tendit l'oreille. Aucun son ne lui parvenait. Elle frappa doucement. Pas de réponse. Elle poussa la porte. La pièce était plongée dans l'obscurité.

Le Consilium était désert et seul le chuchotement mélodieux de la fontaine venait rompre le silence.

Apparemment, Max allait bien, sans quoi il serait venu ici faire soigner ses blessures par Hannever, qui l'aurait gardé au Consilium jusqu'à ce qu'il soit remis, comme il le faisait avec tous les Vénatores gravement blessés.

Victoria reprit l'escalier en spirale qui menait au passage secret du confessionnal de Saint-Quirinus.

Mais au lieu de sortir par la porte, elle gagna la vieille masure dans la petite cour sur l'arrière, la traversa et émergea dans une ruelle déserte. Il faisait déjà nuit noire et elle fut saisie par le froid.

Elle arpenta la rue en direction de la fabrique de parapluies qui répandait dans l'air une odeur infecte d'huile de lin.

Elle ne détecta pas de vampires à proximité, ce qui n'était pas étonnant dès lors qu'aucune proie humaine ne déambulait dans cet îlot du Borgo.

Victoria avait presque parcouru toute la distance jusqu'au Passetto quand elle s'arrêta. Avait-elle refermé la porte de la chambre forte ?

Elle ne s'en souvenait pas.

Laisser la porte ouverte n'était pas prudent, même s'il était peu probable que quelqu'un trouve les morceaux d'obélisque.

Elle hésita un moment, puis reprit le chemin de la petite masure, en pressant le pas.

Il fallait qu'elle s'assure que la porte était bien fermée. Peut-être devrait-elle changer les fragments d'obsidienne de place ? Dans un coffre qui fermait à clé ?

Une fois dans le confessionnal de Saint-Quirinus, elle se faufila dans le passage secret aux murs tapissés d'icônes religieuses et fit jouer le mécanisme d'ouverture de la trappe invisible. Celle-ci s'ouvrit sans bruit, révélant l'escalier en spirale dans lequel elle s'engouffra en hâte.

Comme elle débouchait dans le hall, elle aperçut une silhouette qui se penchait au-dessus de la fontaine et plongeait ses doigts dans l'eau bénite.

Malgré le peu de lumière – un seul flambeau était allumé – elle le reconnut aussitôt.

Sans doute avait-il senti sa présence, car il se retourna. Une fois n'est pas coutume, son beau visage semblait altéré.

Dissimulant sa stupeur, Victoria s'approcha.

— Et moi qui m'apprêtais à remuer ciel et terre pour vous retrouver, alors qu'il me suffisait de vous attendre bien tranquillement. Que faites-vous ici, Sébastien ?

# 13.

# Où notre héroïne dépouille un gentleman d'un article vestimentaire

Sébastien s'éloigna de la fontaine, visiblement contrarié. Il était en bras de chemise et avait posé sa main mouillée sur son plastron.

— Vous êtes revenue plus vite que prévu, dit-il en reprenant aussitôt son sourire. J'aurais dû attendre un peu avant de descendre ici... Mais je ne suis pas mécontent que nous nous retrouvions enfin en tête à tête. La soirée d'hier, dans le cachot, en compagnie de Maximilian n'était pas...

— Répondez-moi, Sébastien, demanda Victoria soudain en proie à la panique. Avez-vous amené votre grand-père avec vous ?

Il n'y avait pourtant pas d'autre explication à la présence de Sébastien en ces lieux.

À la pensée que le Consilium, le sanctuaire secret des Vénatores ait pu être découvert, ses doigts se mirent à trembler. Son cœur s'emballa et une sensation de nausée lui tordit l'estomac.

Non. C'était impossible. Pas après deux millénaires d'existence insoupçonnée.

*Non.*

— La peur et la colère enveloppaient Victoria comme un brouillard qui l'empêchait de penser. Repoussant Sébastien, elle se rua vers la chambre forte. Vite, il fallait agir avant que celle-ci, ou la bibliothèque de Wayren, ne soient saccagées.

— Je suis seul, lui lança Sébastien. Jamais je n'aurais…

Elle s'arrêta brusquement.

— Jamais vous n'auriez quoi ? Infiltré le sanctuaire ? Comment avez-vous eu connaissance de cet endroit ? Comment ?

Brusquement, elle réalisa qu'il disait vrai. Beauregard ne pouvait pas être là, sans quoi elle aurait senti sa présence à l'instant même où elle avait franchi le seuil de Saint-Quirinus.

Sébastien l'observait entre ses paupières mi-closes. Avec sa masse de boucles fauves on aurait dit un chérubin. Sa poitrine se soulevait et s'abaissait tranquillement, mais la tension entre eux était palpable et Victoria n'était pas d'humeur à jouer aux devinettes.

— Répondez-moi, Sébastien. Dites-moi au moins comment vous avez découvert l'existence de ce lieu.

Il s'approcha.

— N'ayez crainte, *ma chère*. Votre secret sera bien gardé. Il y a longtemps que je connais l'existence de ce sanctuaire, mais je n'en ai jamais parlé à personne.

Un sourire en coin étira ses lèvres tandis qu'il tendait les bras vers elle. Lentement, ses doigts se posèrent sur ses épaules, puis enlacèrent sa nuque.

— N'avez-vous donc pas encore compris que je ne ferai jamais rien qui puisse vous mettre en danger ? Et maintenant, puisque nous sommes réunis ici sans crainte d'être dérangés, nous pourrions nous livrer à des activités plus ludiques.

Son sourire était lent et sensuel, comme son regard. Malgré sa colère et sa confusion, Victoria sentit que son désir agissait sur elle comme un aimant.

— Après tout… c'est vous qui teniez absolument à me voir, Victoria.

— Par nécessité, Sébastien.

— Une nécessité vitale, apparemment, sans quoi vous n'auriez pas embrassé mon grand-père afin qu'il me transmette votre message, dit Sébastien sur un ton cassant.

Victoria se dégagea de son étreinte.

— N'essayez pas de jouer les amants jaloux avec moi, Sébastien. Ça ne prend pas. Et la raison pour laquelle je voulais vous parler concerne ma tante. Vous avez dû voir… voir…

*Peste.* Sa gorge s'était nouée et elle sentait les larmes lui monter aux yeux.

— Vous m'avez envoyé sa *vis bulla.* Mais elle portait également un bracelet en argent. Un bracelet très important. L'avez-vous vu… quand…

— En argent ? Qu'elle portait en haut du bras ? demanda-t-il. Oui, je l'ai pris également. C'était l'unique bijou qu'elle portait.

— Où est-il ? Qu'en avez-vous fait ?

— J'ignorais qu'il fut aussi important. Il est… je l'ai caché ici même… derrière le portrait de Catherine Gardella. Elle aimait les bijoux, me semble-t-il.

Une vague de soulagement mêlé de contrariété s'empara de Victoria.

— Mais pourquoi ne me l'avez-vous pas retourné avec la *vis bulla* ?

Il détourna brièvement les yeux, puis la regarda à nouveau, l'air confus.

— Je… j'ai pensé que ce serait moins… élégant de vous renvoyer les deux. La *vis*… était, me semblait-il, un objet plus personnel.

Il eut un sourire penaud, puis haussa les épaules, et tendit à nouveau les bras vers elle.

— Et puis… il fallait que j'aie une bonne raison d'entrer à nouveau en contact avec vous, murmura-t-il en la saisissant fermement par les bras. Je ne suis pas du genre à étaler tout mon jeu d'un seul coup.

Victoria hésita à briser son étreinte et à le catapulter sur le sol, mais lorsqu'elle voyait sa bouche, si proche et sensuelle, quelque chose en elle se paralysait.

Peut-être serait-il avisé – et agréable – de détourner son attention. Après quoi, elle pourrait s'en revenir au sujet qui la préoccupait.

Mais Sébastien semblait avoir d'autres plans, pour une fois, car il prit l'air grave, comme s'il venait de se souvenir de quelque chose d'important.

— Victoria, il faut vous protéger. Il a clairement l'intention de vous garder pour lui seul, dit-il en maintenant la distance entre eux.

Au début, Victoria ne comprit pas de qui il parlait.

— Beauregard, dit-il d'une voix étrangement tendue. Je voulais parler de Beauregard. Même si entre-temps vous semblez avoir trouvé d'autres hommes plus inoffensifs pour vous divertir, comme notre rouquin d'Écossais.

Cette fois, elle le repoussa, furieuse. Il la relâcha, mais resta bien d'aplomb sur ses jambes.

— Vous jouez les amants jaloux ? Pourtant, vous n'avez pas été mon amant depuis longtemps Sébastien. Et notre liaison a été très brève.

Il retrouva son sourire espiègle.

— Ainsi donc, je vous ai manqué.

Une expression triomphale éclaira ses yeux d'ambre, et pour la troisième fois, il tenta de la prendre dans ses bras.

Cette fois, elle se laissa faire quand il l'attira tout contre lui, poitrine contre poitrine, cuisses contre cuisses.

Elle sentit sa peau s'embraser au contact de son corps puissant et chaud.

— Pas vraiment, mentit-il.

Elle savait qu'elle ne pouvait pas lui faire confiance, à cause de Beauregard, mais force lui était de reconnaître qu'il lui avait manqué. Non pas qu'il ait pu prendre la place de Phillip dans son cœur, mais elle était faite de chair et de sang.

Elle avait des désirs de femme. Une femme qui avait grandi choyée par Melly et ses deux amies, une femme qui aimait qu'on la touche, qu'on lui rappelle qu'elle était désirable, une femme qui avait fait des choix qui l'empêchaient de mener une vie normale et qui se sentait parfois très seule. Et Sébastien, avec son charme irrésistible et sa sensualité débordante, apportait une touche de plaisir et de fantaisie à sa vie – une vie jadis facile et joyeuse – mais aujourd'hui devenue sombre et violente. Il faisait battre son cœur, et s'éveiller ses sens engourdis après la mort de Phillip. Comme maintenant qu'ils étaient face à face, elle sentait son cœur s'emballer et son estomac chavirer au contact de ses mains sur sa peau nue…

— Croyez-moi, je ne l'ai pas fait de bon cœur, dit-il en amenant sa bouche tout près de la sienne. Je voulais seulement vous protéger.

— Me protéger ? Elle rejeta la tête en arrière et plissa les yeux. Me protéger de quoi ? Des vampires que je sors chasser chaque nuit ? Quelle pitoyable excuse. Ne pouvez-vous être sincère pour une fois ?

— De Beauregard, dit-il d'une voix soudain glacée. Vous n'avez pas idée…

— Je suis parfaitement capable de me défendre seule.

— Je connais vos qualités de Vénatore – et mes propres imperfections.

— Je suis comme je suis, dit-elle. J'ai fait certains choix, et si vous ne supportez pas l'idée que je puisse me défendre moi-même – étant plus forte et plus rapide que vous – passez votre chemin, Sébastien. Je n'ai pas plus besoin de vous que vous de moi.

Elle réalisa soudain qu'elle pleurait. *Oh, mon Dieu !* Elle, *Illa* Gardella, qui n'avait pas même bronché quand sa tante s'était fait assassiner sous ses yeux, était en train de pleurer comme un bébé.

S'arrachant rageusement aux bras de Sébastien, elle se retourna, cherchant quelque chose… n'importe quoi, à quoi se raccrocher. L'eau limpide de la fontaine capta son attention. Son murmure cristallin l'apaisa, la réconforta.

Cette fois, quand Sébastien s'approcha à nouveau pour la prendre dans ses bras, leurs lèvres se fondirent en un baiser dévorant.

Il passa ses mains autour de sa taille, plaquant ses hanches contre les siennes, puis fit courir ses doigts le long de sa colonne vertébrale en murmurant son nom.

Quand Victoria glissa ses doigts sous sa chemise, Sébastien retint son souffle et tenta de se reculer légèrement, comme il l'avait fait chaque fois jusqu'ici, mais elle fut la plus rapide.

Elle avait trouvé ce qu'elle cherchait.

Il se figea et la regarda dans les yeux, sans rien dire.

Les mains de Victoria retombèrent à ses côtés.

— Et maintenant, allez-vous m'expliquer pourquoi vous portez cette *vis bulla* à votre nombril ? Ou allez-vous encore essayer de me mener en bateau ?

Il n'hésita que brièvement, avant d'avouer :

— Je suis, tout comme vous, né pour porter une *vis bulla*, Victoria.

Victoria sentit sa gorge se serrer.

— Et vous vous imaginez que je vais gober une énormité pareille ? Vous, qui avez toujours refusé de tuer les vampires, seriez un Vénatore ?

— Si vous ne me croyez pas, demandez à Pesaro. Il le sait très bien, de même que Wayren.

Il lui disait donc la vérité. Max ne lui aurait pas menti, et Sébastien savait qu'elle allait lui poser la question.

Elle se laissa tomber dans un des fauteuils qui se trouvaient là, en proie à un tourbillon d'émotions et d'interrogations. Sans doute l'avait-il senti, car il se tenait devant elle sans rien dire. Pour une fois, l'incorrigible Sébastien avait perdu son sourire.

— C'est pour cela que vous ne vous êtes jamais déshabillé devant moi ? dit-elle au bout d'un moment.

— Je ne voulais pas que vous sachiez, répondit-il simplement.

Mais pourquoi ? songea-t-elle. Pourquoi le lui cacher ?

— Beauregard. Lui non plus n'est pas au courant ? demanda-t-elle soudain.

Sébastien secoua la tête.

— Si, et comme vous pouvez l'imaginer, l'ironie de la situation ne lui a pas échappé : lui, le vampire le plus puissant d'Italie, a pour petit-fils un chasseur de vampires.

— Mais vous ne chassez pas les vampires, à cause de lui, bien que vous soyez Vénatore.

— Ce n'est pas si simple.

Soudain, comme s'il avait voulu dissiper la gêne entre eux, il s'approcha et posa une main sur chacun des bras de son fauteuil.

Puis il se pencha vers elle, un sourire provocateur aux lèvres. Le séducteur était de retour.

— N'ayez crainte, Victoria. Nos liens de parenté sont suffisamment éloignés pour que nous puissions… renouer avec nos activités passées. Le nom de Gardella a cessé de figurer dans l'ascendance de ma mère depuis des générations, des siècles même.

Il leva une main pour lui caresser la joue.

— Vous et moi ne sommes que très vaguement parents. Et vous m'en voyez ravi.

Victoria détourna la tête. Elle était en colère. Il se comportait comme s'il s'agissait là d'une question primordiale.

— Pourquoi portez-vous votre *vis bulla* si vous tenez tant à la cacher ?

Qu'il puisse porter l'amulette sans s'en servir, la mettait hors d'elle. C'était un blasphème.

Et sans doute cela expliquait-il pourquoi Max témoignait à Sébastien un tel mépris. Max lui avait remis sa *vis* quand il avait quitté l'ordre des Vénatores, et Victoria elle-même avait ôté la sienne pendant toute l'année où elle portait le deuil de Phillip, parce qu'elle avait craint de s'en servir à mauvais escient.

Elle avait failli tuer un homme – un mortel – dans un accès de rage et de chagrin, et savait que sa *vis* était une arme redoutable qui risquait de l'amener à commettre des actes répréhensibles quand elle était en colère.

Mais une fois sa colère passée, elle avait recommencé à la porter, tout comme Max.

— Je fréquente les vampires, et les vampires savent que je suis un descendant des Gardella et que j'ai été Choisi. Mon grand-père est conscient de l'ironie de la situation et les autres me respectent.

— C'est pour cela que vous étiez tellement à l'aise avec les morts vivants, à l'époque où vous dirigiez le Calice d'Argent. Cela vous permettait d'assurer la protection des amis de votre aïeul.

Il lui prit les mains et la tira sans effort pour l'obliger à se lever.

Elle comprit soudain pourquoi il lui avait toujours semblé qu'il possédait une force physique hors du commun, bien qu'il ait pris garde à ne pas paraître trop fort ni trop habile quand ils s'étaient retrouvés aux prises avec les vampires qui avaient tué le Dr Polidori pour le punir d'avoir écrit un roman ayant trait aux morts vivants.

Elle avait failli mourir lors de ce combat, et Sébastien aussi. Mais il ne lui avait pas dit qu'il était un Vénatore.

Pas plus qu'il ne le lui avait dit à l'automne dernier, quand ils étaient dans le théâtre où l'obélisque d'Akvan avait été détruit et tante Eustacia mise à mort.

Il était même allé jusqu'à lui faire remarquer – non sans une certaine amertume – qu'en tant que Vénatore, elle le surpassait en force et en habileté.

*N'importe qui est capable de transpercer un vampire*, lui avait-il dit une fois.

*À condition de pouvoir l'approcher d'assez près,* avait-elle rétorqué du tac au tac, le mettant ainsi implicitement au défi de réussir.

— Vous avez vu ma tante se faire tuer, et vous n'avez rien fait, dit-elle, laissant soudain libre cours à sa colère. Vous avez assisté à sa mise à mort sans même lever le petit doigt !

Il la tenait solidement par les bras, sans chercher à dissimuler sa force cette fois.

— Qu'aurais-je pu faire ? Et vous ? Nous étions deux – et même trois avec Pesaro – à ne pouvoir rien faire. Et vous le savez.

Il avait raison, mais malgré cela, elle n'arrivait pas à calmer sa colère.

— La nuit où Polidori est mort… si j'avais su que vous étiez un Vénatore, Sébastien…

Il émit un petit rire sec, comme un aboiement.

— Vous ne vous seriez pas gaussée de moi quand j'ai sorti mon épée ? Vous auriez exigé quoi de moi ? Victoria, c'est moi qui ai tenu l'Impérial en respect alors que vous étiez à deux doigts de vous faire dépecer par un Gardien. Si vous aviez été un peu moins imbue de vous-même, vous auriez réalisé que vous n'étiez pas de taille à combattre seule un Gardien et deux Impériaux, et vous vous seriez demandé comment un freluquet comme moi pouvait croiser le fer avec un Impérial.

Si les Gardiens, reconnaissables à leurs prunelles roses, étaient des vampires très puissants, les Impériaux, aux yeux pourpres, étaient encore plus redoutables. Ils étaient les plus forts, les plus rapides et dangereux de tous les vampires. Vieux de plusieurs siècles, ils étaient capables de s'élever dans les airs quand ils combattaient à l'épée.

— C'est moi qui étais chargé d'assurer la protection de Polidori, et tout se serait bien passé, si vous n'aviez décidé d'intervenir et de prendre la direction des opérations, poursuivit Sébastien.

— Avec vos encouragements ! Trop content que quelqu'un se charge de la sale besogne à votre place. Si vous n'aviez pas disparu – ou plutôt pris la fuite – du Calice d'Argent quand Lilith a lancé ses Gardiens à vos trousses, Phillip serait peut-être encore vivant !

— Rien n'est moins sûr. Il y avait huit Impériaux et une myriade de vampires ordinaires prêts à se jeter dans la mêlée, alors que Pesaro et moi étions seuls. Je suis désolé, Victoria. Je vous ai déjà dit que je regrettais profondément ce qui est arrivé à votre époux. Je suis sincère.

Le visage de Victoria était inondé de larmes et bien qu'elle ait cessé de se débattre pour tenter de s'arracher à ses bras, sa colère et sa déception demeuraient intactes.

— Et le soir, dans le fiacre, où vous avez cherché à me séduire pour me livrer ensuite aux vampires. Vous les avez laissés m'enlever !

Une fois seule avec Sébastien dans la voiture, elle avait presque failli céder à ses avances – jusqu'à ce qu'ils soient interrompus pas un groupe de vampires déchaînés. Elle l'avait toujours soupçonné d'avoir été de mèche avec eux.

Sébastien secoua la tête.

— Pensez-vous sincèrement que j'aurais laissé une bande de morts vivants m'interrompre au beau milieu de nos délicieux ébats ? Tout comme vous, je ne me suis rendu compte de rien jusqu'à ce qu'il soit trop tard. J'ai essayé de les empêcher de vous emmener, sans succès. C'est moi qui suis allé dire à votre cocher où vous vous trouviez afin que Pesaro puisse vous arracher aux griffes de Lilith. Je ne pouvais pas y aller moi-même, car Lilith m'en voulait à mort d'avoir cherché à vous aider.

— Dites plutôt que vous ne vouliez pas qu'elle se rende compte que vous jouiez un double jeu. Que se passe-t-il, Sébastien ? Vous attendez de voir qui sera le gagnant pour vous ranger à ses côtés ?

Il la regarda comme si elle venait de lui lancer un coup de poing dans l'estomac.

— Victoria, vous ne pouvez pas…

— Mais si, voyons…

Un bruit derrière eux fit se retourner brusquement Victoria. C'était Zavier. Dès qu'il la vit il se figea sur place.

— Comment avez-vous pu ! lui cria-t-il sur un ton accusateur. Vous rendez-vous compte de ce que vous avez fait ? D'abord vous l'embrassez, et ensuite vous l'amenez ici, dans notre sanctuaire !

Le bouillant Écossais, rouge de colère, avançait sur eux d'un air menaçant. Elle vit qu'il tenait un pieu à la main.

— Halte là, Zavier, riposta Victoria en s'interposant entre les deux hommes. Vous ne savez pas de quoi vous parlez.

Lorsque leurs regards se croisèrent, elle vit de la tristesse dans ses yeux. Sans doute s'imaginait-il qu'elle avait amené Sébastien dans le saint des saints, pour se donner du bon temps. Comme si elle, *Illa* Gardella, avait pu mettre la sécurité des Vénatores en danger pour un peu de bagatelle. Cette pensée la mit hors d'elle, mais elle ravala sa colère et déclara, un peu radoucie :

— Ce n'est pas ce que vous croyez.

C'est alors qu'elle sentit une odeur de sang et remarqua une tache sur la poitrine de Zavier.

Avant qu'elle ait pu parler, un grondement sourd, comme le tintement d'un bourdon résonna dans la pièce, sombre et menaçant. Victoria se retourna et aperçut une grosse cloche suspendue très haut dans une des niches du dôme. Elle n'y avait jamais vraiment prêté attention, mais à présent la cloche semblait remplir tout l'espace avec son chant profond et grave. Puis un bruit de pas précipités se fit entendre. Ilias déboula en courant dans la salle avec Wayren sur ses talons, sa longue robe flottant derrière elle.

— Que se passe-t-il ?

— C'est l'alarme. Quelqu'un a déclenché l'alarme dans le corridor du confessionnal, dit Wayren en s'approchant. Il y a des intrus dans le Consilium.

— Victoria sursauta comme si elle avait reçu une gifle, puis se tourna vers Sébastien, horrifiée.

— C'est vous !

— Ce n'est pas moi, Victoria ! Je le jure !

Il semblait aussi déconcerté qu'elle.

Nullement surprise de le voir, apparemment, Wayren étira une main vers lui, posant ses doigts à la jonction de son coup et de son épaule.

— Plus tard, Sébastien. Nous parlerons plus tard.

Une légère torsion du poignet et, instantanément, les yeux de Sébastien se révulsèrent et il s'effondra à terre. Victoria la foudroya du regard.

Elle était au courant pour Sébastien, mais ne lui en avait jamais rien dit !

— Les vampires ne nous ont pas encore découverts, mais il y a des morts vivants et des mortels au-dessus de nos têtes, dans les rues et les immeubles voisins. Quelque chose les a attirés ici, dit Zavier en s'adressant à Ilias, comme si Victoria n'avait pas été là.

Sa face habituellement joviale était sombre et renfrognée.

— Nous devons les chasser.

— Il commença à se diriger vers la galerie qui menait à l'escalier en spirale que Victoria avait elle-même descendu à peine une demi-heure plus tôt. Mais elle le rappela.

— Non, Zavier, attendez. Nous ne pouvons pas passer par là, car s'ils nous voient sortir par l'église ils découvriront notre cachette.

Ilias avait posté des gardes à l'intérieur de l'église et dans les rues alentour. Un Vénatore et deux Comitators, experts en arts martiaux comme Kritanu, le maître d'armes des Vénatores. S'il y avait des vampires dans les parages – ce dont Victoria ne doutait pas – les gardes les auraient certainement déjà interceptés. Mais mieux valait ne pas sortir par l'église.

— Par ici, ordonna Ilias en leur faisant signe de le suivre.

Victoria et Zavier emboîtèrent le pas au vieil homme, qui semblait connaître le Consilium dans ses moindres recoins. Il les mena par un escalier descendant jusqu'à une salle que Victoria n'avait vue qu'une seule fois et dans laquelle des caisses et des coffres étaient empilés le long des murs. S'approchant d'un porte-flambeau fixé au mur, il délogea la torche fichée à l'intérieur, puis plongea la main au fond du cône de métal. Il poussa un petit grognement de satisfaction, et au même instant Victoria vit coulisser le mur qui se trouvait derrière les coffres.

Zavier s'engouffra dans le passage avant que Victoria ait eu le temps de réagir et disparut dans l'obscurité.

Elle allait le suivre, mais Ilias la retint.

— Vous ne pourrez pas emprunter ce chemin pour revenir. Il ne sert qu'à sortir.

— Entendu, dit-elle, puis elle s'élança à la suite de Zavier.

Elle remarqua qu'il avait laissé une tache de sang sur le sol. Elle ignorait s'il était gravement blessé, mais elle n'avait d'autre choix que de s'en remettre à lui. Il n'y avait que lui et elle, et les trois gardes qui surveillaient l'église. Ilias et Wayren étant restés à l'intérieur du Consilium.

La porte secrète s'était refermée derrière elle, la laissant dans le noir.

Son instinct de chasseresse était en alerte et elle ne tarda pas à distinguer au loin une forme grisâtre. Fonçant droit devant, le pieu à la main, elle atteignit un escalier de pierre. À la suite de Zavier, elle gravit les marches. L'odeur âcre de la fabrique de parapluies était de plus en plus forte.

Elle suivit Zavier jusqu'à un porche de pierre débouchant sur la rue en face de l'église Saint-Quirinus. Le soleil était couché depuis longtemps et les pavés miroitaient au clair de lune.

Comme elle traversait le *borghi* et montait les cinq marches qui menaient à la ruelle, elle remarqua deux choses : d'abord le corps inerte d'un Comitator gisant dans une mare de sang, et ensuite la même odeur répugnante de cadavre qu'elle avait sentie la veille au soir. Un démon.

Sébastien avait amené des démons dans le Consilium !

Au même instant, Victoria aperçut Michalas qui plantait son pieu dans la poitrine d'une créature aux yeux rouges. Mais quand il ôta son pieu la créature se rua sur lui, indemne. Entrant la tête dans les épaules, Victoria fondit sur eux et décocha un coup de pied au démon qui perdit l'équilibre et alla s'écraser contre un mur.

Elle s'accroupit lestement, cherchant autour d'elle quelque chose de tranchant. Les démons devaient être décapités. Un coup porté avec une force inouïe l'atteignit par-derrière, la faisant plonger la tête la première dans le ruisseau. Elle fit une roulade de côté, puis, rassemblant toutes les forces de ses jambes, frappa le démon aux yeux de vampire qui fondait à nouveau sur elle.

Les cris et le bruit sourd des coups lui parvenaient dans la distance, tandis qu'elle se battait à mains nues contre le démon. Ils étaient de force égale.

Mis à part ses yeux rouges et son odeur méphitique, le démon ressemblait en tout point à un être humain. Il l'empoigna par les bras, puis lui asséna un coup de coude dans l'estomac auquel elle riposta par un direct à la mâchoire et un croc-en-jambe qui le fit chuter à terre.

Le poussant dans un petit buisson, elle fit volte-face et chercha des yeux quelque chose de coupant.

— Victoria !

Elle tourna la tête et vit un objet brillant voler dans sa direction. Ses yeux croisèrent ceux de Zavier, et elle attrapa au vol l'épée qu'il lui avait lancée. Et d'un mouvement circulaire rapide, elle trancha la tête du démon. Elle ne prit pas le temps de regarder la créature s'immobiliser puis se recroqueviller en une petite flaque sombre, car déjà elle se retournait pour cueillir un deuxième démon derrière elle.

Un coup droit, une esquive, une volte, un doublé, et le démon à tête d'ogre était décapité de son corps de chien.

Quand elle pivota à nouveau sur elle-même, tout était calme. Seule était audible la respiration saccadée de ses compagnons, Michalas adossé à un porche et transpirant à grosses gouttes, et Zavier accroupi au coin d'un petit édifice et qui semblait à deux doigts de s'effondrer.

— C'est Stanislaus qui a mis le pied sur les marches de la galerie des icônes, dit une voix.

Ilias émergea du petit porche de l'église, l'air sombre et las.

— Il est mort, mais il a eu le temps de refermer la porte secrète du confessionnal derrière lui. À en juger par les traînées de sang sur le carreau, il est entré là pour mourir… ou pour activer l'alarme.

— Grands dieux, un peu plus et ils trouvaient l'église ! explosa Zavier en jetant des coups d'œil furieux autour de lui. S'il n'avait pas été là, ils l'auraient peut-être trouvée.

Il se remit sur ses pieds en déployant son imposante carrure. Il avait sur le visage une expression féroce.

Soudain, Victoria aperçut une masse sombre aux pieds de Zavier. L'homme, gisant de côté, avait une longue tresse noire et la peau acajou.

— Zavier, je suis désolée, dit-elle en s'agenouillant à côté de l'homme.

Il n'y avait plus rien à faire. La mare de sang et l'angle de sa tête lui indiquèrent qu'il était mort. Assigné depuis peu à la surveillance de Saint-Quirinus, Mansur était un Comitator et le maître d'armes de Zavier.

Victoria sentit un flot de bile refluer dans sa gorge.

— Je suis désolée, répéta-t-elle à l'Écossais.

Ils déposèrent les corps du Vénatore et du Comitator à l'intérieur d'un immeuble voisin, car ils devaient se tenir à l'écart de l'église. Les deux tiers des effectifs affectés à la surveillance de Saint-Quirinus venaient de disparaître. Du côté des morts vivants, les pertes s'élevaient à deux démons, deux vampires et trois mortels qu'elle ne connaissait pas, mais qui devaient être des membres de la Tutela.

— Vous avez vu juste, tous les trois portent la marque de la Tutela, dit Wayren à Victoria après qu'Ilias eut examiné les corps.

Les yeux pâles de Wayren semblaient soucieux.

— Mansur et Stanislaus se sont rendu compte trop tard qu'ils combattaient des démons, dit Victoria.

Les Vénatores et certains Comitators pouvaient déceler la présence des vampires, mais rares étaient ceux à pouvoir détecter les démons capables de prendre n'importe quelle forme.

— Stanislaus a donné l'alerte de la seule façon qu'il pouvait.

— Ils ont trouvé Saint-Quirinus, mais pas nous, dit Zavier sans regarder Victoria. Mais il s'en est fallu de peu.

Elle comprenait et acceptait sa rancœur. Car pendant qu'elle combattait, la lumière avait subitement jailli et elle avait compris comment tout ceci était arrivé.

Sébastien ne mentait pas quand il affirmait qu'il n'avait pas mené les démons jusqu'à eux.

C'était Akvan qui les avait lancés sur les traces du fragment d'obélisque qu'elle avait caché dans la chambre forte du Consilium.

Et il n'allait sûrement pas en rester là.

# 14.

# Où Wayren révèle une prophétie dérangeante

Je sais que vous ne me faites pas confiance, dit Sébastien dès que Victoria entra dans la chambre où Wayren l'avait confiné. Mais je vous assure que je dis la vérité. Je me suis assuré que personne ne me suivait, en particulier Beauregard. J'ai fait en sorte de venir quand il faisait jour et que le soleil brillait encore.

Il se releva d'un coup de reins du lit sur lequel il était étendu.

La chambre, située un niveau au-dessous du reste du Consilium, était petite et agencée à la façon d'une cellule de prison. Un petit lit, une table et une épaisse carpette constituaient le mobilier. Victoria referma la porte derrière elle. Elle était encore sous le choc, et bouillonnante de colère après qu'ils eurent perdu deux des leurs dans l'affrontement contre les vampires et les démons.

Wayren avait bien fait de neutraliser Sébastien pendant que Victoria s'occupait de régler leur compte aux intrus. Il eut été imprudent de le laisser libre de ses mouvements, car même encore maintenant, Victoria n'était pas certaine qu'elle pouvait lui faire confiance.

— Pourquoi êtes-vous encore ici ? demanda-t-elle sur un ton délibérément provocateur. La porte n'était pas verrouillée. Vous auriez pu partir à votre réveil. N'est-ce pas votre habitude, du reste – de vous esquiver et vous fondre dans l'ombre à la moindre menace de danger ?

— Je voulais vous parler.

Il s'était mis en appui sur un coude, les jambes étirées devant lui sur le lit. Il l'observait d'un œil spéculatif pardessous ses boucles blondes, comme s'il cherchait à jauger son humeur.

— Et puis la tête me tournait légèrement après le traitement que m'a administré Wayren.

Ah… l'autodérision refaisait surface.

— Mais peut-être voulez-vous vous asseoir ? Personnellement, je crains de ne pas encore pouvoir me lever, et vous prie de m'en excuser.

— Non merci. Je resterai debout.

Elle lui en voulait terriblement. Elle se sentait trahie. Ils avaient été à deux doigts de se faire démasquer. Elle était blessée à la main et à chaque pas qu'elle faisait son genou la faisait atrocement souffrir.

Et pourtant… elle était toujours là.

Et il la regardait comme si, pour une fois, il comprenait que les sous-entendus grivois et la plaisanterie n'étaient pas de mise.

Il ne chercha même pas à profiter du fait qu'ils étaient seuls dans une chambre avec un lit. D'ailleurs, la dernière fois qu'ils s'étaient retrouvés seuls, c'était justement dans une chambre avec un lit – auquel il l'avait ligotée pour éviter qu'elle ne fasse échouer les plans de Max.

— C'est l'éclat de l'obélisque d'Akvan qui les a attirés ici, pas vous, lui révéla-t-elle.

Heureusement, le jour n'allait pas tarder à se lever et ils auraient jusqu'au crépuscule pour ôter le fragment d'obsidienne de la chambre forte et le placer ailleurs.

Elle avait déjà pensé à une nouvelle cachette.

Les lèvres pulpeuses de Sébastien s'étirèrent en un demi-sourire.

— Ah, c'est bien ce que je pensais. L'éclat d'obélisque est ici. Mais quoi que vous puissiez penser de moi, Victoria, je ne lui ai pas révélé cette intéressante bribe d'information.

Elle savait qu'il disait la vérité, car maintenant tout tombait sous le sens. Le petit pendentif d'obsidienne suspendu à la lanière de cuir avait été en possession d'Akvan qui lui avait insufflé son pouvoir. Ce qui expliquait l'étincelle bleue qui avait jailli quand les deux fragments étaient entrés en contact – l'influence du petit s'était propagée au plus gros, et avait réveillé son pouvoir latent.

— Akvan savait où envoyer ses limiers, parce qu'il a flairé l'éclat d'obélisque, expliqua Victoria, en essayant de ne pas se laisser troubler par la chemise entrouverte de Sébastien.

Le moment étant mal choisi pour penser à ces choses, elle se concentra sur la colère et l'exaltation qui continuaient de bouillir dans ses veines.

— Victoria… murmura-t-il d'une voix grave, pleine de sensualité.

— C'est inutile, Sébastien. Gardez vos avances pour une autre fois et une autre femme.

— Vous me peinez. J'espérais que vous…

— Je viens de perdre deux des miens. Un peu plus et ils trouvaient notre sanctuaire et le saccageaient.

— Et c'est pour cela que vous vous en prenez à moi ? Pour laisser libre cours à votre frustration et à votre contrariété ?

La peste soit de Sébastien, qui avait deviné qu'elle se sentait coupable, et prenait plaisir à retourner le couteau dans la plaie. Mais gare ! Car elle était à deux doigts d'exploser.

— Saviez-vous que l'éclat d'obélisque risquait d'attirer Akvan et ses disciples jusqu'ici ? Vous saviez qu'il était en ma possession. Comme toujours, vous en savez plus que vous ne voulez bien le dire. Vous auriez dû me mettre en garde.

Il haussa tranquillement les épaules, indifférent à sa colère et à ses accusations.

— J'ignorais que vous l'aviez caché ici. Je ne suis pas votre garde du corps, Victoria. À moins que vous ne vouliez que je le devienne. Dites-moi vos conditions.

Il lui décocha un sourire plein de sous-entendus.

— Sébastien, ne pouvez-vous pas…

Une main vigoureuse l'empoigna par le bras, l'empêchant de terminer sa phrase. Elle se sentit tomber sur le lit et manqua se cogner la tête contre le mur.

— Vous souvenez-vous, Victoria, de ce premier soir, dans le fiacre, à Londres ? Avant que nous ne soyons interrompus par les vampires ?

Elle essaya de se dégager de son étreinte, mais il n'avait plus de raison de cacher sa force de Vénatore à présent, d'autant qu'il avait crocheté sa jambe valide avec les deux siennes tandis que ses doigts enserraient fermement son poignet. Il se pencha au-dessus d'elle, dans une position à demi couchée tandis qu'elle plongeait ses yeux dans les siens.

— Vous vous souvenez ? Vous étiez tout aussi furieuse, frustrée et coupable que vous l'êtes maintenant.

— Lâchez-moi, Sébastien. Je ne voudrais pas vous faire de mal.

Elle avait cessé de se débattre, mais la tension continuait de l'habiter. Le corps de Sébastien à demi couché sur elle n'était pas désagréable, ni même encombrant ou menaçant. Elle se sentit soudain lasse et résignée. Et vivante.

— Et vous en seriez capable, mais pas de la façon que vous croyez, murmura-t-il sans cesser de la regarder. Vous étiez d'humeur à en découdre, ce soir-là dans le fiacre, exactement comme maintenant. Raison pour laquelle vous êtes venue ici. Avouez-le.

— Vous êtes fou.

Son cœur battait si fort qu'il devait le sentir résonner dans tout son corps.

— Fou… indéniablement. Je suis fou, dit-il sur le ton de la confession.

D'un mouvement souple, il s'écarta légèrement, puis approcha son visage du sien.

Un léger parfum de clou de girofle mêlé de tabac remonta jusqu'à ses narines. Ses lèvres se tenaient juste au-dessus des siennes, mais sans les toucher.

— N'est-ce pas ce que vous êtes venue chercher ? chuchota-t-il d'une voix sensuelle comme une caresse.

— Non, répondit-elle.

Ses lèvres se retroussèrent en un petit sourire.

— Il n'y a pas meilleur moyen de laisser sortir toute cette passion, cette fureur et cette excitation. Et vous le savez.

— C'est arrivé une seule fois, Sébastien.

— Deux fois.

— Non… une seule fois, dans le fiacre.

Bien que son visage fût tout près du sien, il ne cherchait pas à l'embrasser.

— Il me semble me souvenir que j'ai dû museler vos cris de plaisir dans le petit salon de votre villa.

— Mais… ça n'était pas…

Il se rapprocha de façon que ses lèvres frôlent les siennes.

— Mais cela m'a suffi.

Sa bouche couvrit soudain la sienne avec une insistance qui semblait dire qu'il n'était pas près de la laisser changer d'avis. Elle lui rendit son baiser, lui indiquant qu'elle n'en avait pas l'intention. Puis elle se laissa aller au plaisir de l'instant – et à toutes les délicieuses sensations qui s'emparaient d'elle. Il l'attira contre lui, enlaçant intimement sa langue avec la sienne. Le mouvement lent et sensuel lui procurait de petits frissons dans l'estomac et entre les jambes.

— Je veux voir votre *vis bulla*, lui murmura-t-elle.

Il s'écarta et s'adossa au mur avec un sourire qui la fit à nouveau chavirer. Puis il ouvrit sa chemise, et pour la première fois elle vit son torse doré couvert d'une légère toison blonde, ses épaules musclées, ses hanches étroites. Une touffe de poils plus foncés entourait son nombril où reposait la petite croix en argent. Le reste de son torse était aussi nu et ferme que celui du David de Michel-Ange.

Victoria laissa courir ses mains sur ses épaules.

Visiblement ravi de ses caresses, Sébastien posa de légers baisers depuis son menton jusqu'à son oreille, tandis que ses doigts déboutonnaient son corset et faisaient glisser sa robe sur ses épaules. L'air frais sur sa peau nue, la fit frissonner. En deux mouvements rapides, il libéra ses seins de leur carcan de toile.

Posant ses mains sur ses hanches, il plaqua étroitement son bassin contre le sien, lui imprimant un mouvement de va-et-vient, puis releva la tête et happa un de ses mamelons entre ses lèvres. Sous les assauts de sa langue son mamelon se raidit, tandis qu'un nouveau frisson de plaisir envahissait ses reins et son ventre. Sa respiration s'accéléra. S'appuyant sur ses bras tremblants, Victoria s'écarta de sa bouche avide, puis s'assit sur ses genoux et le regarda.

Ses joues étaient roses de plaisir et ses lèvres gonflées, et quand leurs regards se croisèrent, un sourire espiègle tordit le coin de sa bouche.

— Et maintenant ? dit-il en plongeant les mains sous la barrière de dentelle et de mousseline pour lui caresser les cuisses.

Elle se redressa, plaça ses mains sur son torse nu pour se tenir en équilibre pendant qu'il relevait sa jupe, puis se pencha vers lui et l'embrassa avec une passion qui trahissait son impatience.

Ils respiraient à l'unisson, aspirant l'air à grands traits entre deux baisers profonds… puis il bougea et défit sa culotte avec des gestes fébriles.

— Eh bien ? murmura-t-il en se plaçant devant elle, complètement nu, exhibant un corps svelte et musclé à la peau couleur d'or et de bronze.

Souriant à demi, elle amena ses jambes par-dessus le bord du lit. Il souleva ses jupes et écarta ses cuisses, et la pénétra en une fois.

Victoria réprima un soupir et ferma les yeux, savourant pleinement la sensation qui se répandait dans tout son corps. Elle régla son mouvement sur le sien, montant et descendant, avide, insatiable – jusqu'à ce que la vague l'emporte tout entière, propageant des ondes de plaisir dans son ventre et ses membres. Les mains de Sébastien lâchèrent ses épaules pour se perdre dans sa chevelure quand il donna un dernier coup de rein.

Puis ils se laissèrent retomber sur le lit en respirant bruyamment. Satisfaits.

Au bout d'un moment, Sébastien se redressa et lui murmura, en la regardant dans les yeux :

— Est-ce que ça va mieux ?

Victoria lui sourit.

— Voilà un sourire avenant, avec toutes ses petites fossettes. Dommage qu'on ne le voie pas plus souvent.

Elle avait commencé à se rhabiller.

— Il n'y a pas grand-chose qui m'ait donné envie de sourire ces temps-ci.

— En tout cas, là, tout de suite, vous souriez. J'avais craint que vous ne me reprochiez mon petit secret et ne nous refusiez ce plaisir.

Elle contempla la *vis bulla* qu'il portait au nombril, la seule touche argentée sur ce corps de bronze, et sentit son plaisir se dissiper.

— Vous vous refusez à accomplir votre destin et votre devoir. Je ne le comprends pas plus que je ne comprends comment vous pouvez laisser vivre votre grand-père. Vous avez la responsabilité de débarrasser le monde de ces créatures.

— Et de les envoyer en enfer pour l'éternité ? Non, Victoria, je vous l'ai dit… Je ne peux pas. Ces créatures ont été des mortels jadis, des pères, des sœurs, des fiancés. Je ne peux pas les condamner pour une chose contre laquelle ils ne peuvent rien.

— Mais vous l'avez déjà fait, Sébastien, sans quoi vous ne porteriez pas ça.

Elle effleura des doigts la petite croix d'argent. Vous avez tué au moins un vampire pour pouvoir la porter.

— Deux. J'en ai tué deux… avant que l'obélisque ne soit détruit. Deux et ensuite… j'ai en tué un la nuit où votre tante est morte. Je vous l'ai dit, mais vous ne m'avez pas cru.

Il lui fallut un moment pour comprendre à quoi il se référait.

— Vous m'avez dit que vous aviez sauvé la vie de Max. C'était ce soir-là ? Vous avez tué un vampire pour le sauver ? Pourquoi ? Vous et Max…

— Nous détestons ? Hmmm… le mot est un peu fort… Non, non, ce n'est pas cela. Et oui, il y a un contentieux entre nous. Je ne l'ai pas fait pour le sauver, Victoria.

— Mais pourquoi alors ? Pourquoi avez-vous violé votre propre code de conduite, si absurde soit-il, pour venir en aide à un homme que vous méprisez ?

Il renfila son pantalon.

— Répondez !

Il commença à enfiler ses bottes.

— Sébastien !

— Parce qu'il peut faire ce que je ne peux pas faire moi-même et que vous avez besoin de lui.

Elle se sentit rougir de stupéfaction.

— Besoin de Max ?

— Si vous vous entêtez à combattre les morts vivants, vous aurez besoin de lui. Même s'il m'en coûte de le reconnaître, il est le meilleur Vénatore vivant.

Soudain, la poignée de la porte tourna, faisant bondir Victoria hors du lit. Heureusement, elle avait fermé à double tour. Pourvu que ce ne soit pas Max, songea-t-elle, pendant que Sébastien l'aidait à se rhabiller en vitesse.

Mais lorsqu'elle ouvrit la porte, elle trouva Ilias.

— Le soleil est levé, annonça-t-il en évitant de regarder du côté de Sébastien. On vous demande, *Illa* Gardella.

— Il faut que j'y aille, dit Sébastien en se levant et en enfilant précipitamment sa chemise.

— Attendez. Qu'est-ce que c'est ? demanda-t-elle en désignant une petite marque noire en forme de cercle sur son épaule.

Elle ressemblait au tatouage de la Tutela que Max portait aussi.

— C'est la marque de Beauregard.

Il la regarda droit dans les yeux et elle comprit. Son estomac se tordit tandis qu'un flot amer lui remontait dans la gorge. Il portait l'amulette des Vénatores, mais aussi la marque des vampires, se refusant à choisir son camp.

Il franchit la porte et disparut dans le couloir pendant que Victoria partait à la recherche de ses souliers.

— Pourquoi ne m'avez-vous pas prévenu ? grogna Max, en essayant de lutter contre la sensation d'étourdissement. Et que m'avez-vous donné hier soir ?

Il y avait plus d'un an qu'il n'avait pas dormi d'un sommeil aussi lourd et sans rêves.

Calme et posée comme toujours, Wayren le regarda sans rien dire. Ses traits étaient légèrement tirés et ses longs cheveux, au lieu de flotter librement sur ses épaules, étaient rassemblés en une grosse natte.

Max souffrait moins qu'il ne s'y était attendu après avoir reçu deux balles de pistolet et un nombre inimaginable de coups de poing et de couteau. Mais peu importait, car étant un Vénatore, même sans la potion qu'elle lui avait administrée, il savait qu'il serait remis dans quelques jours.

— J'aurais préféré être là. Si près de Saint-Quirinus ? Et du Consilium ? Vous auriez pu m'envoyer Myza ?

— Myza est un pigeon, il n'aurait pas pu vous réveiller, même s'il avait tambouriné du bec contre le carreau.

Il s'assit et descendit d'un trait une chope de vin coupé d'eau.

— Vous avez dit qu'il y avait autre chose ?

— Sébastien Vioget était au Consilium avec Victoria, répondit-elle sans un battement de cils.

— Beauregard ? demanda Max en faisant mentalement barrage à tout ce que cette révélation pouvait éveiller comme pensées désagréables.

Elle secoua la tête.

— Non, il ne l'a pas amené avec lui. C'est…

Mais Max n'était pas d'humeur à entendre le chapelet de platitudes qu'elle s'apprêtait à débiter au sujet de Vioget.

— Si jamais il nous a trahis, je le tuerai.

— C'est un Vénatore…

— Justement.

Wayren pinça les lèvres, contrariée, mais préféra changer de sujet.

— Il était en possession du bracelet d'Eustacia, Max. Nous avons la troisième clé de la Porte de l'Alchimie.

— Trop aimable à lui de nous l'avoir rendue.

— Il aurait pu la donner à Beauregard, répondit-elle, légèrement irritée.

Max serra les dents mais ne dit rien.

— Victoria va vouloir aller ouvrir la porte avec les autres, aux petites heures de la nuit, juste avant le lever du jour. Vous serez moins visibles et les morts vivants chercheront à se cacher de la lumière du soleil.

— Ah, oui ! Parce qu'il était censé faire partie de l'équipée avec Zavier, Vioget, Michalas et Ylito.

Max réalisa qu'il avait dû faire une sale tête car Wayren lui demanda :

— Ses morsures vous font souffrir ?

— Bien sûr. Et vous le savez.

Ses mains se portèrent instinctivement vers les plaies qui ne cicatrisaient jamais, à la jonction du cou et de l'épaule.

— Sentez-vous fréquemment son emprise, Max ?

Une colère irraisonnée s'empara de lui.

— Je ne veux pas en parler !

— Ce n'est pas une question, Max. C'est un ordre ! Il faut que nous vous débarrassions de cette plaie.

Voilà qu'elle se mettait à parler comme Eustacia.

— Elle n'a pas d'emprise sur moi. Même si elle voudrait bien. Elle n'a jamais réussi à me faire faire quoi que ce soit contre ma volonté.

— Akvan est de retour, Max. Elle devait le savoir quand vous avez détruit l'obélisque. Elle devait savoir qu'Akvan serait de retour sur terre.

La sensation d'étourdissement s'était complètement dissipée à présent et il avait la tête parfaitement claire.

— Il fut un temps où j'aurais dit non… mais maintenant que j'ai mieux appris à la connaître. Je sais qu'elle préférerait combattre un démon que de devoir se mesurer à son propre fils. S'il avait réussi à déchaîner les pouvoirs de l'obélisque, il aurait pu usurper le règne de Lilith – ou tout au moins l'affaiblir. Alors que tous les vampires se ligueraient avec elle si elle combattait un démon.

— Je suis tout à fait d'accord avec vous. Tous les vampires s'uniraient à Lilith, à l'exception des rares qui ont choisi le camp de Regalado depuis la chute de Nedas. Même Beauregard et ses disciples s'allieraient à Lilith. Il n'est pas fou.

— C'est vrai. Il y a peu de vampires qui accepteraient de rejoindre les rangs des démons ou de les soutenir de quelque façon que ce soit. Regalado n'a réussi à convaincre qu'une petite faction de rejoindre son camp. Ainsi que quelques membres de la Tutela – des mortels qui étaient ses disciples et qui lui sont restés fidèles.

— Oui, acquiesça Wayren. Dans la bataille qui fait rage entre les démons et les morts vivants les transfuges ne sont pas légions.

— C'est pourquoi, je pense qu'Akvan représente une menace suffisamment sérieuse pour que Regalado en personne et quelques morts vivants acceptent de se liguer avec lui.

— Son pouvoir est immense. Quand il était encore enfermé en enfer, son obélisque resté sur terre aurait pu, s'il avait été activé, lui permettre de lever une armée immortelle parmi les âmes des défunts. C'était, naturellement, le plan de Nedas que vous avez fait échouer en détruisant l'obélisque – sur ordre de Lilith. À présent, Akvan est ici, investi d'un pouvoir équivalent qu'il porte en lui et qui n'a pas besoin d'être activé.

— Dans ce cas, comment se fait-il qu'il ne se soit pas manifesté depuis plus de trois mois qu'il est de retour sur terre ?

— Parce qu'il était encore faible et qu'il cherchait à recouvrer toute sa puissance avec l'aide de la Tutela, de Regalado et de ses disciples.

— C'est pour cela que la soirée a été organisée à la villa ? Il avait besoin de se repaître.

— Nous ne pouvons pas attendre que les vampires aient resserré leurs rangs pour le combattre. Il faut l'abattre avant qu'il ait retrouvé toute sa puissance.

— C'est moi qui l'ai fait revenir, c'est moi qui l'abattrai.

— Ce ne sera pas facile, Max, dit Wayren.

Elle avait l'air si grave, presque triste, que Max tiqua.

— Qu'y a-t-il ?

— C'est écrit…

— Que je vais mourir ? Je n'ai pas peur. Et vous le savez, Wayren.

C'était vrai. Il serait libre alors et il était prêt à donner sa vie, comme Eustacia et de nombreux autres avaient donné la leur, pour sauver les mortels.

— En tant que Vénatore, je suis appelé à mourir au combat.

— C'est écrit… dans une prophétie traduite du persan par lady Rosamunde Gardella… Aucun Vénatore, ni aucun mort vivant ne tuera Akvan ; c'est un mortel ordinaire qui l'expédiera définitivement dans les entrailles de l'enfer en retournant sa propre force contre lui.

La gorge de Max se serra et il se sentit soudain vidé de toute énergie. Qui d'autre pouvait être assez fort et entraîné au combat pour pouvoir détruire un démon ? Sûrement pas n'importe quel mortel.

Seul un Vénatore en aurait le courage et la force.

Seul un Vénatore qui n'était pas un Vénatore.

Wayren se pencha pour lui toucher la main, mais il repoussa ses longs doigts fins et s'empara de son pieu d'ébène.

— Vous saviez qu'il en était ainsi. Vous le saviez quand je vous ai apporté l'onguent.

Il eut beau faire, il ne réussit pas à se mettre en colère. Le destin en avait décidé ainsi. Sa voie était tracée.

Il salua Wayren d'un petit signe de tête.

— À demain.

# 15.

# Où notre héroïne fait de la provocation

Victoria était soulagée que Sébastien ait quitté le Consilium avant elle.

Il y avait tant de choses en suspens entre eux, tant de choses qu'elle aurait voulu dire, tant de questions qu'elle aurait voulu lui poser… mais pas tant qu'elle n'aurait pas fait le point sur les événements survenus au cours des dernières heures. Victoria était encore toute troublée par la passion de leurs ébats amoureux – si tant est qu'on pût les appeler ainsi.

Car était-elle amoureuse de Sébastien ? Était-ce l'amour qui la poussait à s'offrir à lui ?

Elle avait beau savoir qu'elle ne pouvait pas lui faire entièrement confiance – en particulier à cause de sa propension à se défiler à la première occasion – elle se sentait bien, détendue et heureuse, quand elle était avec lui.

Avec Phillip, bien sûr, tout avait été plus simple. Il était beau, charmant, riche et fiable. Il l'aimait, l'adorait même. Il lui avait demandé de l'épouser – et elle avait été assez naïve pour croire qu'elle pouvait devenir sa femme tout en continuant de mener une vie de Vénatore.

Si bien qu'elle avait dit oui.

Et avait causé sa perte.

Victoria refoula les larmes qui lui montaient aux yeux. Le moment était mal choisi pour s'apitoyer sur son sort. Maintenant, le mieux qu'elle avait à faire était d'aller de l'avant. Et ne pas retomber dans ses erreurs passées.

C'est pourquoi, quitte à entretenir une relation, autant que ce soit avec un homme, comme Sébastien – qui savait et acceptait qu'elle était une Vénatore.

Un jour viendrait peut-être où elle devrait avoir un enfant pour perpétuer la lignée des Gardella, mais en attendant, il était hors de question qu'elle arrête de prendre la potion qui l'empêchait de tomber enceinte.

Ces pensées se télescopaient dans sa tête tandis qu'elle traversait la grande salle déserte du Consilium.

L'après-midi touchait à sa fin et tous les autres étaient allés prendre quelques heures de sommeil avant de repartir chasser en soirée.

Pour se rendre à la chambre forte, elle passa sans bruit devant la porte ouverte de Wayren, qui était absorbée dans la lecture d'un ancien manuscrit et ne semblait pas l'avoir remarquée.

Tous avaient prévu de se retrouver à l'aube pour se rendre à la Porte de l'Alchimie – Zavier, qui continuait de la battre froid, Michalas, Brim. Et peut-être Max, qu'elle n'avait pas revu depuis qu'ils s'étaient quittés la veille au matin, devant la Villa palombara.

Victoria avait déjà récupéré le bracelet d'argent de tante Eustacia. Elle l'avait trouvé exactement à l'endroit que Sébastien lui avait indiqué, derrière le portrait de Catherine Gardella.

Cette pensée la fit sourire. Sur son portrait, Catherine posait telle une reine couverte de joyaux. Victoria se demanda comment diable elle faisait pour combattre les vampires dans cette volumineuse robe à vertugadin et cette énorme collerette empesée.

Après avoir refermé la porte de la chambre forte derrière elle, Victoria s'approcha des deux éclats d'obsidienne.

Dès qu'elle s'empara du plus gros, un courant chaud se répandit dans tout son corps. Elle le fourra promptement dans la grande poche du manteau qu'elle portait par-dessus sa jupe fendue.

La coupe du manteau était trop masculine pour recueillir l'approbation de lady Melly, mais la jupe, habilement taillée, pouvait lui donner l'impression que sa fille était convenablement habillée.

L'idéal, bien sûr, était de ne pas se montrer à sa mère dans cet accoutrement. Mais si tout allait comme prévu, sa mère et ses amies dormiraient à poings fermés quand elle regagnerait la villa Gardella ce soir tard ou au lever du jour.

Le petit pendentif suspendu à la lanière de cuir alla dans sa poche de poitrine. Victoria ne voulait pas courir le risque qu'il entre en contact avec l'autre fragment d'obélisque.

Une fois à l'extérieur de la chambre forte, au lieu de prendre à gauche pour revenir dans la grande salle du Consilium et de là ressortir par la nef de l'église, elle prit à droite, par le passage secret qui débouchait à quelques rues de la petite église.

Dehors, le soir commençait à tomber et de gros nuages gris obstruaient le ciel. Le fragment d'obélisque battait contre sa cuisse tandis qu'elle se hâtait dans les rues en compagnie des rares pèlerins qui osaient mettre le nez dehors par ce temps froid et humide.

Victoria avait un pistolet et plusieurs pieux, l'un piqué à la va-vite dans son chignon, et l'autre passé dans une petite boucle accrochée à sa ceinture. Sa lourde croix d'argent était fixée sur le corsage de sa robe à col montant et elle portait également trois petites fioles d'eau bénite réparties à différents endroits de sa personne.

Enfin, sous sa robe, elle portait son corset de combat.

Ainsi équipée, elle marchait d'un pas assuré, prête à affronter n'importe quelle menace pouvant survenir tandis qu'elle traversait le Tibre en direction de l'Esquilin, où se trouvait la villa Palombara. Elle aurait pu demander à Oliver de venir la prendre et de l'emmener en voiture, mais elle ne voulait pas attirer l'attention… et puis c'était une mission qu'elle devait accomplir seule.

Puisqu'elle avait commis l'erreur d'apporter les éclats d'obélisque au Consilium, c'était à elle de réparer les pots cassés. Elle se hâtait dans les rues presque désertes, en se tenant à l'écart des voitures qui roulaient dans les flaques d'eau boueuse.

Elle guettait le plus petit picotement sur sa nuque indiquant qu'elle était suivie. Car, bien qu'il fît encore jour, il arrivait que des vampires s'aventurent au dehors quand le ciel était couvert.

Elle marchait tête baissée, l'œil aux aguets, dans le froid mordant qui lui engourdissait les oreilles et les doigts. Victoria préférait ne pas porter de gants quand elle sortait patrouiller, car ceux-ci rendaient le manche de ses pieux glissant.

Elle se demandait combien de temps il faudrait à Akvan pour détecter le nouvel emplacement du fragment d'obélisque. Sans doute pas beaucoup, à en juger par la vitesse à laquelle il avait attaqué le Consilium.

Si elle l'avait pu, elle aurait attendu l'aube pour agir. Mais elle aurait alors donné aux vampires et aux démons une occasion de plus de remonter la piste jusqu'au fragment. Si elle se dépêchait, tout serait terminé avant le coucher du soleil.

Enfin, elle atteignit la brèche dans le mur d'enceinte de la villa Palombara, sur l'arrière de la propriété au tracé pentagonale. Loin, à l'autre extrémité du domaine, on apercevait le toit de la maison émergeant de la cime d'une épaisse rangée d'arbres.

Une fois de plus, elle allait devoir se frayer un chemin parmi les herbes hautes. Et, comble de malchance il faisait un temps pourri. Mais la Porte Magique, et son muret de pierre effondré, était située à peu près au centre du jardin. De toute façon, mieux valait patauger dans la gadoue que d'emprunter la porte principale et risquer d'être vue.

Escalader seule le mur, même en s'agrippant aux branches du chêne, ne fut pas de tout repos, et Victoria manqua tomber la tête la première quand son talon se prit dans l'ourlet de sa robe. Heureusement, elle se raccrocha de justesse des deux mains à un buisson et atterrit sur les rotules dans l'herbe mouillée.

Une vive douleur irradia dans son genou blessé, mais elle serra les dents pour ne pas crier. Juste au moment où elle allait se remettre sur ses jambes, une paire de bottes noires entra dans son champ de vision.

— Il y a des heures que je vous attends.

Pourquoi fallait-il que Max soit toujours là dans les moments où elle était le moins à son avantage ?

— Quelle idée d'attendre bêtement dans le froid et la pluie. Et d'ailleurs, que faites-vous là ? demanda-t-elle en se redressant tout doucement et en essuyant ses mains terreuses sur son manteau.

Elle releva la tête et vit qu'il l'observait par-dessous son chapeau noir, fixant sur elle son regard ténébreux comme s'il la voyait pour la première fois.

— Eh bien, quoi ? J'ai de la boue sur la figure ?

— Ici, dit-il en étirant la main et en frottant son grand pouce rugueux sur sa joue. Vous avez le fragment d'obélisque sur vous, n'est-ce pas ? Ainsi que la troisième clé, dit Max en hochant la tête. Une bonne stratégie. Utiliser la clé pour ouvrir la Porte Magique, prendre ce qui se trouve dans le laboratoire, puis y enfermer le fragment d'obélisque. Non seulement, personne n'y aura accès sans avoir les clés, mais Akvan ne pourra pas le détecter, ni sentir sa puissance à une aussi courte distance.

— Oui, car sa puissance se confondra avec celle de n'importe quel autre fragment en sa possession.

Ils se tenaient toujours debout à côté du grand chêne dont les branches secouées par le vent dégouttaient sur eux. Tout était parfaitement silencieux et une haute haie de buissons les cachait à la vue.

— Comment avez-vous deviné mes intentions ?

— Vous aviez trouvé la clé manquante et pris conscience de la dangerosité du fragment d'obélisque. Simple déduction.

En tant normal, il aurait dit cela sur un ton arrogant, mais aujourd'hui il semblait plutôt radouci.

— Vous avez parlé de l'attaque à Wayren ?

— Oui. Je l'ai vue aujourd'hui, répondit-il, avant d'ajouter avec un geste d'impatience : ne restons pas là les bras ballants. À moins que vous n'attendiez quelqu'un d'autre ? Zavier peut-être ? Ou... Vioget ?

Sa voix avait repris son timbre désagréable.

Victoria, qui s'était remise à marcher avec Max sur ses talons, s'arrêta et se retourna.

— Pourquoi ne m'avez-vous rien dit au sujet de Sébastien ?

Il haussa un sourcil noir.

— Au sujet de… Sébastien ? Vioget ne fait pas partie de mes sujets de conversation favoris.

— Il est Vénatore. Vous ne me l'avez jamais dit.

— Qu'est-ce que cela change ? Il porte en lui le sang des Gardella, il a même été appelé… mais il a choisi de faire la sourde oreille. Il ne mérite pas que je m'intéresse à lui.

— Il vous a sauvé la vie.

— Et je lui en serai éternellement reconnaissant, dit-il d'un ton amer qui démentait son propos. Il aurait pu sauver beaucoup d'autres vies s'il avait pris la place qui lui revient au sein du Consilium.

— Il continue de porter sa *vis bulla*, dit-elle.

— Cette fois, deux sourcils bruns se haussèrent, et elle se sentit rougir sous son regard perçant.

— Je vois, c'est pour cela que vous avez mis tant de temps à retirer les fragments d'obélisque du Consilium. Vous étiez occupée à… autre chose.

Elle bloqua sa respiration pour chasser la rougeur de ses joues. Elle n'avait aucune raison de jouer les vierges effarouchées avec lui. Il savait que Sébastien et elle étaient amants.

— En effet. Mais je suis ici à présent.

Les traits de Max s'étaient figés en un masque impénétrable. Ses lèvres se tordirent en un sourire cruel.

— Ainsi donc, Sébastien l'a emporté. Vous avez laissé Zavier intact, ou va-t-il falloir recoller les morceaux ?

Réduite à quia, Victoria fourra ses mains dans ses poches. Si seulement un mort vivant avait eu la bonne idée de faire une apparition pour qu'elle puisse le transpercer, au lieu de rester là, face à l'homme qui semblait toujours avoir raison.

— Je vous avais prévenue, poursuivit Max. Et qui sera le prochain, Victoria ? Vous ne comptez tout de même pas démoraliser toute la troupe des Vénatores en…

Il s'arrêta net, se reprenant soudain.

— Allons ne perdons pas de temps. Il va bientôt faire nuit.

Passant devant elle, il avançait à grandes enjambées, se frayant rapidement un chemin parmi les branches et les hautes herbes qui dégouttaient sur Victoria qui marchait tête nue à sa suite.

Elle tâta le fragment d'obsidienne et le pistolet qu'elle portait dans ses poches en se demandant lequel des deux lui aurait infligé le plus de souffrance si, d'aventure, elle le lui avait planté entre les épaules. Elle lâcha le pistolet, mais garda l'éclat d'obsidienne à la main. Lourd et solide, il épousait parfaitement la forme de sa paume. Elle songea une fois encore qu'il aurait pu faire une arme efficace.

Elle sortit le long fragment de cristal de sa poche. Même ici, sous ce ciel grisâtre, parmi cette végétation laissée à l'abandon, il luisait d'un éclat noir bleuté, comme consumé par un feu intérieur.

Elle ralentit son allure pour le contempler, fascinée par le scintillement qui en émanait. Une arme redoutable. Soudain une force mystérieuse, comme un fluide puissant galvanisa son bras depuis son poignet jusqu'à son épaule.

Il y eut un craquement de branches, et elle réalisa que Max, qui l'avait distancée, était revenu sur ses pas.

Il ne portait plus son chapeau et ses cheveux trempés retombaient devant son visage ombré par une barbe de plusieurs jours. Il avait l'air contrarié.

Mais pas plus qu'elle en tout cas.

— Victoria, commença-t-il, puis il vit l'éclat d'obsidienne dans sa main. Qu'est-ce que…

— Vous êtes jaloux, lui dit-elle en le regardant bien en face.

— Ah, vraiment ? Vous êtes trop sûre de vous, Victoria.

— Jamais aucune femme ne…

Il eut un petit rire sec et moqueur.

— Au risque de vous décevoir, je ne suis pas du genre à pratiquer le célibat. Simplement, je suis… exigeant dans le choix de mes compagnes. Comme vous avez pu vous en rendre compte par vous-même.

Rapide comme un serpent, il lui saisit le poignet.

Victoria éclata d'un rire guttural et étrange.

— Vous voulez parler de la fois où je vous ai vu sortir à demi débraillé d'une chambre où vous et Sara Regalado vous étiez enfermés. Je vous soupçonne d'avoir monté vous-même cette mise en scène pour me faire fuir.

— Vous faire fuir par des démonstrations d'affection envers ma fiancée ? Si seulement !

Ses doigts autour de son poignet se resserrèrent à lui broyer les os.

— Lâchez ça, Victoria.

— De l'affection pour Sara Regalado ? Vous n'éprouviez rien pour elle.

Elle sentait sa main s'engourdir sous l'étau de ses doigts. Elle essaya de se dégager, mais il fut le plus rapide. Cette fois, il lui tenait le poignet à deux mains. Il devait être très, très fort. Car malgré ses deux *vis bullae*, elle n'arrivait pas à le repousser.

— Je vous casserai le bras s'il le faut. Lâchez ça.

— Vraiment ? Vous oseriez ? éructa-t-elle.

— Vraiment.

Il resserra encore ses doigts et la toisa de son regard noir et intense.

— Faites ce que je vous dis, Victoria.

Avec un grognement, elle ouvrit les doigts. Le fragment d'obsidienne chuta lourdement. Avant qu'elle ait pu se baisser pour le ramasser, Max l'expédia d'un coup de pied hors de sa portée.

Sans lui lâcher le poignet, il l'attira à lui, la saisit par l'épaule, et se mit à la secouer.

Même débarrassée de l'obsidienne, elle continuait de sentir un léger frémissement dans son bras et son corps. Elle le regarda bien en face et demanda, d'une voix pleine de défi :

— Et maintenant, vous allez m'embrasser ?

Il la relâcha aussitôt et la repoussa.

— Ne comptez pas sur moi pour faire la queue avec tous les autres.

— De quoi avez-vous peur, Max ?

Un sourire amer qui s'accordait parfaitement avec ce qu'elle ressentait joua sur ses lèvres et il répondit :

— Vous tenez donc absolument à ce que je vous embrasse, Victoria ?

En voyant l'expression de son visage, elle faillit reculer, mais tint bon.

— Et pourquoi pas ?

La sensation de chaleur dans sa main avait disparu et ses doigts étaient engourdis. Il se rapprocha, et elle se recula contre le mur couvert de vigne vierge.

— C'est vrai... pourquoi pas.

Comme il se penchait sur elle, grand et puissant, Victoria sentit son cœur battre à tout rompre, comme s'il cherchait à s'échapper de sa poitrine.

Ses poumons étaient tellement comprimés qu'elle arrivait à peine à respirer, mais quand elle inspira, ce fut l'odeur de Max qui pénétra ses narines.

Elle prit appui contre le mur pour ne pas tomber.

Posant ses mains de chaque côté de sa tête, suffisamment loin pour ne pas la toucher, il se pencha ver elle et couvrit ses lèvres avec les siennes.

Max embrassait comme il combattait, avec une arrogance, une grâce et une habileté incomparables.

Il n'était pas le moins du monde hésitant ou joueur. Avec lui, point de frôlements de lèvres ou de petits coups de langue taquins qu'elle aurait pu choisir d'esquiver si elle avait changé d'avis.

Ce n'était pas non plus le baiser fougueux d'une passion longuement contenue.

C'était... Max. Puissant, sensuel, direct.

Leurs bouches se joignirent étroitement, s'écartèrent, se joignirent à nouveau imprimant à leurs langues un mouvement de va-et-vient à la chorégraphie voluptueuse, encore et encore, jusqu'à former une spirale sensuelle et pénétrante.

Sentant ses genoux se dérober sous elle, Victoria s'agrippa au mur derrière elle pour ne pas perdre l'équilibre.

Elle sentait la chaleur de son corps dans la fraîcheur du soir, malgré l'écart entre eux.

Quand il se recula enfin, en lui mordillant doucement la lèvre inférieure, son nez frôla sa joue. Elle rejeta la tête en arrière et sentit l'haleine de Max sur sa tempe, tandis qu'il se penchait à nouveau vers elle.

— Et maintenant que votre curiosité est assouvie, murmura-t-il, pouvons-nous poursuivre notre mission ?

Il se recula et tourna les talons. Puis il ramassa l'éclat d'obsidienne tombé à terre et le fourra dans sa poche.

Les doigts et les genoux tremblants, elle s'arc-bouta au mur pour reprendre son équilibre.

— Allons, dit Max. Nous avons perdu assez de temps. Dépêchez-vous.

D'un geste impatient, il lui fit signe d'avancer puis longea le mur d'enceinte.

## 16.

# Où le flirt de lady Melly prend une nouvelle tournure

Le comte Regalado (Alberto, pour les intimes), était le plus charmant des hommes à avoir jamais fait sa cour à lady Melisande Grantworth.

Sémillant – bien qu'atteint de calvitie –, le bel Italien s'était montré d'une exquise galanterie quand il les avait trouvées, Winnie, Nilly et elle, perdues dans le dédale de couloirs peu hospitaliers de la villa Palombara.

Bien bâti, ni trop grand ni trop petit, toujours tiré à quatre épingles, il se vêtait avec recherche et entretenait avec soin sa moustache et son petit bouc noirs.

Mais au grand dam de lady Melly, au lieu de se présenter chez elle en personne, il lui avait envoyé des fleurs… comme ses galants londoniens, Lord Jellington en tête, qui la couvraient de fleurs et de bijoux.

Lady Melly n'avait que faire de colifichets et de fleurs qui allaient se flétrir au bout de deux jours.

Ce qu'elle voulait, c'était un compagnon, un homme plaisant et amusant, et surtout, un homme qui la mettait sur un piédestal.

— Il ne devrait pas tarder à arriver, piailla Nilly, rose

d'excitation en jetant un coup d'œil par la fenêtre à la rue en contrebas.

Elle guettait l'arrivée du comte pendant que Melly mettait la touche finale à sa toilette.

— Je ne comprends pas qu'il vous ait invitée à sortir par ce temps épouvantable. Il n'y a pas un rayon de soleil et il pleut à verse, déclara Winnie dépitée. Songez à vos cheveux, ma chère. Et aux plumes de votre bonnet !

— Le comte Regalado m'a proposé de m'emmener visiter le Colisée et ensuite le mont Janicule. Je suis certaine que, malgré le temps humide, nous n'aurons pas froid.

— Le comte ? Je croyais que vous l'appeliez Alb*errrrr*to, fit Winnie depuis son fauteuil.

— Alberto, puisque vous y tenez, rétorqua Melly en souriant dans le miroir de la coiffeuse.

— Le voilà !

Winnie s'arracha à son fauteuil pour s'approcher de la fenêtre.

— En effet, et il est habillé comme s'il allait au théâtre. J'ai hâte que vous nous racontiez tous les détails de votre équipée. J'espère que vous serez revenue pour le dîner.

— Pas moi, dit Melly, en s'élançant vers la porte avec l'empressement d'une jeune fille. Après tout, je suis veuve, et il est… très beau. Il se pourrait que nous rallongions notre promenade.

Nilly piailla à nouveau, mais de déception cette fois.

— Prenez garde de ne pas l'effaroucher, Melly !

Winnie éclata de rire.

— Le pauvre homme va avoir du fil à retordre avec notre Melly à ses trousses, dit-elle d'une voix affectueuse en regardant sa meilleure amie dévaler l'escalier d'un pas alerte. Espérons que cette histoire finira mieux que celle de Victoria et Rockley.

— Mais oui, voyons, opina Nilly.

Les deux amies s'apprêtaient à descendre au salon,

quand la femme de chambre de Victoria – cette fille à la tignasse rouge carotte – fit son apparition.

— S'cusez-moi, Madame. Vot' grâce, dit-elle avec une petite révérence polie.

Surprises qu'elle s'adresse à elles, les deux amies tournèrent la tête en même temps.

— Oui ? demanda Winnie de sa voix de duchesse, en s'arrêtant, la main posée sur la rampe.

— Désolée de vous interromp', dit la femme de chambre. Mais… z'avez bien dit qu'lady Melly, elle sortait avec un comte ?

— Oui, répondit la duchesse sur le même ton hautain.

— Oh, mon Dieu… ça s'rait-y pas l'comte Regalado, des fois ?

— Si ! rétorqua Winnie, qui commençait à perdre patience. Si vous avez quelque chose à dire, dites-le, ma fille. Je ne vais pas rester plantée là toute la sainte journée.

— Oh, vot' grâce, c'est qu'lady Melly, elle court un grave danger.

Les joues rebondies de la soubrette s'étaient soudain empourprées.

— Pourquoi cela, que voulez-vous dire ? demanda Nilly avec une espèce de petit hoquet.

— Le comte Regalado… malheur ! Y faut absolument la sauver !

Et comme si elle avait été galvanisée, elle tourna les talons et reprit le couloir en sens inverse.

La voix impérieuse de lady Winnie la stoppa.

— Attendez, jeune demoiselle. J'exige une explication !

— Désolée, vo't grâce, mais Milady s'est fourrée dans un sale pétrin, et elle va avoir b'soin d'un coup de main, lança-t-elle par-dessus son épaule avant de disparaître dans la chambre à coucher de Victoria.

— Un sale… pétrin ? bredouilla Winnie, qui refusait d'accorder foi aux élucubrations de la soubrette.

Mais lorsqu'elle la vit ressortir de la chambre avec ce qui ressemblait à un pieu de frêne, son cœur s'arrêta.

— Que faites-vous avec ça ? murmura Nilly d'une voix blanche.

Se passant une grosse croix d'argent autour du cou, Verbena répondit :

— J'vais chasser l'vampire.

Tapi dans une encoignure entre deux immeubles délabrés, Zavier faisait le guet.

Il avait rabattu son chapeau devant ses yeux, non pas à cause de la pluie – originaire des Hautes Terres d'Écosse, il était habitué aux intempéries – mais pour dissimuler son visage.

N'ayant rien d'autre à faire, il ressassait de sombres pensées.

Mansur gisant dans une mare de sang…

Son estomac chavira comme s'il avait bu trop de whisky.

*Quel carnage. Quel fichu carnage.*

Et quelle trahison !

Victoria ne devait pas avoir la tête claire pour se comporter comme elle l'avait fait. Mais il allait y mettre bon ordre.

Pas question de la laisser filer un mauvais coton. Qu'elle lui ait brisé le cœur, passait encore, mais qu'elle l'ait trahi avec ce bon à rien de Vioget, ce pleutre, incapable de se battre comme un homme ! Et dire qu'il avait du sang Gardella dans les veines !

Le moins-que-rien et Victoria étaient restés enfermés tous les deux dans la petite chambre où Vioget avait été placé pendant que les autres livraient bataille à l'extérieur de Saint-Quirinus. Zavier serra les poings.

La colère bouillonnait dans ses veines, faisant bourdonner ses oreilles. Vioget, le Vénatore traître.

Wayren avait eu beau lui affirmer qu'il n'était pour rien dans l'attaque des démons, il n'en croyait pas un mot. Car comment auraient-ils pu venir jusqu'à eux ? Enfin, Zavier aperçut sa proie. L'homme marchait la tête rentrée dans les épaules pour se protéger de la pluie et était passé devant lui sans le voir.

*L'imbécile.*

S'il n'avait pas plus de cervelle, mieux valait qu'il reste à l'écart des Vénatores.

Zavier se mit à le suivre à distance. Il ne savait pas grand-chose de Vioget, si ce n'est qu'il avait trahi les siens à cause de Beauregard.

La main de Zavier plongea dans sa poche et s'empara du pieu.

Il était temps qu'il expédie le vampire en enfer. Et gare à qui essaierait de l'en empêcher.

— Où est la clé ? demanda Max.

La jupe de Victoria était trempée jusqu'aux genoux et ses souliers avaient pris l'eau. Mais pourquoi diable n'avait-elle pas pensé à mettre des bottes !

Ils avaient enfin atteint la Porte de l'Alchimie, elle encore troublée par le baiser qu'ils avaient échangé.

*Échangé* ? Non, il l'avait littéralement immergée sous son baiser. Et surprise au point qu'elle avait failli perdre l'équilibre.

— Victoria ! fit-il, l'arrachant brusquement à sa rêverie. Nous y sommes.

D'un coup d'épaules, elle se débarrassa de son lourd manteau, et ôta le bracelet d'argent qu'elle portait sous la manche de son corsage.

Pliant la minuscule charnière qui reliait les deux parties du bracelet, elle tira la petite clé logée sur la face interne de l'anneau métallique et la tendit à Max.

Il s'agenouilla et procéda comme l'avait fait Victoria une semaine plus tôt, quand elle était venue avec Ylito et avait gratté la mousse et la terre autour des serrures.

Pendant qu'il s'affairait, Victoria examina les deux autres serrures. Seule était visible la partie postérieure des petites clés plates et rectangulaires qui avaient été glissées à l'intérieur et ne pourraient en être délogées qu'une fois la porte ouverte.

— Bien ! dit Max en se remettant sur ses jambes. On y va ?

Il fit tourner le disque de pierre dans le sens des aiguilles d'une montre. Victoria retint son souffle. Elle n'arrivait pas à croire que la Porte de l'Alchimie allait s'ouvrir.

Il y eut un petit claquement et le panneau de pierre se mit à coulisser.

Max se recula galamment pour laisser entrer Victoria la première. Mais elle n'avait pas fait deux pas qu'elle se retrouva prise dans un écheveau de toiles d'araignée. Réprimant un frisson de répulsion, elle agita frénétiquement les bras pour ôter les voiles poisseux qui s'étaient collés sur ses habits et ses cheveux.

— Vous avez peur des araignées ? demanda Max, légèrement amusé.

— Je n'ai pas peur… Aaargh !

Une de ces horribles bestioles s'était mise à courir sur sa main. Elle la balaya d'un geste brusque.

— Je ne les aime pas. Elles sont comme les vampires. Elles aiment le sang. Et puis elles ont trop de pattes.

S'étant soigneusement époussetée, elle entra dans la pièce obscure à l'odeur de moisi et d'humidité.

Heureusement, juste à côté de la porte se trouvait une lampe accrochée au mur et, en dessous, une tablette avec un petit bidon d'huile et une pierre à briquet.

Ôtant le bidon de la tablette, elle en versa le contenu sur la mèche cassante et sèche de la petite lampe.

Quelques instants plus tard, une vive lumière éclairait la pièce.

— Refermons la porte, dit-elle.

Sa nuque n'avait pas fraîchi, mais ne sachant combien de temps ils allaient rester ici, elle préférait ne pas prendre de risques.

— Apportez la lumière ici, lui demanda Max quand la

porte eut à nouveau coulissé. Je crois qu'il est possible de retirer les clés de l'intérieur.

Elle s'approcha pour l'éclairer tandis qu'il se baissait pour déloger les clés. Quelques petits gestes rapides, un bruit de pierre raclant la pierre suivi d'un petit grognement, et il produisit la petite clé d'argent qu'ils venaient d'insérer dans la serrure.

— Très astucieux…

Il retira ensuite les deux autres clés – une en or et l'autre en bronze – et les glissa dans sa poche.

Quand il se redressa, il lui prit la lampe des mains et se tourna face à elle dans le halo de lumière. Résistant à l'envie de se reculer, elle ordonna :

— Donnez-moi le fragment d'obélisque.

— Vous n'avez donc rien appris depuis la dernière fois ?

Victoria, furieuse, allait lui tenir tête, mais avant qu'elle ait pu dire ouf, il la saisit par le poignet et leva sa main vers la lumière.

— Regardez.

Victoria écarta les doigts et constata que la paume de sa main était légèrement teintée de bleu.

— Qu'est-ce que c'est ? demanda-t-elle, stupéfaite.

Elle ouvrit son autre main pour la comparer à la première. Pensant que la marque bleue sur sa main qui avait tenu l'objet diabolique n'était qu'une ombre due à la lumière vacillante, elle essaya de l'effacer. En vain.

— Quand l'obélisque reste en contact un certain temps avec la peau, son pouvoir s'imprime dans la chair et y laisse des traces. Si vous avez de la chance, elle finira par s'estomper.

Posant sur elle un regard froid et sévère, il ajouta :

— Je vous conseille de ne plus la toucher à mains nues. Car qui sait qui vous allez supplier de vous embrasser la prochaine fois.

Il se détourna, la laissant rouge de honte et de rage…

*Supplier ?*

Mais il ne demandait que ça. Elle l'avait vu dans ses yeux.

Pour chasser au loin ces pensées désagréables, Victoria se mit à scruter l'endroit. Ce qu'elle avait pris tout d'abord pour une petite chambre était en réalité une vaste pièce équipée en laboratoire. La lampe que Max tenait à la main ne suffisait pas éclairer toute la salle, mais elle en aperçut une deuxième sur un autre mur. L'ayant allumée, elle entama un tour d'inspection.

Elle dénombra plusieurs tables et tabourets de différentes tailles et formes, des ustensiles divers, des copeaux de métal et de bois. Il y avait également des récipients plus ou moins profonds, en bois, en métal, ronds et triangulaires. Des gobelets, des flacons, de petites boîtes gravées de symboles s'éparpillaient un peu partout. Des lingots d'argent, de bronze, de cuivre, de fer, des blocs de quartz et de marbre s'empilaient sur les tables ou le sol crasseux et terreux et parsemé de déjections animales.

Elle s'approcha d'une des tables repoussées contre le mur et sur laquelle reposaient les vestiges des expériences du *Marchese* Palombara qui intéressaient tant les morts vivants – et les autres.

Mais rien qui fût susceptible de présenter un intérêt particulier n'attira son regard. Ni notes ni cahiers.

Comme elle se tournait vers une autre table, son pied heurta un objet qui rendit un petit *clinc*.

Elle n'y aurait pas prêté attention si ledit objet métallique ne s'était mis à rouler sur lui-même en décrivant des cercles de plus en plus petits jusqu'à s'immobiliser complètement. Quand Victoria se baissa pour le ramasser, elle sentit les poils de ses bras se hérisser.

Elle en avait déjà vu un semblable…

C'était un bracelet comme celui que portait tante Eustacia, mais en cuivre et fait de lanières tressées et retenues ensemble à leur extrémité par un fermoir gravé d'un symbole.

Un symbole qu'elle avait déjà vu quelque part.

— Ah ! s'écria Max depuis l'autre bout de la pièce pour attirer son attention. Voilà notre *Marchese* Palombara.

Glissant furtivement le bracelet dans sa poche, elle s'approcha de Max qui se tenait devant un squelette vêtu d'un habit mité et passé de mode depuis deux siècles.

— Est-ce pour cela que nous sommes venus ? demanda-t-elle en désignant la liasse de papier jauni que le squelette tenait entre ses mains décharnées. Je ne vois rien d'autre qui pourrait intéresser les vampires ou les mortels.

— C'est probable, dit Max en s'approchant de la carcasse grise du marquis.

Lorsqu'il toucha le bras du squelette, celui-ci tomba en poussière.

S'emparant délicatement de la liasse de feuilles jaunies, il la tendit à Victoria.

— Ylito va être fou de joie, s'exclama-t-elle en parcourant des yeux la première page couverte de formules, diagrammes et croquis incompréhensibles, dont l'encre avait pâli.

— Maintenant que nous avons trouvé ce que nous sommes venus chercher, que diriez-vous de regagner le Consilium ?

— Auriez-vous l'intention de garder pour vous le fragment d'obélisque ? demanda-t-elle sèchement.

— En aucune façon. Pendant que vous étiez occupée à fureter, je l'ai placé là-dedans, dit-il en désignant un petit coffre.

Elle s'approcha et souleva le couvercle pour regarder à l'intérieur.

— Vous ne m'avez pas cru ? murmura Max d'une voix qui lui sembla menaçante.

Simple vérification. Je voulais m'assurer par moi-même que l'objet était en lieu sûr.

— Commenceriez-vous à devenir raisonnable ? dit-il d'un ton suffisant.

Elle allait tourner les talons quand son regard fut attiré par le col entrouvert de sa chemise noire.

— Ces morsures sont récentes ? demanda-t-elle, intriguée.

La main de Max tressaillit imperceptiblement, comme s'il avait eu envie de la porter instinctivement à sa gorge mais s'était arrêté à temps.

— Malheureusement.

— Sara disait vrai. Vous êtes allé voir Lilith ?

— Ne perdons pas de temps.

— Quelle mouche vous a donc piqué de faire une chose pareille ?

Comme il pivotait sur lui-même pour regagner la porte, elle l'empoigna avec force par le bras.

Il se retourna et la foudroya du regard.

— Oui, je suis allé voir Lilith. Et oui, elle a laissé la marque de ses crocs dans ma chair. Mais je ne vois pas en quoi cela vous concerne. Partons.

— Vous y êtes allé seul ? Mais elle aurait pu vous tuer !

Que ce serait-il passé s'il n'était pas revenu ? Ou pire même…

Se dégageant d'un geste ferme, il s'approcha de la porte.

Victoria lui emboîta le pas, furieuse. Il était tellement hautain, tellement froid et distant. Mais pourquoi ? Pourquoi continuait-il de la traiter en gamine après tout ce qu'ils avaient accompli ensemble ?

Il avait déjà ouvert la porte, laissant entrer un rai de lumière grise qu'il n'augurait rien de bon. Le soleil était presque couché.

Et Max avait raison, il fallait qu'ils rapportent au plus vite les papiers au Consilium pour les mettre à l'abri avant qu'Akvan et ses disciples ne s'aperçoivent qu'ils avaient réussi à pénétrer dans la chambre où le démon cherchait lui-même à s'introduire.

Juste au moment où elle allait franchir le seuil et rejoindre Max qui attendait dehors, Victoria se rappela la lanière de cuir dans sa poche et le petit pendentif d'obsidienne. Dans un premier temps, elle avait songé à la garder afin de s'en servir éventuellement comme d'un appât pour attirer Akvan hors de sa tanière, mais plus maintenant. C'était trop risqué.

Personne ne pourrait dire qu'elle n'apprenait pas de ses erreurs. Pas même Max.

Mais lorsqu'elle plongea la main dans sa poche de poitrine, elle constata qu'elle était vide. Vide ! Elle avait égaré le pendentif… entre le moment où elle avait quitté le Consilium et maintenant.

Sans doute l'avait-elle perdu lorsqu'elle avait ôté son manteau, devant la Porte de l'Alchimie, pour ôter le bracelet de tante Eustacia. Il avait dû tomber à terre et devait se trouver quelque part devant la porte.

— Allez-vous sortir, oui ou non ? demanda Max, impatient comme toujours.

Sans répondre, elle survola rapidement du regard le laboratoire avant de se faufiler par l'étroite ouverture. Ils allaient avoir du mal à trouver le pendentif maintenant qu'il faisait presque nuit, mais il le fallait. Elle ne voulait pas courir le risque que quelqu'un d'autre ne s'en empare.

— Max, je…

— Chut ! souffla-t-il en tendant brusquement l'oreille.

Si toutes ses pensées n'avaient pas été absorbées par le pendentif, elle aurait entendu le craquement dans les buissons.

Des voix aiguës, des voix perçantes de personnes qui se chamaillent, lui parvinrent.

Eût-elle été moins déconcertée, Victoria aurait ri en voyant la tête de Max. Juste au moment où elle s'approchait de l'endroit d'où venait le bruit, quelque chose – ou quelqu'un – déboula en trombe de derrière une haie.

— Mon Dieu, vous auriez dû rester à la maison, Nilly ! Maudite souche !

— Oh !

Lady Winifred, Duchesse de Farnham se figea si brusquement que Nilly, qui marchait derrière, lui rentra dedans. Sous le choc, la croix d'argent qu'elle portait autour du cou tressauta avant de retomber lourdement sur sa généreuse poitrine.

— Victoria ! Ça par hasard… Oh ! Oh !

Victoria alla à leur rencontre, suivie de Max.

— Arrière ! s'écria lady Winnie en pointant sur Max un pieu long comme le bras.

— Il ne t'a pas fait de mal, au moins, Victoria ? Un pas de plus et…

— Il ne t'a pas mordue ? souffla lady Nilly, les yeux écarquillés et la voix haletante.

— Que faites-vous ici ? demanda Victoria en prenant doucement la duchesse par le poignet pour l'obliger à abaisser ce pieu ridicule.

— Nous chassons le vampire, répondit lady Winnie dans un murmure théâtral, sans quitter Max des yeux. Ma pauvre chère enfant, nous ne voulions pas te causer de frayeur, mais je suis sûre que cet homme est un vampire.

— Ce n'est pas un vampire, dit Victoria en pinçant les lèvres pour ne pas éclater de rire. Même si je reconnais qu'on pourrait facilement se méprendre.

— Victoria, il fait presque nuit, fit Max d'une voix qui ressemblait fort à un grognement.

— Mais, et vous duchesse, que faites-vous ici ? demanda-t-elle.

Il y eut un nouveau craquement dans les buissons et une touffe de cheveux orange apparut, suivie par le visage rubescent de Verbena, qui se répandit aussitôt en excuses.

— Sauf vot' respect, Milady. J'ai essayé d'leur dire d'pas venir…

— Humm, soupira Winnie. Dire que sans cette fille nous serions en train de prendre tranquillement le thé.

— Mais enfin ! explosa Max, excédé. Que faites-vous ici ?

— Lady Nilly poussa un petit piaillement, les yeux exorbités, tandis que lady Winnie se redressait bravement, avant de reculer en brandissant son crucifix comme un talisman.

— On n'est pas à prend' avec des pincettes ? fit Verbena en coulant à Max un regard en biais. Lady Melly est partie en promenade avec le comte Regalado. D'après qu'y ferait sa cour à m'dame vot' mère.

— Regalado ? Avec ma mère ?

Le sang de Victoria se glaça dans ses veines.

Verbena hocha la tête vigoureusement.

— Et ces dames z'ont t'nu à m'accompagner quand ch'uis venue ici pour chercher vot'maman.

Sur ces mots, sa femme de chambre produisit un pieu garni de paillettes roses et d'un reste de plume blanche, mais nettement plus maniable que l'autre.

— Il y a longtemps qu'ils sont partis ?

— Ça doit pas faire deux heures, répondit Verbena. Il a dit qu'il allait l'emmener faire un tour. Ces dames, elles pensaient qu'ils allaient v'nir ici pour la – enfin – pour y' faire du mal.

Sa mère, entre les griffes de Regalado. L'estomac de Victoria se souleva comme une chaloupe dans la tempête, mais elle se retint de céder à la panique.

Elle réalisa soudain que Max s'était rapproché et la regardait. Le jour déclinait rapidement.

Il fallait faire vite.

— Vous allez rapporter ceci… où vous savez, lui dit-elle en désignant du regard la liasse de papier qu'il tenait à la main. Je vais m'occuper de ma mère.

Il ouvrit la bouche pour protester, puis se ravisa et hocha la tête :

— Il faut absolument rapporter ceci à Wayren.

— Emmenez-les avec vous, dit-elle en désignant les deux vieilles dames. Je peux me débrouiller seule…

— Ce n'est pas à toi de me dire ce que je dois faire,

déclara lady Winnie en toisant Victoria avec hauteur. Melly est peut-être en danger de mort ! Je ne peux pas…

— Chhhut ! fit Victoria.

Elle avait senti un courant d'air froid sur sa nuque. Max et elle échangèrent un regard.

— Allez, lui dit-elle en désignant le mur d'enceinte au fond du jardin, là où l'obscurité était la plus dense.

Avec un dernier regard et un petit signe de tête, Max disparut sans bruit dans la broussaille, laissant Victoria seule avec ses trois chasseuses novices.

# 17.

# Où l'on discute des vertus des desserts italiens après une soirée riche en événements

Tirant son pieu de sa poche, Victoria longea la muraille en direction de la villa.

La sensation de froid sur sa nuque lui indiquait qu'il ne devait pas y avoir plus de trois vampires dans les parages. Et si l'un d'eux était Regalado, elle ne tarderait pas à le savoir.

Elle se faufila dans une haie d'épineux et passa la tête de l'autre côté. Dans la clarté crépusculaire nimbée d'ombres bleues et noires, elle distingua un rougeoiement. Des yeux de vampires.

Victoria s'approcha d'un pas aussi rapide et silencieux que le permettaient les broussailles et la terre détrempée.

Une femme cria – ou essaya de crier avant d'être promptement muselée. Ça ne ressemblait pas à la voix de Melly… encore que Victoria n'avait entendu crier sa mère qu'une fois, quand une souris avait eu l'audace de montrer le bout de son nez dans sa penderie.

Elle se dirigea vers l'endroit d'où venaient des bruits de lutte… en priant le ciel.

Un pas à la fois. Une bataille à la fois.

Elle remonta en courant l'allée qui longeait la villa pour la contourner. D'autres cris et d'autres bruits de lutte lui parvinrent. Arrivée devant de la maison, elle manqua heurter un banc de pierre qui se trouvait en travers de sa route.

Elle s'arrêta, haletante, et sonda l'obscurité. Des ombres bougeaient au loin.

À cette distance, elle n'aurait su dire si sa mère faisait partie des silhouettes qui se débattaient, mais elle en dénombra six au total : trois paires d'yeux rouges de vampires ordinaires, et trois visages livides de peur. Les victimes bataillaient, tandis que leurs bourreaux tentaient de les entraîner vers la porte de la villa.

Bondissant hors de l'ombre, Victoria fondit sur l'un des vampires ; une femelle qui eut l'air ravie, puis paniquée en voyant qu'elle tenait un pieu à la main. Lâchant sa victime, elle se rua en avant, bloquant le pieu avec son bras tout en agrippant le poignet de Victoria.

Furieuse de s'être laissé surprendre par une parade aussi banale, Victoria fit rapidement passer son pieu dans sa main libre, puis imprima une violente secousse à son poignet emprisonné. Déstabilisée, la femelle chancela et s'embrocha sur le piquet de frêne.

*Pouf.* Elle explosa en un petit nuage de poussière nauséabond. Juste comme elle se retournait avec une moue dégoûtée, Victoria avisa un deuxième vampire qui arrivait sur elle. Le contournant d'une pirouette, elle le transperça par-derrière, au milieu du dos.

À peine s'était-il désintégré que le troisième mort vivant montait à l'assaut. Il s'était armé d'une grosse branche qu'il faisait tournoyer dans les airs.

D'un seul coup, le gourdin s'abattit sur l'épaule de Victoria qui recula en chancelant.

Toujours debout malgré la violence du coup, elle s'adossa à un buisson pour reprendre haleine. Au même instant, Verbena et lady Winnie déboulèrent au détour d'une haie. Tout se passa si vite ensuite, que Victoria n'aurait su dire précisément dans quel ordre les événements s'étaient enchaînés.

En moins de temps qu'il ne faut pour le dire, l'opulent fessier de la duchesse de Farnham s'interposa comme un écran entre elle et le vampire…

Puis un cri de douleur retentit… suivi d'un bruit d'empoignade, d'un *squouishh…* et d'un *pouf !* Le son rassérénant d'un mort vivant qui explose en un nuage de poussière.

Après quoi, on n'entendit plus rien que les sanglots étouffés d'une femme – qui malheureusement n'était pas lady Melly – et la respiration haletante des deux autres victimes, un homme et une femme en habits de soirée. S'approchant sans bruit de l'endroit où le dernier vampire avait disparu, Victoria trouva lady Winnie, une main plaquée sur le crucifix reposant sur sa généreuse poitrine.

— Je… il… hoqueta-t-elle, ses petits yeux de cochon roulant frénétiquement dans leurs orbites.

— J'vous avais pourtant dit qu'y fallait y mett' le piquet dans l' cœur, pas dans l'œil ! semonça Verbena, les mains sur les hanches. Encore heureux qu'il a vu vot' crucifix et que j'ai pu lui j'ter ça !

Elle produisit une petite fiole dont Victoria savait qu'elle contenait de l'eau bénite.

— Maintenant, vous allez rentrer et aider ces pauvres gens à regagner leur logis, ordonna Victoria d'un ton ferme. De mon côté, je vais m'occuper de retrouver lady Melly.

— Mais nous ne pouvons pas te laisser seule ici, protesta lady Winnie. Cet endroit est beaucoup trop dangereux ! Et même si ces monstres ne sont pas difficiles à transpercer, ma conscience m'interdit de te laisser seule ici.

Victoria avait hâte de se mettre en chasse et commençait à perdre patience.

Elle regrettait de ne pas avoir sous la main le pendule en or de tante Eustacia qui permettait d'effacer la mémoire des victimes de vampires.

— Partez ! ordonna-t-elle, sur un ton qu'elle n'avait encore jamais employé avec ces dames. Et emmenez ces gens avec vous.

— Victoria ! s'offusqua Winnie. Comment oses-tu parler…

— J'ose parce que je le dois ! s'écria-t-elle, excédée.

Elle n'avait désormais d'autre idée en tête que de retrouver sa mère et Regalado avant qu'il ne soit trop tard. Sa nuque avait repris sa température normale, ce qui n'augurait rien de bon, car cela signifiait que Regalado n'était pas dans la villa, ou qu'il était dans une partie trop reculée pour qu'elle pût détecter sa présence.

Soudain, elle réalisa que lady Nilly n'était plus là.

— Lady Nilly ! s'écria-t-elle, en s'enfonçant dans l'obscurité.

Sa nuque n'avait pas fraîchi, et donc…

Lady Winnie et Verbena lui emboîtèrent, avec la grâce et la discrétion d'un char à bœufs. Heureusement, Victoria n'avait fait que quelques pas en direction de la Porte de l'Alchimie quand elle aperçut la frêle silhouette de lady Nilly. Le pâle visage de la vieille dame luisait comme un rayon de lune parmi les ombres grises du jardin.

— Nilly ! s'écria Winnie en courant à toutes jambes vers son amie. Vous nous avez fait une de ces peurs.

Mais quelque chose n'allait pas. Victoria sentit ses mains se glacer quand elle s'approcha de Nilly et vit deux marques sombres sur son cou.

— Elle a été mordue ! s'exclama Verbena.

Les yeux de Nilly étaient vitreux et écarquillés, et un petit sourire étirait le coin de ses lèvres. Sa chevelure, habituellement rassemblée en un chignon serré, retombait en cascade sur ses épaules.

— Nilly !

Lady Winnie avait pris son amie par les bras et la secouait comme un prunier. Au soulagement général, lady Nilly battit des paupières et un soupir franchit ses lèvres.

— Oui. Je suis désolée, dit-elle en tendant le bras vers son amie.

— Non ! s'écria Victoria.

Un mortel ne pouvait être transformé en vampire aussi rapidement… du moins à sa connaissance. Il fallait d'abord que le vampire suce tout le sang de la victime, puis invite celle-ci à sucer à son tour son sang impur.

Après quoi, la victime tombait en catalepsie et se trouvait transformée à son réveil. Le laps de temps écoulé était trop court pour que lady Nilly ait pu être transformée.

Cependant, Victoria ne voulait courir aucun risque. Déjà Verbena avait sorti une deuxième fiole d'eau bénite. Si lady Nilly se mettait à hurler de douleur lorsqu'elle l'aspergerait, Victoria saurait que l'amie de sa mère était perdue.

Arrachant la fiole des mains de Verbena, elle en versa le contenu sur le cou de la vieille femme. Celle-ci poussa un cri de surprise mais pas de douleur.

Dieu merci.

— Emmenez-la. Vite, dit Victoria à Verbena et Winnie.

Cette fois, les deux femmes se le tinrent pour dit.

— Oliver nous attend dans l'fiacre, expliqua la femme de chambre tout en reprenant le chemin de la villa. Y' voulait v'nir, mais j'y ai dit d'attend' au cas où y' faudrait décamper à toute allure.

Elles regagnèrent le portail mais ne purent aller plus loin, car celui-ci était fermé.

— Reculez-vous ! ordonna Victoria sur un ton cassant et autoritaire qui lui rappela celui de Max.

Juste au moment où elle tirait sur le cadenas qui fermait la grille, sa nuque se glaça et elle entendit un attelage approcher.

Vite, elle fit signe aux autres d'aller se cacher dans les fourrés. Empoignant fermement son pieu, elle se fondit à son tour dans l'ombre et attendit.

La voiture s'arrêta devant le portail, apportant avec elle la faible lueur de sa lanterne.

Il y eut un froufrou soyeux de jupons, puis un gloussement niais résonna dans l'air du soir. Lady Melly !

Avec un immense soupir de soulagement Victoria se plaqua contre le mur d'enceinte et attendit.

Le cadenas cliqueta. La chaîne de fer tomba et les grilles s'ouvrirent toutes grandes tandis que lady Melly entrait avec le comte Regalado, aussi gaie et insouciante qu'une débutante paradant au bras de son fiancé.

À peine Victoria eut-elle le temps de faire un geste qu'un tourbillon de satin et de dentelle émergeait de l'obscurité.

— Lâchez-la ! rugit lady Winnie telle une furie.

Regalado se tourna vers la duchesse en souriant, révélant deux rangées de dents blanches parfaitement alignées.

— Mais voyez donc qui est là, ma chère Melly. N'est-ce pas votre amie ? Voulez-vous vous joindre à nous ?

Regalado appelait sa mère par son petit nom ? Déjà ?

— Winnie ! Grands Dieux ! Mais que faites-vous ici ?

— Euh… eh bien, ma chère, nous nous faisions du souci pour vous, répondit la duchesse tout en cachant subrepticement son pieu derrière son dos.

N'étant pas d'humeur à attendre qu'elles aient fini d'échanger des politesses, Victoria sortit de l'ombre.

Aussitôt, le sourire de Regalado se figea, menaçant.

— Bonsoir, *Conte*, dit Victoria. Bonsoir, Mère.

— Victoria ! s'écria sa mère indignée. Qu'est-ce que tout cela signifie ?

Mais Victoria l'ignora.

— Regalado ! Étant donné que vous avez eu le tact de ne pas planter vos crocs dans la chair de ma mère, et qu'elle a manifestement passé une soirée agréable en votre compagnie, je vous laisse le choix : ou vous vous retirez ou je vous transforme en tas de poussière.

— Mais naturellement, ma chère, naturellement, s'empressa d'acquiescer Regalado.

Lâchant le bras de sa mère, il commença à prendre ses distances.

Le comte était apparemment aussi pleutre et obséquieux qu'il l'avait été de son vivant.

— Victoria ! s'écria lady Melly en prenant derechef possession du bras de Regalado. J'ignore quelle mouche t'a piquée depuis que tu es à Rome, mais ta conduite est intolérable et je…

Tandis que sa mère se lançait dans une diatribe enflammée, Victoria songea à l'ironie de la situation. Lady Melly avait été appelée à devenir Vénatore quand elle était demoiselle, mais avait refusé pour pouvoir épouser le père de Victoria.

Après son refus, tout souvenir de vampires ou de Vénatores avait été effacé de sa mémoire, et tous ses talents et ses dons innés avaient été transmis à Victoria.

Regalado lui-même, si sournois et cauteleux soit-il, semblait déconcerté par l'attitude possessive de lady Melly et tentait tant bien que mal de se soustraire à son étreinte tout en observant Victoria d'un œil inquiet.

Soudain, alors que Victoria se demandait comment elle allait bien pouvoir faire pour arracher sa mère du bras du sinistre comte, deux autres vampires – le cocher de Regalado et la femme qui avait dû leur servir de chaperon – firent irruption.

Aussitôt, les nouveaux venus montrèrent leurs crocs tandis que leurs pupilles se mettaient à rougeoyer.

Une mêlée tumultueuse éclata, et après quelques coups de pieux et de crucifix échangés dans un concert de grognements et de halètements – pendant que lady Melly était expédiée la tête la première dans un buisson – deux nuages de poussière retombèrent à terre.

Sans demander son reste, le comte Regalado fila se réfugier dans la villa.

— Excusez-moi un instant, dit Victoria en s'éloignant du groupe pour prendre le comte en chasse.

S'il s'imaginait qu'il allait pouvoir impunément recommencer à courtiser sa mère, il se trompait lourdement.

Se croyant en sécurité dans la villa, le comte était allé se poster devant une fenêtre pour regarder ces dames remonter dans la voiture d'Oliver.

— La curiosité est un vilain défaut... même pour un vampire, lui lança Victoria.

Il se retourna dans un sursaut et elle le transperça de son pieu.

Il éclata avec un *pouf* à peine audible.

Pour s'assurer que toute la troupe rentrait sans encombre, Victoria monta dans la voiture avec lady Winnie, lady Melly et lady Nilly. Deux des victimes – des Américaines du nom d'Anne Malloren et Stefania Faygan – se joignirent ensuite à elles, tandis que leur compagnon s'installait aux côtés d'Oliver et de Verbena sur le siège du cocher.

Lorsque la voiture s'ébranla, ces dames se mirent à parler à tort et à travers, comme si elles avaient voulu oublier les fâcheux événements de la soirée.

S'efforçant de se détendre malgré les regards assassins de sa mère, Victoria prêtait une oreille distraite aux bavardages. Miss Malloren parla d'aller nager avec un requin, tandis que sa compagne déclarait avoir un faible prononcé pour les pâtes à l'italienne.

La conversation allait bon train, les entraînant loin des vampires, des pieux de frêne et des villas hantées... et bientôt, il fut question de la supériorité gustative des cannolis sur les biscuits anglais au citron.

Victoria se laissait bercer par leurs menus propos quand, brusquement, le pendentif maléfique et sa lanière de cuir égarés quelque part dans les jardins de la villa Palombara, lui revinrent à l'esprit.

# 18.

## Où certaine petite boîte rouge rubis est ouverte

Max se débarrassa de son manteau trempé et passa ses doigts dans la masse de ses cheveux dégoulinants pour les ramener en arrière.

Il avait mis plus de temps que prévu pour regagner le Consilium et n'avait pas pu s'en retourner à la villa Palombara pour aider Victoria à retrouver sa mère. Muni des précieux carnets d'alchimie, et ne voulant pas courir le risque d'être suivi, il avait préféré emprunter des chemins détournés et quand il était arrivé au Consilium, a presque minuit, Wayren lui avait demandé de ne pas ressortir.

Le moment était venu.

Il s'efforçait de ne pas regarder le petit écrin posé à côté de la lampe et qui exerçait sur lui une attraction puissante. Dans cette chambre secrète – dont seuls Wayren et Ilias, et peut-être Ylito, connaissaient l'existence – la petite boîte rouge rubis était la seule touche de couleur.

Elle semblait le narguer, lui dire que le moment était venu de changer de vie, sans possibilité de retour en arrière.

Il commença à enfiler les habits de rechange que Wayren lui avait procurés. Ceux-ci collaient à sa peau encore humide, lui procurant une sensation de froid désagréable. Avant de passer la chemise, il contempla sa *vis bulla* en argent. Celle qui ne lui appartenait pas réellement. Il fit courir doucement ses doigts sur la petite croix en filigrane. À peine plus grosse qu'un ongle, elle lui procurait la force, la détermination et le courage dont il avait besoin.

D'un geste rapide et précis, il la détacha de son mamelon.

Immédiatement, il sentit sa force le quitter, et d'une façon si soudaine que ses doigts se mirent à trembler. Aussitôt, les blessures par balles qu'il avait reçues deux jours plus tôt, et à présent presque cicatrisées, se mirent à palpiter douloureusement, comme pour lui rappeler ce qui l'attendait. La vie qui allait être la sienne désormais.

Naturellement, il n'aurait plus aucun souvenir de tout cela quand il se réveillerait.

Il plaça la *vis* sur la petite table… à côté de l'écrin rouge. Puis, comme pour neutraliser la présence sacrilège de la boîte de Lilith, il ouvrit sa sacoche de cuir et en sortit un à un tous les objets qu'elle renfermait.

La rose de satin brûlée, le pieu d'ébène incrusté d'une croix d'argent, la petite fiole d'eau bénite, les pendants d'oreilles en perle, la montre de gousset en or…

Demain, quand il reviendrait à lui, plus aucun de ces objets n'aurait de sens à ses yeux.

Max détourna la tête, la gorge serrée par l'émotion. Après avoir précipité sa famille dans la tragédie, il s'était juré de devenir Vénatore. Jusqu'à la fin de sa vie.

Mais sa vie n'était pas terminée.

Qu'allait-il faire après cela ?

Il haussa les épaules. La réponse viendrait d'elle-même. Il lui suffirait de suivre la route qui était la sienne.

Un coup frappé à la porte le tira de sa rêverie.

C'était Wayren. Dès qu'elle franchit le seuil, son regard survola la pièce, Max, les objets posés sur la petite table, le lit intact.

— Vous êtes prêt ?

— Avez-vous des nouvelles de Victoria ?

— Oui. Elle m'a fait parvenir un message et m'a demandé si tout allait bien de votre côté aussi.

— Et lady Melisande ?

— Toutes sont saines et sauves. Avez-vous bu la décoction qu'Ylito vous a préparée ?

Max acquiesça.

— Parfait. Il pense que cela devrait vous aider. Il a analysé l'onguent pour voir s'il n'y avait pas un moyen de l'altérer afin que vous puissiez vous délivrer de l'emprise de Lilith tout en conservant vos pouvoirs de Vénatore.

— Mais dans ce cas, je ne pourrais pas contribuer à la destruction d'Akvan. Aucun Vénatore ni aucun démon ne pourront le détruire. Et il faut bien que quelqu'un s'en charge.

Wayren éluda sa remarque.

— Je serai là quand vous vous réveillerez, afin de vous rappeler votre mission.

Réprimant un reniflement de dépit, il s'assit sur le lit. À son réveil, elle allait lui expliquer ce qu'il devait faire pour détruire Akvan en qualité de simple mortel, et non plus de Vénatore. Mais de quoi allait-il au juste se souvenir quand il se réveillerait ?

Wayren tira une chaise à côté du lit et ouvrit la petite boîte rouge. Une odeur de pommade – à la fois mystérieuse et répulsive – se répandit dans la pièce. Max sentit son estomac se retourner quand il reconnut l'écœurant parfum de rose de Lilith. Il ferma brièvement les yeux.

Il regrettait qu'il n'y ait pas d'autre solution que de boire cette coupe… et de renoncer à la vie qu'il s'était forgée, la vie qu'il avait reconstruite tant bien que mal sur les ruines de sa culpabilité. Son seul espoir était que Victoria se souviendrait de ses conseils. Qu'elle se méfierait de Lilith. Qu'elle apprendrait à déjouer ses pièges afin de ne pas tomber à son tour dans ses filets.

Une lueur soudaine attira son regard, l'obligeant à émerger de ses sombres pensées et à porter son attention sur Wayren.

Celle-ci tenait un petit disque en or suspendu à une chaîne qu'elle faisait aller et venir doucement devant ses yeux. Le pendule d'Eustacia. Il oscillait en scintillant dans la lumière de la lampe.

Une mélopée gutturale émanait de la gorge de Wayren, accompagnant le va-et-vient apaisant du talisman. Il s'obligea à se détendre, à oublier… et y parvint plus facilement qu'il ne l'aurait cru.

Des doigts frais et doux s'étaient posés sur sa gorge, à la jonction du cou et de l'épaule. Le parfum de rose devint plus prégnant, écœurant. Il s'efforça de respirer moins profondément, tout en regardant fixement le disque d'or.

Ses muscles commençaient à se relâcher.

Mais soudain, la sensation lui revint, horrible, obsédante, et il se sentit comme happé par des liens invisibles.

Lilith lui apparut… ses yeux bleus cerclés de rouge sang… sa flamboyante crinière rousse… sa peau blanche veinée de bleu. Il vit les petites marques sur sa joue… les cinq marques en forme de croissant de lune entre sa tempe et sa mâchoire… ses lèvres livides… l'une chaude et l'autre froide comme la mort . . .

Il tenta de se débattre pour émerger de ce cauchemar… de cet océan bleu et rouge, aux eaux insondables et poisseuses qui l'aspiraient par le fond. À tout moment, les lèvres chaudes et froides allaient se poser sur les siennes… les crocs tranchants comme des lames de rasoir allaient se planter dans sa chair… les mains froides et puissantes allaient se poser sur sa peau…

— Max… Max !

Une voix l'appelait, s'insinuait dans son délire.

— Max…

Et soudain, à travers l'épais brouillard de la malfaisance, il perçut le murmure apaisant d'une douce mélopée.

Il émergea tout doucement de l'obscurité pour s'en revenir au cœur du halo de lumière dorée.

Il y avait encore une chose… une chose qu'il voulait savoir…

— Victoria, articula-t-il péniblement en s'efforçant de fixer son regard sur le mur de pierre, à l'écart du rayon lumineux.

— Elle est rentrée, Max… elle est saine et sauve. Vous pouvez partir en paix à présent.

Il hocha la tête. Ses paupières étaient lourdes.

— Dites-lui…

Ses lèvres remuèrent en silence pour former les paroles qu'il n'arrivait pas à prononcer.

Tout à coup, le parfum de rose prit une odeur putride.

Et il sombra dans l'inconscience.

Il était presque trois heures du matin et Victoria était épuisée quand elle réussit enfin à s'extirper de la fureur maternelle et du babillage de ses deux amies.

Mais épuisée ou pas, il fallait qu'elle retourne chercher le petit éclat d'obélisque après s'être changée. Tout en ôtant ses bas trempés, elle passa en revue les événements survenus la veille et l'avant-veille.

Hier, il y avait eu l'attaque à l'extérieur du Consilium qui avait coûté la vie à Mansur et Stanislaus… et la nuit précédente, Max, Sébastien et elle s'étaient retrouvés emprisonnés dans le cachot de la villa Palombara.

Depuis qu'elle avait mis ses *vis bullae*, quelques semaines plus tôt, Victoria avait été littéralement happée par un tourbillon d'événements incontrôlables. Le pire de tous ayant été l'idylle de sa mère avec le comte Regalado. À cette seule pensée, Victoria sentit son estomac se retourner. Elle n'aurait pas supporté de laisser sa mère aux mains des vampires – en plus de Phillip et tante Eustacia.

Elle songea qu'elle allait devoir trouver un moyen plus efficace de cloisonner sa vie sociale et sa vie de Vénatore, afin de ne pas mettre lady Melly et ses amies en danger.

Mais comment diable tante Eustacia y était-elle parvenue ? Comment faisaient les autres Vénatores ? Car tous avaient forcément des parents et des êtres qui leur étaient chers.

Si seulement tante Eustacia avait été encore vivante, elle aurait pu lui poser la question. C'était un sujet qu'elles n'avaient jamais vraiment eu le temps d'aborder quand elle avait épousé Phillip. Bien que n'étant pas favorable à leur union, tante Eustacia n'avait pas cherché à la dissuader. Contrairement à Max qui l'avait semoncée vertement et cherché à lui mettre des bâtons dans les roues.

Mais si elle n'était pas d'accord, pourquoi sa tante ne s'était-elle pas montrée plus ferme ? Était-ce parce qu'elle voulait donner à Victoria une chance de connaître l'amour – et le bonheur envers et contre tout ?

Toujours est-il qu'elle lui avait procuré une potion qui l'empêchait de tomber enceinte.

Mais tante Eustacia n'était plus là.

À son grand dam, Victoria sentit les larmes lui monter aux yeux. Pleurer n'était pas digne d'une Vénatore, mais elle avait versé plus de larmes en l'espace de quelques jours, qu'elle ne l'avait fait depuis que Phillip était mort.

*Mort* ?

Non. *Mort* n'était pas le mot qui convenait. Il fallait qu'elle se rende à l'évidence. Il ne s'agissait pas d'un accident.

Elle l'avait tué.

Elle l'avait tué par naïveté, par égoïsme et par entêtement. Et par ses mensonges.

Elle l'avait tué d'un coup de pieu en plein cœur, comme elle avait tué tant d'autres vampires.

Aveuglée par les larmes, elle prit un mouchoir et s'essuya les yeux, les joues, le nez et le menton. À la lueur blafarde de la lune qui filtrait par la fenêtre, elle aperçut son reflet dans la glace. Ses yeux étaient sombres et cernés, et ses cheveux se répandaient en un fouillis de boucles autour de son visage et de son cou. On aurait dit Méduse. Une Méduse aux traits creusés par le chagrin.

Son unique consolation était qu'elle avait transpercé Phillip avant qu'il ait pu se repaître du sang d'un mortel – et lui avait ainsi épargné la damnation éternelle.

Soudain, elle s'avisa que la porte derrière elle pivotait silencieusement sur ses gonds.

— Lady Nilly ?

À la vue de la frêle silhouette blanche de Nilly, Victoria ressentit un picotement d'appréhension.

— Que se passe-t-il ? demanda-t-elle en se levant sans cesser de la regarder dans la glace.

Instinctivement, elle s'empara d'un pieu.

— J'avais complètement oublié. On m'a chargée d'un message pour toi, dit la vieille dame d'une voix étrangement sonore.

Ses yeux grands ouverts dévoraient son visage, et ses longs cheveux pâles retombaient en cascade sur ses maigres épaules.

— Un message de qui ? demanda Victoria.

— De Beauregard. Messire Beauregard, souffla Nilly tandis que ses yeux s'illuminaient comme deux chandelles et que ses lèvres esquissaient un sourire béat. Messire Beauregard… te fait savoir qu'il te fera parvenir une chose qui t'appartient… et qu'en échange, tu devras lui rendre ce qui lui appartient. Sinon…

Mais bien sûr ! Plongeant la main dans la poche de son manteau, Victoria en sortit le bracelet de cuivre où était gravé le symbole… que Sébastien portait tatoué sur l'épaule.

— Et quelle est cette chose ? demanda Victoria en se retournant.

Au même instant, lady Nilly s'affaissa sans bruit sur le sol.

En deux pas, Victoria était à ses côtés et palpait anxieusement la veine de son cou. Son cœur battait normalement et l'étrange sourire avait disparu de ses lèvres. Saisissant un flacon de sels sur sa coiffeuse, Victoria l'approcha des narines de la vieille femme.

Nilly revint brutalement à elle en toussant et en secouant la tête. Elle battit des paupières, et quand ses yeux s'ouvrirent, elle sembla surprise de voir Victoria.

— Que fais-tu ? lui demanda-t-elle en se redressant.

— Vous vous sentez bien ? demanda Victoria en l'aidant à se remettre sur ses jambes.

— Tout à fait bien… mais, je ne comprends pas comment…

Lady Nilly regarda autour d'elle, surprise.

— Laissez-moi vous raccompagner jusqu'à votre chambre, lui proposa Victoria.

Tandis qu'elles longeaient lentement le couloir, Victoria eut une soudaine illumination.

La chose que Beauregard avait en sa possession et qui lui appartenait ne pouvait être que…

Mais bien sûr ! Elle avait égaré le pendentif à proximité de la Porte de l'Alchimie et, comme par hasard, lady Nilly se trouvait à côté de ladite porte quand elle avait été mordue.

Ce qui signifiait que Beauregard était là quand elle avait combattu les autres vampires devant la grille de la villa.

Et qu'il avait disparu ensuite.

Un rai de lumière grise commençait à filtrer à l'est quand elle raccompagna lady Nilly dans sa chambre.

Dans moins de trois heures le soleil serait levé. Beauregard avait le pendentif, il était donc inutile qu'elle sorte patrouiller ce soir.

Demain, elle apporterait le bracelet de cuivre à Wayren et Max et leur demanderait conseil. Si les bagues de cuivre étaient précieuses aux yeux des Gardiens de Lilith, imaginez un bracelet !

Elle n'allait pas le montrer à Sébastien, songea-t-elle tandis qu'elle commençait à sombrer dans le sommeil.

Sébastien aimait Beauregard. Cet automne, quand il lui avait demandé si elle serait capable de tuer son grand-père sous ses yeux, Victoria n'avait pas su lui répondre…

Bien que sachant Beauregard malfaisant et égoïste… elle pouvait comprendre que Sébastien ne pût se résoudre à expédier son grand-père en enfer pour l'éternité.

Mais la question était de savoir si elle hésiterait à transpercer le cœur de Beauregard par amour pour Sébastien ?

Bien sûr que non.

Car Beauregard était un mort vivant. Il était du devoir de Victoria d'occire des vampires chaque fois que l'occasion s'en présentait.

Et rien ni personne ne pourrait l'empêcher d'accomplir sa mission. Pas même un ange blond prénommé Sébastien.

Ce soir-là, Victoria fit des rêves peuplés de créatures sensuelles, lascives… sombres, violentes, tranchantes… bruyantes et putrides.

Elle se réveilla brusquement, non pas à cause de ses rêves, mais parce que Verbena se tenait au-dessus d'elle et la secouait par les épaules.

— Madame. Madame !

— Qu'y a-t-il ?

Verbena lui tendit un petit tube comme ceux que l'on fixait aux pattes des pigeons voyageurs.

La gorge sèche, elle déroula la minuscule feuille qui se trouvait à l'intérieur.

*Venez vite.*

Une demi-heure plus tard, sans même avoir pris la peine de changer ses vêtements humides et chiffonnés, elle atteignait le Consilium.

Ilias l'attendait à côté de la fontaine, l'air grave et préoccupé.

— Suivez-moi, lui dit-il en longeant un tunnel taillé dans la roche qu'elle n'avait jamais eu l'occasion d'emprunter.

Enfin, il s'arrêta devant une porte et lui fit signe d'entrer.

Hannever, qui se trouvait à l'intérieur, la salua d'un petit hochement de tête, puis se retira, la laissant seule.

La chambre était petite, mais bien chauffée et bien éclairée. Sa gorge se serra lorsqu'elle vit le lit repoussé contre le mur.

Des halètements rauques émanaient de la poitrine de l'homme qui reposait sous les couvertures.

Lorsqu'elle s'approcha et sentit l'odeur du sang, un petit cri s'échappa de ses lèvres. Elle tendit la main pour toucher sa chevelure rousse et son bras posé en travers de sa large poitrine.

— Zavier, murmura-t-elle. Que s'est-il passé ?

Un léger mouvement derrière elle, lui indiqua qu'elle n'était plus seule.

— Son cas semble désespéré, dit la voix calme de Wayren. Ylito et Hannever ont fait tout ce qu'ils pouvaient. Demain, nous saurons s'il vivra.

— Ou s'il ira rejoindre les portraits de la galerie, dit Victoria d'une voix brisée par l'émotion.

Encore un. Déjà.

— Que s'est-il passé ? demanda-t-elle en se tournant vers Wayren ?

— Il a voulu se venger de Sébastien. Et de Beauregard.

L'estomac de Victoria se noua brutalement.

— Non. Non, c'est impossible.

— Oh, mais si.

Victoria repensa au regard incrédule et plein de reproche qu'il lui avait adressé. Allait-il mourir par sa faute lui aussi, parce qu'elle n'avait pas su faire le bon choix ?

Mais non, c'était injuste ! Ce n'était pas elle qui avait amené Sébastien ici ! Ce n'était pas elle qui les avait trahis !

— Je ne connais pas exactement les circonstances du drame… Il était à peine conscient quand nous l'avons trouvé. Il n'a dit que deux mots : Vioget et Beauregard…

Victoria se pencha à nouveau et vit que son coup était criblé de plaies.

Un tel carnage ne pouvait pas avoir été causé uniquement par des morsures.

Celui qui lui avait fait ça, l'avait délibérément laissé entre la vie et la mort. Afin qu'on puisse le retrouver, mais pas le sauver.

Cette pensée plongea Victoria dans un état de fureur tel, que ses doigts se mirent à trembler.

Posant ses mains sur la tête de Zavier, elle approcha ses lèvres de son oreille et le supplia de la pardonner et de revenir à la vie… puis elle déposa un baiser sur sa joue et sortit.

Lorsqu'elle fut de retour dans la grande salle, elle entendit Wayren l'appeler.

— Victoria !

— Il faut que je parle à Max, dit-elle en s'arrêtant à côté de la fontaine et en tâtant machinalement le bracelet de cuivre dans la poche de son manteau. Je vais retrouver Beauregard et le tuer. Je veux qu'il meure de ma main.

Victoria inspira profondément, comme le lui avait appris Kritanu, pour ne pas se laisser dominer par la colère.

— Il faut que je voie Max. Savez-vous où il est ?

L'expression de Wayren ne changea pas, mais elle prit doucement Victoria par le bras et lui dit :

— Il y a autre chose qu'il faut que vous sachiez. Venez, vous asseoir.

# 19.

## Où le deuxième vœu de Michalas est exaucé

Sébastien perçut un bruit de voix juste à temps pour se glisser furtivement dans l'une des chambres vides – du moins l'espérait-il, car il eût été extrêmement difficile d'expliquer pourquoi il s'était faufilé dans les catacombes du Consilium, non loin du laboratoire de l'homme à la peau sombre professant l'hermétisme.

Lui-même ne s'expliquait d'ailleurs pas tout à fait la raison de sa présence ici.

Un léger frisson lui parcourut le bras quand il reconnut la voix de Wayren. Il ne voulait pas être découvert, et surtout pas par elle.

Hier, lors de leur bref et inconfortable tête à tête… il avait eu la désagréable impression qu'elle pouvait lire dans le cœur des hommes.

Non pas que Sébastien eût honte des secrets qu'il gardait au fond du sien – ou de la fidélité sans faille qu'il vouait aux êtres qui lui étaient chers, même si celle-ci était parfois un peu lourde à porter.

Ni de son physique avantageux dont il n'hésitait pas à se servir pour obtenir ce qu'il voulait.

Wayren sortit du laboratoire en compagnie de l'hermétiste. Dès qu'ils se furent éloignés, Sébastien gagna sans faire de bruit la porte close.

Retenant son souffle, il l'entrebâilla et tendit l'oreille.

Tout était silencieux. Il se faufila à l'intérieur.

Logiquement, les papiers devaient s'y trouver, dans la mesure où l'hermétiste (dont il n'arrivait pas à se rappeler le nom) les avait certainement étudiés.

Le laboratoire était parfaitement propre et ordonné. Sur une table à support oblique il aperçut une pile de livres. L'un des volumes était maintenu ouvert par un étrange objet en forme de S. Mais où donc étaient les carnets de la villa Palombara ?

Enfin, il aperçut une épaisse liasse de parchemins reliés par une fine lanière de cuir.

Sébastien fit courir ses doigts sur le papier jauni et enduit d'une mince pellicule de cire, puis se mit à feuilleter rapidement le grimoire.

Il n'avait besoin que d'une page. Une page dont l'absence, dans un manuscrit oublié depuis plus de deux cents ans, passerait certainement inaperçue.

Mais qui revêtait une importance capitale pour lui – et pour Beauregard.

*Ahhh.*

Il s'arrêta de feuilleter et parcourut rapidement la page sur laquelle était dessinée une drôle de fleur à la corolle évasée comme une jupe dont émergeait un pistil énorme, parfaitement érigé. *Amorphophallus pusillum*, disait la légende inscrite en dessous. Puis suivait une liste de ce qui devait être des ingrédients. Oui, c'était bien la page qu'il cherchait.

Avec mille précautions, il détacha la page de son support en ayant soin de ne pas endommager la pellicule de cire. Puis il remit le carnet dans sa position originale.

Il ressortit du laboratoire aussi vite qu'il y était entré et remonta en hâte le corridor.

À présent venait la phase la plus délicate : traverser la grande salle du Consilium sans croiser Wayren, Ilias ou… Victoria !

Au même instant, il la vit débouler au détour d'un couloir adjacent. À en juger par son pas rapide et décidé, elle était d'une humeur massacrante.

Vite, il se cacha dans un recoin obscur. Ouf ! Un peu plus et il se faisait prendre.

Avec un soupir de soulagement, il sortit de sa cachette et la suivit jusqu'à la sortie.

Quand Victoria émergea à l'air libre, elle était hors d'haleine. Elle avait la gorge serrée et une envie de vomir qui lui retournait l'estomac. Mais elle ravala courageusement ses larmes.

La dernière conversation qu'elle avait eue avec Wayren, commencée sur un ton ferme et décidé, s'était achevée dans l'incrédulité et le chagrin, puis dans la colère.

Max aussi ?

Elle était tellement en colère contre Beauregard, mais aussi Zavier et Sébastien, Max et Wayren, Phillip et tante Eustacia, qu'elle émergea dans la rue Thilin, distante de plusieurs pâtés de maisons de Saint-Quirinus, par une sortie qu'elle n'avait empruntée qu'une seule fois jusque-là.

Contournant un immeuble désaffecté, elle se fondit dans l'ombre, puis s'adossa au mur crépi et ferma les yeux en inspirant profondément pour essayer de reprendre ses esprits.

Au bout d'un moment, elle rouvrit les paupières et s'obligea à se concentrer. C'était une attitude indigne d'*Illa* Gardella. Heureusement que personne n'était là pour la voir dans cet état d'anéantissement.

Elle avait déjà songé à ce qu'elle allait faire et avait espéré que Max accepterait de l'accompagner.

Mais Wayren lui avait annoncé qu'elle ne le reverrait probablement plus.

Elle lui avait expliqué qu'il ne garderait aucun souvenir d'elle – d'eux – et qu'il avait perdu tous ses pouvoirs de Vénatore.

C'était là le prix à payer pour se libérer de l'emprise de Lilith, et il allait se fondre à nouveau dans le monde des mortels sans aucun souvenir de sa vie passée.

Mais le plus terrible, c'est qu'il n'avait pas voulu la revoir.

Victoria ne comprenait pas pourquoi… ou plutôt, si, elle comprenait à présent.

Il était tellement orgueilleux et arrogant, qu'il était persuadé de n'avoir besoin de personne. Il ne voulait pas que les autres le voient dans un moment de faiblesse ou de confusion.

Et malgré la colère qu'elle éprouvait à son égard, elle le comprenait. Car si elle avait été à sa place, elle aurait été perdue.

Depuis qu'elle était devenue Vénatore, toute sa vie, ou presque, tournait autour de sa mission.

La bouche de Victoria se tordit en une moue amère quand elle repensa à ses débuts dans le monde, à l'époque où elle enchaînait bals et soirées, repoussait les prétendants, flirtait avec Phillip, tout en occupant le reste de ses nuits à chasser les vampires.

Aujourd'hui, il ne restait plus grand-chose de Victoria Gardella Grantworth, la débutante, puis l'épouse – et désormais veuve – du marquis de Rockley.

Elle en était là de ses pensées quand une ombre passa furtivement devant elle.

Elle reconnut aussitôt sa démarche souple de félin, sa chevelure bouclée, et le mouvement gracieux de ses basques.

Il était arrivé par la même direction qu'elle – la via Tilhin, où se trouvait la bâtisse désaffectée par laquelle on accédait au Consilium. Elle n'avait donc pas rêvé ! Elle avait bien vu une ombre bouger dans le couloir désert.

Sa présence ici ce soir, après ce qui était arrivé à Zavier et à lady Nilly, ne pouvait pas être une coïncidence.

Pinçant les lèvres, elle se mit à le suivre.

Voyant que Max remuait dans le lit, Wayren rangea soigneusement le vieux manuscrit qu'elle était en train de lire dans sa sacoche de cuir avec ses lunettes carrées.

Elle attendit. Elle ignorait quand, exactement, Max allait se réveiller, mais à en juger par le rythme de sa respiration, ce ne serait pas long.

Et il fallait qu'elle soit prête quand il reviendrait à lui. Le seul moment où elle avait quitté son chevet, était quand Zavier avait été ramené inconscient au Consilium, quelques heures plus tôt.

Wayren n'était pas une âme sensible, mais elle n'était pas près d'oublier l'expression de choc et de colère qui s'était peinte sur le visage de Victoria quand celle-ci avait vu Zavier.

Une telle colère.

Max grogna doucement, attirant son attention. Il remuait. Cette fois, sa grande main battit l'air comme s'il avait voulu chasser une mouche, puis tomba lourdement sur la table de chevet, faisant tressaillir la lampe.

Tentant de le calmer, Wayren prit sa main dans ses deux mains frêles. Elle remarqua que le bout de ses doigts était éraflé et ses ongles cassés, comme s'il avait essayé d'escalader un mur de pierre.

Elle savait beaucoup de choses sur le passé et le futur, savait discerner la vérité, le bien et le mal, mais elle ignorait si le plan d'Ylito allait se réaliser.

Elle ne le saurait que lorsque Max s'éveillerait et qu'elle se servirait du disque d'or à l'intérieur duquel elle avait recueilli ses souvenirs.

Soudain, elle vit ses paupières battre. Ses yeux s'ouvrirent pénétrants et sombres. Il regarda autour de lui.

— Max.

Il la regarda en s'asseyant à demi dans le lit.

— Où suis-je ?

Les morsures avaient disparu. Son cou, parfaitement lisse et net, se fondait gracieusement dans ses épaules larges et musclées. Il avait reconnu son nom et semblait bien dans son corps.

— Vous êtes en sécurité, Max. Je suis Wayren.

Elle attendit.

— Wayren ? Pourquoi suis-je ici ? Ai-je été malade ?

— D'une certaine façon, oui. S'il vous plaît, buvez ceci. Je vais tout vous expliquer.

Elle lui tendit une coupe de métal pleine d'une concoction préparée spécialement par Ylito.

Max hésita, renifla le breuvage.

Elle sourit.

— Si j'avais voulu vous tuer, j'aurais pu le faire sans problème pendant que vous dormiez.

Il hocha la tête et but.

Quand il se tourna à nouveau vers elle, elle avait pris le pendule dans sa main. Elle se mit à murmurer doucement, invoquant le pouvoir de l'Âme, tout en faisant aller et venir le disque doré devant ses yeux fascinés.

À l'instant précis où il recouvra la mémoire, Wayren remarqua un changement d'expression, une légère tension des épaules, une lueur dans ses yeux. Sa main chercha instinctivement sa *vis bulla*. Il la saisit entre ses doigts et ferma les yeux en inspirant lentement.

Quand il les rouvrit, ses yeux étaient vides.

— Rien, dit-il. Je ne sens plus rien.

— Vous vous souvenez ? demanda Wayren.

— Oui. Quelle heure est-il ? Il faut que je parte, dit-il en tentant de se lever.

— Il est midi. Mais vous ne devez pas partir aussi vite, Max.

Il se laissa retomber lourdement sur le bord du lit.

— Bien sûr. Je ne suis désormais plus qu'une coquille

vide. Il me reste le savoir-faire et l'adresse, mais plus la force physique ni les pouvoirs d'un Vénatore.

— Vous ne pouvez pas partir seul.

Sa jolie bouche se retroussa avec dédain.

— Je ne suis peut-être plus un Vénatore, mais je suis encore capable de me défendre. J'ai tué plusieurs vampires et au moins un démon avant de pouvoir porter la *vis bulla*. Vous vous souvenez Wayren ?

— Vous rappelez-vous de ce que vous m'avez demandé de dire à Victoria, avant de vous endormir ?

Il se figea, impassible.

— Vous ne l'avez pas amenée ici au moins ?

Wayren secoua la tête.

— Juste Ylito.

Il lui avait fait promettre de ne laisser entrer personne – et surtout pas Victoria. Il se raidit.

— Et que vous ai-je demandé de dire à Victoria ?

— Vous vouliez que je lui dise que vous étiez désolé.

Elle vit ses épaules nues se relâcher légèrement, comme s'il avait été soulagé.

— J'imagine sans peine comment elle a reçu cette information.

Wayren ne put réprimer un sourire en voyant l'expression de son visage. C'était Max tout craché. Le Max qu'elle connaissait. *Dieu merci.*

— Elle a prononcé quelques mots choisis.

Il se mit sur ses jambes, les muscles frémissant d'énergie. Il éprouvait le besoin de bouger, de sortir d'ici.

— Il me faut une personne pour m'accompagner, dit-il en tendant la main vers la chaise où étaient empilés des vêtements. Une chemise blanche ? Trop visible la nuit. Je vais emmener Zavier avec moi.

— Briyani et Michalas vont vous accompagner.

Sans doute avait-il remarqué son expression contrariée, car il n'insista pas. Il serait toujours temps de le mettre au courant plus tard. Mais pour l'heure…

— Quand vous aurez fini de vous habiller, nous discuterons de nos plans, Max. Vous partirez bien assez tôt.

— Cet après-midi. Je veux en finir le plus vite possible.

Pour pouvoir reprendre sa vie. Partir et reprendre sa vie.

Il n'eut pas besoin de l'exprimer avec des mots. Elle avait deviné.

Max réalisa soudain combien la compagnie de Briyani, le neveu de Kritanu, lui avait manqué.

Kritanu avait été leur mentor à tous les deux, jusqu'au moment où il s'était senti trop vieux et avait passé la main à son neveu, qui était devenu le Comitator de Max.

Ce qui ne l'avait pas empêché de servir d'entraîneur à Victoria malgré son soit disant grand âge et son manque de souplesse. Mais Max ne lui en voulait pas. Car il allait de soi qu'il supervisât personnellement l'entraînement de la nièce d'Eustacia, la future *Illa* Gardella.

Ses retrouvailles avec Briyani ravivèrent des souvenirs. Quand ils s'étaient connus, Max n'était qu'un chasseur solitaire, qui restait à l'écart du Consilium, passant son temps à se battre contre les morts vivants – et contre lui-même.

Un peu plus jeune que Max, Briyani n'avait pas tout à fait trente ans. Il avait la même silhouette gracile, la même mâchoire carrée et le teint couleur de thé de son oncle. Sa chevelure noire et raide était rassemblée en une longue tresse qui lui arrivait au milieu du dos, et il savait comme personne manier le redoutable sabre recourbé appelé *khadara*. Maintenant, tandis qu'ils se faufilaient discrètement dans le jardin sur l'arrière de la villa Palombara, ils n'avaient pas besoin de mots pour communiquer.

Michalas fermait la marche, silencieux comme la brume. Wayren avait choisi ses compagnons, mais c'était Max qui menait les opérations, se hâtant dans le jardin envahi par la végétation, sans même un regard pour l'endroit où il avait embrassé Victoria.

Ils atteignirent la Porte de l'Alchimie sans encombre. Max l'ouvrit en deux temps trois mouvements.

Lorsqu'il était venu, la veille, avec Victoria, ils avaient découvert une ouverture qui communiquait avec la cellule dans laquelle on les avait enfermés.

Il en était venu à la conclusion que c'était la voie d'accès la plus sûre pour atteindre l'antre d'Akvan.

Akvan. Grâce aux conseils de Wayren et à l'aide d'Ylito et de Miro, Max se sentait aussi prêt qu'on pouvait l'être à affronter le démon.

— Souvenez-vous qu'Akvan fera toujours l'exact opposé de ce qu'il croit qu'on attend de lui, lui avait expliqué Wayren. C'est là sa grande faiblesse. N'hésitez pas à vous en servir contre lui.

— Mais avant d'entreprendre quoi que ce soit, vous devez veiller à ce qu'il n'y ait plus aucun fragment d'obélisque, avait ajouté Ylito. Tous doivent être détruits pour qu'Akvan soit détruit. Rappelez-vous la prophétie.

La prophétie… *Seul un mortel pourra l'expédier à jamais dans les entrailles de l'enfer.*

Un mortel.

Refermant la Porte de l'Alchimie derrière eux, Max et ses compagnons se mirent aussitôt à la recherche des mécanismes permettant d'actionner la porte de communication avec le cachot.

Soit que le marquis ne connaissait pas son existence – ce qui semblait improbable – soit qu'il n'avait pas eu la possibilité de s'en servir le soir où il avait disparu.

Briyani, qui avait une ouïe très fine et des doigts agiles, localisa le levier dissimulé derrière une pierre. Il l'actionna et le mur coulissa, laissant apparaître une petite ouverture.

Michalas apporta une torche et ils jetèrent un coup d'œil à l'intérieur du cachot où Max, Victoria et Sébastien avaient été emprisonnés. Sur le sol, à la base du mur, Max vit les petites coulures d'or qui avaient attiré son regard la première fois.

Maintenant, le plus dur restait à faire.

Mais avant de se lancer dans l'action, Max retourna rapidement à l'endroit où Victoria et lui avaient enfermé l'éclat d'obélisque et s'en saisit.

Il avait mis des gants pour se protéger de ses pouvoirs maléfiques, et il le glissa dans une poche que Miro avait cousue spécialement à l'intérieur de sa jambe de pantalon. Il prit également le petit pendentif d'obsidienne qu'il avait vu tomber de la poche de Victoria la veille et qu'il avait enfermé avec l'autre dans le coffre, et le fourra précipitamment dans sa poche.

— Allons-y, dit-il en pénétrant dans le cachot.

Après s'être assurés qu'ils pourraient ouvrir la porte secrète de l'intérieur pour pouvoir accéder à nouveau au laboratoire, ils la refermèrent et traversèrent la petite cellule.

Une fois dans le couloir à l'extérieur du cachot, ils s'arrêtèrent. Max regarda Michalas qui fit non de la tête, pour lui indiquer qu'il ne sentait la présence d'aucun mort vivant.

Mais à peine avaient-ils fait quelques pas dans le couloir, que Michalas pointa du doigt dans une direction. Sans un bruit, ils s'approchèrent de l'endroit qu'il leur indiquait, puis s'arrêtèrent à l'embranchement de deux corridors.

Max ne sentait plus rien. Contrairement à Michalas, sa nuque ne fraîchissait plus pour lui indiquer la présence des morts vivants. Il avait bel et bien perdu ses pouvoirs de Vénatore.

Lilith avait réussi à les lui ôter.

Quand Max approcha, un vampire femelle, qui montait la garde nonchalamment adossée au mur, se redressa, une lueur rouge dans les yeux.

Il garda son calme. Il avait été mordu et avait tué plus d'un vampire avant de devenir Vénatore. Et bien qu'il fût contrarié d'avoir dû emmener Briyani et Michalas avec lui, il savait que c'était la meilleure solution – et d'ailleurs, combien de fois n'avait-il répété à Victoria que leur mission consistait à faire ce qu'ils devaient faire, et non pas ce qu'ils voulaient.

Il laissa la femelle venir à lui et le prendre par les épaules en plongeant ses yeux dans les siens pour essayer de l'hypnotiser.

Elle était plutôt frêle, ce qui n'avait rien de surprenant, car les disciples de Regalado étaient des jeunes gens inexpérimentés.

Son haleine était propre, ce qui signifiait qu'elle ne s'était pas repue récemment. Inclinant la tête, il ouvrit délibérément son col de chemise, lui offrant son cou comme s'il avait été complètement sous son emprise.

Les vampires qui montaient la garde étaient sans doute censés apporter les victimes potentielles à Akvan ou Regalado, mais devant une proie qui s'offrait à lui aussi ouvertement, elle ne put résister.

Elle planta ses crocs dans sa chair avec une telle brusquerie que Max, habitué aux minauderies de Lilith, sursauta – ou était-ce parce qu'il avait perdu ses pouvoirs ? Soudain, il se sentit vulnérable et égaré.

Il chercha son pieu, le prit bien en main et le tira de dessous son manteau tandis que le sang jaillissait en pulsant hors de ses veines.

La femelle se repaissait avec avidité, et s'il n'agissait pas très vite, il allait perdre connaissance.

Le coup ne fut pas le plus puissant ou le plus facile qu'il ait porté, mais un soupir de satisfaction franchit ses lèvres quand il planta le pieu de frêne dans le dos du vampire.

La tête lui tournait et son cou palpitait et dégoulinait de sang, mais il était encore debout quand il battit des paupières et vit Briyani déboucher au coin du couloir, suivi de Michalas, tous deux le pieu à la main et prêts à frapper.

Max se hérissa en voyant l'expression inquiète sur leurs visages. Il leur tourna le dos et commença à s'éloigner, mais Briyani posa une main sur son bras pour le retenir.

— Attends.

La douceur de sa voix et de son geste l'exaspéra. Il serra les mâchoires, mais savait que Briyani avait raison.

Le jet d'eau bénite salée sur sa chair à vif lui provoqua un choc douloureux mais nécessaire. L'eau bénite allait ralentir le saignement, et une fois la sensation de brûlure passée, la plaie allait cesser de palpiter.

— Et maintenant, dit Max en ignorant l'élancement dans son cou. Vous allez retourner là-bas et attendre que je revienne. Ou pas.

— Je viens avec toi, insista Briyani. Tu ne peux pas y aller seul.

— Je le peux et je le veux. C'est ce que nous avions décidé, me semble-t-il.

Max fixa sur son ami un regard perçant.

Un sourire sans joie crispa les lèvres de Briyani.

— C'est toi qui l'as décidé. Pas moi. Michalas et moi en avons discuté. Il est d'accord pour attendre. Mais moi, je viens. Avec toi ou derrière toi, mais je serai là, que tu le veuilles ou non.

— Je ne suis pas un gamin à qui on donne des ordres.

— Et moi, je ne suis pas un chien qu'on tient en laisse.

Max le foudroya du regard.

— Ils arrivent, dit soudain Michalas. Ce n'est pas le moment de se chamailler. Je vais retourner dans le cachot, comme convenu. Et si vous n'êtes pas de retour dans deux heures, je partirai à votre recherche.

Fixant ses yeux bleus sur Max, il ajouta :

— J'ai la ferme intention de ressortir d'ici vivant. Alors, je te conseille de revenir, Pesaro.

Il pointa du doigt vers la gauche, puis partit sans bruit dans la direction opposée.

Avec un regard assassin à Briyani, Max longea le couloir dans la direction que lui avait indiqué Michalas.

Il serrait si fort son pieu dans sa main que son bras lui faisait mal. Il s'obligea à se détendre.

Il fut un temps où il aurait accepté de bon gré la présence de Briyani, mais maintenant qu'elle lui était devenue indispensable il la refusait.

Car il avait cessé d'être l'homme qu'il avait été. Qu'il le veuille ou non il était faible et vulnérable.

Et pourtant, quand ils se retrouvèrent nez à nez avec un groupe de quatre vampires, Max les accueillit avec témérité et aplomb.

— Je suis Maximilian Pesaro, leur dit-il en les toisant de toute sa hauteur. Menez-moi à Akvan.

# 20.

## Où notre héroïne se retrouve une fois de plus dans un tunnel obscur

Sébastien ignorait qu'il était suivi quand il descendit à la cave d'un immeuble de deux étages à la façade crépie – celui-là même où il avait emprisonné Victoria, à l'automne dernier, afin de la tenir à l'écart de Nedas, le vampire qui avait l'intention d'activer l'obélisque d'Akvan. Mais heureusement, Victoria avait réussi à s'échapper par la fenêtre à temps pour tuer Nedas et assister à la destruction de l'obélisque.

Soudain, l'idée vint à Victoria que cette maison était peut-être le repaire de Sébastien et qu'elle aurait pu le contacter des mois plus tôt si elle avait pris la peine de rechercher la maison… mais tout cela n'avait plus la moindre importance à présent.

Elle était ici et déterminée à se venger. Les battements de son cœur résonnaient jusque dans ses tempes, tandis qu'elle descendait les marches en rasant les murs, son pistolet et son pieu à portée de main. Sa nuque était glacée, lui indiquant que le coin grouillait de morts vivants.

Tandis qu'elle longeait l'étroit et sombre boyau souterrain, elle réalisa qu'elle avait passé plus de temps qu'à son tour dans des lieux froids et humides comme celui-là depuis qu'elle était Vénatore.

C'était l'un des inconvénients de la chasse aux vampires. Vous recherchiez un vampire ? Il fallait le traquer sous terre. Un mort vivant ? Dans une cave humide et sombre. Un objet maléfique ? Au bout d'un tunnel.

Ces pensées absurdes présentaient l'avantage de distraire Victoria qui, sans cela, se serait ruée tête baissée sur Sébastien. Or, elle savait qu'elle ne devait pas révéler sa présence trop tôt, sous peine de voir échouer son plan.

Quand on était seule contre tous, comme elle l'était présentement, mieux valait faire jouer l'élément de surprise.

C'est pourquoi, avant de franchir l'angle du tunnel, elle prit le temps d'inspecter les lieux. Plutôt sommaires pour un vampire du rang de Beauregard : murs de pierre brute, sol en terre battue jonchée de cailloux, toiles d'araignée qui vous frôlaient la figure et se prenaient dans vos cheveux.

Un rat – non deux – lui filèrent entre les pieds. Était-il possible que Beauregard coexistât avec des rats ? Elle n'imaginait pas Lilith ou Regalado tolérant une telle outrecuidance. Soudain, des voix lui parvinrent.

Se plaquant brusquement contre le mur suintant d'humidité, Victoria comprit qu'elle allait devoir revoir son plan. Le tunnel dans lequel elle se trouvait menait à une porte dissimulée par un épais rideau. S'approchant en catimini, elle écarta la tenture d'un cheveu.

Loin d'être rudimentaire, l'antre de Beauregard était aussi élégant et confortable, quoi que moins chichiteux, que la salle de réception de lady Winnie. Des tapis précieux recouvraient le sol. Des bougies fichées dans des candélabres et des appliques murales éclairaient brillamment la pièce. Le plafond, étonnamment haut, aurait pu aisément accommoder un homme de la taille de Max. Les meubles, dont un clavecin, étaient en bois sombre, et les sièges étaient garnis de moelleux coussins en brocart de soie. Victoria aperçut une grande porte en bois massif à l'autre extrémité de la pièce, derrière laquelle – à en juger par la sensation de froid sur sa nuque – les amis de Beauregard devaient se trouver rassemblés.

À l'intérieur du salon, elle vit deux têtes blondes et bouclées, l'une de la couleur des blés et l'autre fauve comme la crinière d'un lion. Toutes deux étaient penchées au-dessus d'une table, plongées dans la lecture de ce qui ressemblait à un parchemin.

Victoria choisit cet instant pour entrer.

— Il semblerait que j'aie encore un petit compte à régler avec vous, Beauregard.

À son immense satisfaction, les deux têtes se relevèrent en même temps, visiblement surprises. Sébastien se figea, consterné, mais Beauregard, sitôt passé le premier choc, adopta une expression malicieuse qui fit se dresser les cheveux sur la tête de Victoria.

— Bienvenue dans mon modeste logis, dit Beauregard en exécutant une gracieuse révérence.

Victoria franchit la porte, tout en ayant soin de rester dos au mur afin d'éviter les surprises désagréables. Ravalant la colère qui faisait pulser ses veines et trembler ses muscles, elle s'obligea à se concentrer. Une chose à la fois.

— Comment êtes-vous arrivée jusqu'ici ? demanda Sébastien

Il était plus attirant que jamais à la lumière dorée des bougies, avec ses boucles rebelles qui retombaient sur son front et son air contrit de petit garçon.

Avant qu'elle ait pu répondre, Beauregard déclara :

— Je suppose qu'elle a suivi le même chemin que son amoureux – ce Zander ou Zavier ?

Il lui sourit. Ses prunelles étaient toujours bleues et il n'avait pas sorti ses crocs, mais Victoria restait sur ses gardes.

— À moins que vous ne vous soyez souvenue de votre séjour ici, cet automne, avant le déclenchement de ce désastre.

— Ce désastre ? répéta Victoria en éludant le regard de Sébastien de crainte de se laisser distraire. Je pensais au contraire que la destruction de Nedas vous était favorable. N'a-t-elle pas contribué à renforcer votre pouvoir ?

Beauregard acquiesça d'un signe de tête.

— Si, incontestablement.

— Chercheriez-vous à jouer aux devinettes ? Si c'est le cas, je crains que vous ne perdiez la partie. Celle-là et toutes les autres, dit-elle en lui faisant voir le pieu qu'elle tenait à la main.

— Eh, bien, dans ce cas, venons-en à nos moutons. Étant donné que je vous ai rendu ce qui vous appartient, j'imagine que vous êtes ici pour faire de même.

— J'ai votre bracelet de cuivre, si c'est à cela que vous faites allusion. Mais il faut d'abord que vous me rendiez ce que vous m'avez pris.

— Comment ? Il n'est donc pas rentré au bercail ? J'espère que Gardriel et Hugh n'ont pas eu la main trop lourde avec lui.

Lui ? Victoria réalisa soudain qu'il y avait un malentendu. Beauregard n'était pas en possession du pendentif en obsidienne qu'elle avait égaré, mais qu'il se référait à Zavier. Ou à ce qu'il restait du malheureux.

Ses tempes s'étaient remises à battre et ses doigts tremblaient tandis qu'elle luttait pour ne pas céder à la fureur qui l'assaillait à nouveau.

Elle inspira lentement et regarda Sébastien. Elle savait qu'il avait choisi son camp… et se félicitait d'avoir apporté un pistolet.

— Sans doute n'était-il pas en état de vous dire où et comment nous trouver, reprit Beauregard qui s'était éloigné de la table et commençait à s'avancer d'un pas tranquille, en emportant avec lui la feuille de papier jauni qu'ils étaient en train d'examiner. Vous êtes arrivée jusqu'à nous par accident, en fin de compte.

L'attention de Victoria se porta tout à coup sur le parchemin qu'il tenait à la main. Elle se souvint de la liasse de papiers que Max avait rapportée de la villa Palombara pour la déposer au Consilium.

— Puis-je voir ce papier ? dit-elle à Beauregard.

L'empressement qu'il mit à le lui montrer confirma ses soupçons.

— Vous n'êtes qu'un lâche et un voleur ! explosa-t-elle à l'adresse de Sébastien.

Du moins ne chercha-t-il pas à éviter son regard.

— J'ai agi par nécessité, Victoria. Une question de vie ou de mort.

— Allez au diable ! Je n'ai que faire de vos excuses.

Il l'avait trahi alors qu'elle commençait à lui faire confiance. Alors qu'elle l'avait laissé l'approcher.

— Allez au diable, vous et votre grand-père, Sébastien Vioget ! Quant à vous, dit-elle en se tournant vers Beauregard. Vous avez presque failli tuer Zavier – et tout cela pour détourner mon attention pendant que votre petit-fils exécutait vos basses besognes.

Beauregard lui sourit.

— Fichtre, quelle vivacité d'esprit ! Vous avez tôt fait de comprendre, de juger et de condamner, ma chère. Et j'ajouterai que la colère vous rend appétissante.

— Cette fois c'en était trop. Brandissant son pieu, elle se rua sur lui.

— Victoria, non !

Sébastien bondit pour tenter de s'interposer et elle le toucha à l'épaule. Elle tressaillit quand son pieu s'enfonça dans la peau et les muscles qui étaient beaucoup plus durs à transpercer que le cœur d'un vampire.

— Non ! répéta Sébastien, en l'empoignant par le bras pour la repousser. Il veut…

— Écartez-vous, dit-elle.

Il poussa un grognement quand elle arracha le pieu de son épaule. Une tache de sang apparut, s'étalant rapidement sur sa chemise. *Il n'aurait pas dû y avoir de sang.*

Mais trop tard. Plus rien désormais ne pouvait l'arrêter. Elle repoussa violemment Sébastien qui vacilla sur ses jambes.

— Victoria, non. Il veut vous anéantir.

— Je vous conseille de disparaître de ma vue, si vous ne voulez pas finir avec lui. Vous petits jeux et vos mensonges ne m'amusent plus.

Elle vit que Beauregard les observait, un demi-sourire aux lèvres et une lueur malfaisante dans les yeux.

— Vous voulez vraiment qu'il disparaisse ? demanda-t-il.

— Ce que je veux, c'est vous voir mort.

— Mais vous oubliez que je suis mort depuis six cents ans.

Ses prunelles s'étaient mises à rougeoyer. Levant la main d'un geste nonchalant, il ordonna :

— Va-t'en, Sébastien.

— Non.

Avec une souplesse de félin, Sébastien s'interposa entre eux.

Victoria scruta son visage pâle, à la mine décidée, la fleur rouge sombre qui s'étalait sous sa clavicule gauche. Il respirait par à-coups. Il était toujours aussi beau et séduisant, et encore plus attirant après ce qu'ils avaient partagé. Dieu Merci, ce n'était pas un vampire.

— Vous nous avez trahis, Sébastien, et volés. Je ne veux plus… jamais… vous voir.

Beauregard s'était retiré derrière son bureau, laissant Victoria et Sébastien face à face.

— Vous avez choisi votre camp, Sébastien. Vous vous êtes introduit en secret dans le Consilium pendant que nous étions tous réunis au chevet de Zavier et que Max – elle s'arrêta brusquement. C'est votre choix. À présent, ôtez-vous de mon chemin pour que nous puissions en finir.

Soudain la grande porte s'ouvrit à la volée et quatre énormes vampires firent irruption.

Trois hommes et une femme. Victoria fit volte-face. Elle tenait son pieu bien en main mais savait que la bataille serait rude. Elle fléchit à demi les genoux. Prête à combattre.

Sébastien s'était retourné, prenant lui aussi une position d'attaque.

Il allait dire quelque chose, quand le premier des morts vivants lui lança son poing dans l'estomac, tandis que le deuxième l'attaquait par le flanc et le projetait à terre avant qu'il ait pu riposter.

Victoria brandit son pieu, mais une main puissante lui bloqua le poignet, tandis qu'un bras lui crochetait la taille, lui coupant le souffle.

Elle tenta de se débattre en donnant des ruades.

Entre-temps Sébastien s'était relevé, mais un coup de botte le cueillit à la mâchoire et il s'effondra à nouveau. Juste comme un autre vampire l'empoignait pour le remettre sur ses pieds, Sébastien le bourra de coups de poings, la seule arme dont il disposait désormais.

— Vous vouliez qu'il disparaisse, susurra soudain Beauregard à son oreille.

Victoria rejeta brusquement la tête en arrière. Le nez de Beauregard craqua sous la violence du coup. Elle tenta de s'arracher à sa poigne, mais il la tenait fermement. Passant une main autour de sa gorge, il la tira en arrière.

L'étau se resserra autour de son cou, l'empêchant de respirer, tandis qu'elle agitait désespérément les bras et les jambes, distribuant des coups de coude au hasard pour essayer de lui faire lâcher prise et reprendre son souffle.

Soudain, il la relâcha avec une telle force qu'elle alla s'écraser contre un fauteuil. Elle se retourna juste à temps pour voir la porte se refermer. Puis la pièce devint silencieuse, hormis quelques lointains échos discordants.

Silencieuse, mais pas vide.

Sa nuque était glacée.

— Après tout ce qu'il a fait pour vous ? dit-elle d'une voix tremblante qui lui faisait horreur.

Beauregard se pencha pour ramasser le parchemin tombé à terre et le poser sur la table.

— N'était-ce pas prévisible de la part de quelqu'un comme moi ? Un être déloyal ? Manipulateur ? De qui croyez-vous que Sébastien tienne ses mauvaises habitudes ?

— Vous ne le tuerez pas. Il vous est trop précieux.

Beauregard eut l'air horrifié.

— Le tuer ! Bien sûr que non. Je n'ai fait que l'aider à accomplir vos vœux. Vous devriez m'en être reconnaissante, car ainsi nous allons pouvoir discuter sans risque d'être interrompus. Eh bien, si nous parlions affaire ? Vous êtes venue ici dans l'intention de me tuer, dit-il en regardant le pieu qui avait roulé à terre. Mais vous allez devoir attendre. Vous avez en votre possession quelque chose qui m'appartient.

— Et vous avez aussi quelque chose qui m'appartient, répliqua-t-elle, décidant de se prêter momentanément à son jeu.

— Une feuille, dit-il en soulevant le parchemin posé sur le bureau. Rien qu'une petite feuille de papier. Et ne condamnez pas trop vite Sébastien. Il est prêt à faire n'importe quoi pour moi. La fidélité est son plus grand défaut. Que voulez-vous, je suis sa seule famille, et l'idée que je puisse aller rôtir en enfer pour l'éternité lui est insupportable.

Il haussa légèrement les épaules.

— J'avoue que l'idée ne me réjouit guère moi non plus. C'est pourquoi, quand j'ai su que la porte du laboratoire de Palombara avait été ouverte, je n'ai eu de cesse de récupérer mon bracelet perdu et ce parchemin.

— Puis-je savoir pourquoi ce parchemin revêt pour vous une telle importance ? demanda Victoria sur un ton détaché, tout en continuant d'inspecter furtivement la pièce à la recherche d'armes potentielles.

Elle détourna résolument la tête pour échapper à son regard devenu soudain rose.

— Je pense qu'avec un petit effort d'imagination, vous pouvez deviner vous-même, dit-il d'une voix douce et envoûtante.

Il avait renforcé son emprise et elle sentait sa peau se révulser comme s'il l'avait touchée de ses mains.

— C'est une plante. Qui doit avoir un rapport avec l'immortalité… ou la destruction de l'âme, répondit Victoria dont la voix lui parvenait comme depuis le fond d'un long tunnel.

Elle battit des paupières et fit un pas en avant. Ses oreilles se débouchèrent et elle retrouva son aplomb.

L'image du sang sur la chemise de Sébastien lui revenait sans cesse. Le sang qu'elle avait fait couler de sa main.

— C'est une fleur très utile aux morts vivants, et aux mortels également, à en croire les travaux d'un alchimiste qui a séjourné à la villa Palombara, dit Beauregard. Mais elle ne fleurit que très rarement. Une fois, deux tout au plus, par siècle. J'avais besoin d'en voir le croquis pour pouvoir l'identifier, car elle devrait fleurir cette année. Et je savais qu'avec la mort de votre tante, la clé du laboratoire allait refaire surface.

Il souriait.

— Vous conviendrez que j'ai manœuvré avec génie. Je me suis arrangé pour détourner votre attention vers Akvan et ses méprisables condisciples. J'ai fait en sorte Qu'il ait connaissance de l'existence des carnets de Palombara et que l'un de ses serviteurs retrouve les clés que Palombara avait gardées – et que je lui avais moi-même dérobées ce fameux soir, il y a deux siècles. Je savais que, d'une façon ou d'une autre, une fois la porte ouverte, je pourrais récupérer mon bracelet.

Victoria gardait les yeux baissés. Elle n'avait pas peur ; elle avait connu des situations bien plus délicates.

Mais s'il appelait ses serviteurs à la rescousse, comme il l'avait fait tout à l'heure, elle ne voulait pas se retrouver dans la même situation que Sébastien.

Ou pire.

— Vous vouliez que Sébastien vole la clé, n'est-ce pas ?

Il inclina la tête.

— Ce n'est que beaucoup plus tard qu'il s'est rendu compte que la clé était en sa possession. Quand vous la lui avez décrite.

— Mais vous m'avez laissé m'en servir.

— Il a refusé de la voler, si vous voulez tout savoir. Mais c'était sans importance, car je savais qu'une fois la porte ouverte je pourrais récupérer mon bien. Sauf que vous et ce maudit Pesaro avez été trop rapides.

— Et vous vous figuriez qu'en mutilant et en vous acharnant sur l'un de mes hommes jusqu'à le laisser pour mort vous pourriez obtenir de moi ce que vous vouliez ?

— N'êtes-vous pas ici ?

Elle n'aimait pas du tout son sourire. Elle se souvint soudain de sa bouche sur la sienne, quand il lui avait mordu la lèvre et aspiré son sang.

— Bien sûr. Je savais que vous voudriez venger votre ami. Votre compagnon d'armes, dit-il d'une voix caressante comme s'il cherchait à l'endormir. Vous êtes une Vénatore.

C'était comme s'il avait lu dans ses pensées. Elle était une Vénatore sans l'ombre d'un doute. Une Vénatore entièrement dévouée à sa cause. Et elle était venue pour venger le sort presque fatal qu'il avait infligé à l'un des siens.

Qu'aurait-elle pu faire d'autre ?

Rien.

— Je veux mon bracelet.

Il s'était rapproché. Elle se raidit.

— Je ne l'ai pas sur moi.

Il sourit, dévoilant des crocs longs et pointus. Sa chevelure blond cendré formait un séduisant halo de boucles autour de son visage où luisaient deux yeux roses.

— Bien sûr que si, dit-il. Je l'ai senti.

D'un geste rapide, elle rafla son pieu tombé à terre.

— Eh bien, venez le chercher, dit-elle en se mettant en position de combat.

Cette fois, elle allait en finir.

Il la regarda, puis s'en retourna nonchalamment vers le bureau en lui tournant le dos.

Un geste de défi.

Il n'en fallut pas plus pour déchaîner la fureur de Victoria. Mais juste au moment où elle se ruait sur lui, prête à lui enfoncer son pieu dans le cœur, il se retourna et lui saisit le poignet au vol. D'un geste précis, il lui tordit le bras, le ramena derrière son dos et l'attira brutalement contre lui.

Il plongea ses yeux brûlants dans les siens. Elle ferma les paupières et lui asséna un grand coup de front au menton.

Elle parvint brièvement à se soustraire à son étreinte, mais il la rattrapa par l'ourlet de son manteau, et quand elle tira pour se dégager, elle se retrouva prise au piège, les mains emprisonnées dans ses manches derrière son dos. Pas pour longtemps, heureusement.

D'une secousse, elle se débarrassa de son manteau et fit volte-face. Vite, elle sortit le crucifix qu'elle portait sous son corsage, pour le mettre bien en vue.

Beauregard eut un mouvement de recul. Mais quand elle bondit vers lui, il s'abaissa d'un geste rapide et esquiva son pieu. Comme elle se redressait, Victoria réalisa que Beauregard était en train de fouiller les poches de son manteau.

— Ah, dit-il, satisfait, en brandissant le bracelet de cuivre.

D'une pirouette, Victoria voulut se propulser par-dessus le bureau, mais une main brutale l'empoigna et elle se sentit tomber à terre. Il s'en suivit un féroce corps à corps durant lequel le vampire arracha la chaîne du crucifix qu'elle portait autour du cou, tandis qu'elle cherchait à s'emparer du bracelet de cuivre.

Voyant qu'il se redressait, pressant ses hanches contre les siennes, elle tenta de le transpercer de son pieu, mais il s'esquiva juste à temps et le pieu rata sa cible.

Soudain, elle sentit des mains se refermer autour de son autre poignet, la tirant en arrière. Elle donna une ruade, mais trop tard – elle entendit un cliquetis et sentit quelque chose de froid et lourd autour de son bras, comme une entrave qui ralentissait ses mouvements.

— Eh bien, ce n'est pas trop tôt, dit-il, visiblement satisfait.

Étendue par terre à côté de lui, elle jeta un coup d'œil à son bras droit et vit le bracelet de cuivre qui enserrait son poignet.

— Je te tiens enfin, fit-il en plongeant ses yeux dans les siens.

— Non… non ! s'écria-t-elle en détournant la tête pour se soustraire à son emprise.

Soudain leurs haleines se mêlèrent et le monde autour d'elle s'estompa comme si elle avait été immergée dans la brume, ou sous l'eau. Dans un ultime effort, elle s'arc-bouta et brandit son bras libre, mais le pieu glissa entre ses doigts engourdis et roula à terre avec un bruit sourd.

— Enfin… murmura Beauregard en l'attirant à lui.

Ses prunelles roses l'avaient hypnotisée. Elle respirait avec peine.

Beauregard se tenait penché au-dessus d'elle et sa bouche avait envahi tout son champ de vision. L'air lui manquait et elle sentit que son cœur se mettait à battre à l'unisson avec le sien.

# 21.

# Où Max embrouille l'esprit d'un démon contrariant

Akvan était exactement comme Wayren le lui avait décrit : mal bâti, cornu et affublé d'une queue. Son corps était large comme un tronc et ses membres épais et griffus. Sa figure joufflue avait un aspect porcin, de petits yeux et un gros nez rond, aplati comme un groin. Sa mâchoire était hérissée de crocs pareils à des défenses de sanglier et sa peau avait une couleur bleuâtre.

Une odeur pestilentielle assaillit les narines de Max dès qu'il entra dans le salon où le démon tenait sa cour. Plusieurs dizaines de personnes étaient rassemblées autour de la petite estrade sur laquelle trônait l'énorme démon. Max ne pouvait plus identifier les vampires qui se trouvaient parmi eux, mais il reconnut certains membres de la Tutela et supposait qu'il devait y avoir au moins quelques morts vivants dans l'assemblée.

À côté du trône d'Akvan, il aperçut une petite table de pierre sur laquelle reposait une poignée d'éclats d'obsidienne.

— Eh bien, tu as demandé à me voir ? beugla Akvan depuis son trône.

En revenant sur terre, il avait pris forme humaine, mais il était difforme et gauche et d'une laideur repoussante.

— Et qui es-tu ?

— Je suis celui qui t'a fait revenir sur terre, lui dit Max en le regardant droit dans les yeux.

— C'est un Vénatore, lança une voix qu'il ne connaissait que trop bien. Et puissant avec ça. Vous faites bien de le tenir à distance.

— Sarafina, dit Max en se tournant vers la jeune femme qu'il avait été à deux doigts d'épouser et qui se frayait un chemin dans sa direction, George Starcasset à ses côtés. Je vois que vous n'avez pas eu de mal à vous trouver un nouveau compagnon.

— Ne soyez pas jaloux, Maximilian… Personne, jamais, ne pourra vous remplacer.

Ses manières étaient beaucoup moins prudes que lorsqu'il l'avait rencontrée, plus d'un an auparavant, et ses yeux luisaient d'un éclat sournois et avide.

— Je suis ravie que vous soyez de retour parmi nous. J'ai été très déçue de constater que vous aviez disparu après notre visite. Serait-il vain d'espérer que vous avez compris votre erreur et décidé de revenir au sein de la Tutela ?

— Un Vénatore ? résonna la voix grave et rocailleuse d'Akvan, attirant à nouveau l'attention de Max. Un Vénatore ne peut rien contre moi – c'est écrit dans le *Shah-Nameh*. Laissez-le approcher.

— Mais il est le concubin de Lilith, insista Sara.

Elle s'était approchée de lui comme si le salon lui avait appartenu.

— Vous ne savez rien, lui dit Max, en se détournant. Tenez-vous donc tranquille.

— Tenez-le, ordonna-t-elle en faisant signe à quatre gardiens de l'immobiliser. Je vais vous le prouver, Seigneur Div.

Quatre paires de mains brutales empoignèrent les épaules et les bras de Max, mais il resta impavide quand les doigts délicats de Sara écartèrent le col de sa chemise pour dévoiler la nouvelle morsure.

— Vous voyez ? Elle l'a marqué et la plaie ne peut pas se refermer… et aucun mort vivant n'ose le toucher, de peur de s'attirer la colère de Lilith.

Elle laissa courir ses petites mains sur sa peau, frôlant son cou, puis plongeant dans l'échancrure de sa chemise, comme s'il avait été sa chose.

— Et ici… Tenez-le, j'ai dit !

Elle écarta le devant de sa chemise, dévoilant sa poitrine, et palpa la *vis bulla* accrochée à son mamelon.

— Comme elle m'a manquée, murmura-t-elle, en exerçant une petite traction sur l'amulette sans même se rendre compte que ce n'était pas la sienne.

Il souffrait, mais n'en laissa rien voir, gardant un visage impassible. L'intervention inopinée de Sara servait admirablement ses plans et lui faisait gagner un temps précieux.

— Dis à tes suppôts de me relâcher, ordonna-t-il à Akvan. Je suis venu de mon propre gré.

Akvan fit signe aux quatre hommes de se reculer, mais Sara ne bougea pas.

— Allez-vous-en, lui dit Max. Il y a des choses dont je veux discuter avec votre maître.

Mais Sara n'aimait pas recevoir d'ordres de quiconque, et maintenant que son père n'était plus de ce monde, elle se considérait comme étant de plein droit la nouvelle tête de la Tutela. À son regard courroucé, il comprit qu'il avait fait mouche.

— Ne vous approchez pas de lui, la prévint ce pleutre de George Starcasset, vert de jalousie. Sans quoi vous risquez de vous attirer les foudres de Lilith.

— Mais je suis en sécurité avec Akvan, répliqua Sara avec impertinence en laissant errer son regard sur Max. Elle n'oserait pas se montrer ici. Elle n'a pas quitté son antre depuis presque deux ans.

Max aurait ri de cette remarque innocente si la situation s'y était prêtée. Comme elle connaissait mal Lilith.

— Pourquoi es-tu venu ? demanda Akvan. Alors qu'il y a trois jours, toi et tes compagnons avez refusé mon… hospitalité.

Il explosa d'un rire rauque et caverneux.

— C'est moi, qui t'ai fait revenir du néant quand j'ai détruit ton obélisque. Et j'estime avoir mérité une récompense.

— Une récompense ?

— Sans moi, tu serais toujours dans les ténèbres pendant que le fils de Lilith serait en train d'occuper ta place ici, sur terre.

Max sentit un courant d'air froid sur sa peau, mais il résista à l'envie de refermer sa chemise.

Les bajoues d'Akvan tremblaient et ses yeux avaient presque disparu entre les plis de chair.

Il riait d'un rire silencieux, mais la condescendance exsudait par tous ses pores dilatés.

— Et quelle sorte de récompense exiges-tu ?

Le démon prenait plaisir à tourner Max en dérision, et tant mieux, car son plan s'en trouvait facilité.

Pour la première fois, Max fit mine d'hésiter. Il rapprocha les deux pans de sa chemise.

— Ce que j'ai à te dire est strictement confidentiel.

Akvan le considéra de ses petits yeux perçants.

— Non. Parle ici, devant tous.

*Si tu insistes.*

— Il n'y a guère d'affection entre toi et Lilith, commença Max en jetant de petits regards furtifs autour de lui. Et je ne la porte pas non plus dans mon cœur.

— Je le savais, siffla la voix de Sara.

— Ces fragments ne sont pas assez gros pour reconstruire ton obélisque, poursuivit Max, en désignant la petite table de pierre. Mais je peux obtenir un éclat beaucoup plus gros qui te permettra de recouvrer ton pouvoir.

— Celui qui est en possession de la Vénatore ? demanda Akvan. Je n'en ai pas besoin.

Max haussa les épaules.

— Dans ce cas, nous n'avons plus rien à nous dire.

Il tourna les talons et regarda Briyani qui se tenait au fond de la pièce, encadré par des gardiens. Son compagnon lui adressa un petit signe de tête. Ils étaient prêts.

— Attends.

Max se retourna vers Akvan.

— Oui ?

— Tu as cet éclat en ta possession ?

— Je peux te l'obtenir.

— Pourquoi ferais-tu une chose pareille ?

— Je veux m'allier avec celui dont le pouvoir est plus grand que celui de Lilith. Je veux détruire l'emprise qu'elle exerce sur moi. Elle m'a promis de me libérer si je détruisais ton obélisque, mais n'a pas tenu parole.

— Et si Sarafina dit vrai, lorsque tu seras libéré, les foudres de Lilith vont s'abattre sur ton allié. Je ne suis pas assez sot pour tomber dans un piège aussi grossier.

Max hocha la tête, prenant l'air encore plus hésitant.

— Elle n'est pas de taille à se mesurer à toi.

— Évidemment ! Mais je n'ai pas envie d'être harcelé par cette mégère et ses demi-démons. J'en ai déjà bien assez autour de moi. Mais je veux bien l'éclat d'obélisque. Et quand tu me l'auras donné, je te laisserai partir.

— Je ne veux pas me battre contre toi, répondit Max en durcissant ses traits.

Akvan le toisa.

— Un duel. Je te propose un duel en échange de ta liberté. Si je gagne tu me donnes l'éclat et tu deviens mon serviteur. Si tu gagnes, tu es libre.

— Non, Maximilian ! s'écria une voix.

Ils se retournèrent et virent Briyani qui tentait de s'arracher à la poigne des gardiens.

— C'est moi qui vais le combattre ! Toi, tu ne bouges pas…

— Silence ! rugit Akvan d'une voix qui résonna comme un coup de tonnerre. Je vais me battre avec lui. Et s'il meurt, tu mourras toi aussi.

— Mais vous ne devez pas vous exposer au danger, s'écria Sara en accourant auprès d'Akvan et en posant ses petites mains sur son bras gigantesque.

Pour un peu, Max l'aurait embrassée. Non seulement elle vantait sa supériorité au combat, mais elle le faisait au bon moment.

— Je vais te donner l'éclat d'obélisque, dit-il. Je ne veux pas me battre avec toi. Laisse-nous partir.

— Je n'ai pas peur de toi, Vénatore. Tu ne peux rien me faire, mais il n'est écrit nulle part que je ne peux pas te réduire en pièces. Mais peut-être devrais-je d'abord combattre ton compagnon. Et quand j'en aurai fini, tu pourras me dire où se trouve le fragment.

— Entendu, dit Max. Ton marché me semble équitable.

— Mais ce n'est pas un Vénatore, s'écria Sara. N'est-ce pas ? fit-elle en se tournant vers Max qui refusa de répondre. Vous n'êtes pas encore totalement remis de votre retour sur terre, Seigneur Div. Et il n'est pas Vénatore. Ne mettez pas nos plans en péril en risquant votre vie.

S'arrachant de son trône, Akvan déploya sa formidable carcasse aux muscles saillants.

— Je vais me battre contre toi, concubin de Lilith. Et quand tu seras mort…

— Si je meurs, tu ne sauras pas où se trouvent les fragments d'obélisque, dit Max.

Akvan se figea.

— Tu as peur de te battre ? Si tu me dis où ils se trouvent, je ne me battrai pas contre toi.

— Et tu nous laisseras partir, mon compagnon et moi ?

Akvan se laissa retomber sur son siège.

— Bien entendu. Et maintenant, parle !

— Je vais le dire haut et fort, afin que tous ici puissent entendre, déclara Max, qui avait tergiversé autant qu'il l'avait pu et espérait qu'il avait réussi à semer suffisamment le doute dans l'esprit d'Akvan.

Il reprit :

— Et pendant qu'ils iront chercher ton bien pour te le rapporter, je resterai ici avec toi.

Les yeux du démon se plissèrent.

— Approche-toi, concubin de Lilith.

Max pâlit.

— Je ne peux pas. Les morsures… elle peut les sentir. Si jamais elles se mettent à me picoter ou à brûler…

— Approche ! Sinon ton compagnon sera mon prochain repas.

Max balaya la salle du regard, visiblement déconcerté, puis reprit courage.

— Chasse ces gens de cette pièce pour que je puisse te parler en toute franchise.

— Non ! Approche et parle-moi à l'oreille.

Akvan lança un regard fielleux à Sara, qui lâcha aussitôt son bras et s'éloigna.

— Vous aussi, vous tous, reculez. Laissez-le approcher.

Max s'approcha lentement du démon. Un soupir franchit ses lèvres et il porta une main à son cou, là où les morsures continuaient de suinter du sang. Il s'arrêta au pied de l'estrade, légèrement sur la gauche, devant la table avec les fragments d'obsidienne, puis leva les yeux vers l'énorme créature.

— Je ne peux pas approcher davantage… la douleur est… insupportable.

Et l'odeur aussi. L'inconfort de Max n'était pas entièrement feint, mais il était prêt et totalement concentré. Il n'avait pas droit à l'erreur. Quand la main gigantesque d'Akvan fendit l'air comme un coup de fouet, Max plongea à terre. Le démon l'empoigna par le bras et le hissa sans effort sur l'estrade. Max fit la grimace en faisant mine d'avoir mal.

— Dis-moi où est le fragment d'obélisque ! rugit Akvan en exhalant une haleine chaude et puante à la face de Max.

— Ici ! répondit Max en sortant la main des plis de son manteau et en plongeant l'éclat d'obsidienne dans la poitrine d'Akvan.

Le démon poussa un hurlement, les yeux exorbités, la gueule béante. Sans perdre une seconde, Max sortit la courte épée cachée dans sa jambe de pantalon et trancha son cou adipeux.

Tout arriva si vite que personne n'eut le temps de réagir. D'un coup de pied, il fit basculer la table, déversant l'amas de fragments et le pendentif sur la masse noircie d'Akvan qui s'enfonçait déjà en bouillonnant dans la terre.

À peine les éclats d'obélisque avaient-ils disparu avec les restes de leur maître, que la horde des gardiens se ruait sur Max.

Ne pouvant plus distinguer les vampires des mortels, il ne savait pas quelle arme employer pour combattre les uns et les autres – mais le problème fut bientôt résolu par une gigantesque déflagration. Le plafond explosa et une pluie de gravats s'abattit sur la foule. Briyani !

Profitant de la confusion générale, Max s'arracha aux griffes de la créature aux yeux rouges qui l'avait empoigné. Se fondant dans le rideau de fumée, il gagna en hâte l'arrière de la pièce. Briyani et lui avaient convenu de se retrouver à l'extérieur du salon, avec Michalas qui devait rappliquer dès qu'il entendrait l'explosion.

Il entra en collision avec quelque chose de mou. Des petits doigts se refermèrent sur son bras. Sara, bien sûr. Résistant à l'envie de la repousser, il la traîna avec lui jusqu'à la porte. Le couloir était rempli de fumée, mais il reconnut Briyani. Son visage n'était qu'un masque de suie où luisait un sourire d'un blanc éclatant… Presque au même instant, Michalas émergea à son tour de l'écran de fumée.

— Venez ! leur cria-t-il en s'élançant dans le corridor pour leur montrer la voie.

Par deux fois, il se retourna pour jeter quelque chose derrière lui. Deux explosions s'ensuivirent, puis un grondement sourd comme un roulement de tonnerre indiqua à Max qu'un autre plafond s'était effondré. Bientôt la villa tout entière allait s'écrouler.

— Vite, courez !

Ils détalèrent comme des fous dans l'étroit corridor dont le plafond se fissurait dangereusement. Max tenait toujours Sara par la main qui courait aussi vite qu'eux malgré sa robe. Enfin, ils atteignirent le cachot. Ils se ruèrent dans le laboratoire puis, plus lentement, se faufilèrent par la Porte de l'Alchimie et émergèrent dans la nuit.

— Vous l'avez tué, dit Sara lorsque Max la relâcha. Comment avez-vous fait ? Il est dit dans le *Shah-Nameh* qu'aucun Vénatore ne pouvait le tuer. Et le *Shah-Nameh* ne se trompe jamais.

Il l'ignora et se retourna vers la villa. La moitié du bâtiment s'était écroulée et des colonnes de poussière s'élevaient dans le clair de lune.

— Comment, Max ?

— Allons-y, dit-il à Michalas et Briyani. Nous n'avons plus rien à faire ici.

— Comment ? lui cria-t-elle. Répondez, Max.

Mais il s'éloigna sans rien dire. Plus jamais il ne la reverrait. Tout était fini.

Son cœur se serra dans sa poitrine. Sa mission était achevée.

Sébastien lâcha un juron et ouvrit un œil. L'autre était trop gonflé. Sa chemise était trempée de sang et il était broyé comme si une charrette lui avait roulé dessus. Que s'était-il passé ?

Enfin, il réussit à ouvrir les deux yeux malgré sa paupière enflée, et à se remettre tant bien que mal sur ses pieds.

*Bon sang.*

*Victoria.*

Ses jambes chancelaient, mais il avait connu pire, et la douleur qui lui martelait le crâne ne l'empêcha pas de s'élancer vers la porte de la chambre où on l'avait balancé comme un paquet de linge sale. Il fit tourner la poignée. Heureusement, le verrou n'était pas tiré.

Vite, il courut dans le couloir désert.

S'avisant que Gardriel et Hugh montaient toujours la garde devant la chambre à coucher de Beauregard, Sébastien fonça tête baissée pour forcer le barrage.

Mais aussitôt deux mains puissantes s'abattirent sur ses épaules, le clouant sur place.

Sa vision se brouilla et il crut défaillir en découvrant le spectacle qui s'offrait à lui.

Son grand-père était nonchalamment étendu parmi les coussins du grand lit, Victoria à ses côtés. Il caressait sa longue chevelure brune qui se répandait en boucles soyeuses sur ses épaules nues et la courtepointe de velours rouge. Sa peau blanche prenait des reflets opalescents à la lueur du feu qui crépitait dans la cheminée, et sa bouche était incurvée en un sourire sensuel.

Elle posa sur Sébastien deux yeux étrangement brillants et profondément enfoncés dans leurs orbites.

— Tu es arrivé plus tôt que je ne l'escomptais.

— Laisse-la partir, dit Sébastien en se débattant, mais ses deux gardiens étaient beaucoup plus grands et plus forts que lui. Beauregard, laisse-la partir.

Il n'arrivait pas à détacher ses yeux de Victoria, dont les lèvres étaient gonflées et rouge sombre.

Sa robe défaite à l'encolure indiquait que son grand-père avait obtenu ce qu'il désirait.

Mais c'était surtout sa peau d'une pâleur extrême qui inquiétait Sébastien. Lorsqu'elle se tourna vers Beauregard, ses cheveux retombèrent, laissant voir deux coulées luisantes de sang frais sur son cou.

Il y avait encore une chance de la sauver… certes, il avait bu une bonne quantité de son sang, mais tant qu'elle n'avait pas bu celui de Beauregard, tout espoir n'était pas perdu.

Quand les lèvres de son grand-père et celles de Victoria se joignirent pour échanger un baiser à l'érotisme troublant, Sébastien sentit à nouveau sa vision se brouiller.

Quand leurs bouches se séparèrent avec un bruit de succion, Victoria laissa courir ses petites mains puissantes sur le torse de Beauregard, exactement comme elle l'avait fait avec Sébastien quelques jours plus tôt.

— Tu peux te joindre à nous, Sébastien, lui dit Beauregard. À condition de bien te tenir.

Sébastien ravala un flot de nausée.

— Pourquoi ? demanda-t-il, la voix brisée. Pourquoi ?

— Je ne voulais pas risquer un retournement de veste de ta part. Mais maintenant, la question ne se pose plus, si ?

Sébastien ne répondit rien. Le monde s'effondrait sous ses pieds, le laissant seul au bord d'un précipice battu par les vents froids de la colère.

— Victoria ! criat-t-il, s'efforçant d'attirer son attention pour l'arracher à l'emprise de Beauregard. Victoria, regardez-moi !

— N'aie crainte. Elle se montrera tout aussi complaisante qu'elle l'était avant… mais ne changera pas. Et dans quelques dizaines d'années, tu me remercieras. Si tu m'avais écouté…

— Non !

Quand Victoria bougea à nouveau, Sébastien vit le bracelet de cuivre qui enserrait son poignet et comprit comment Beauregard avait réussi à la piéger. Le désespoir le submergea.

— Victoria, dit-il d'une voix à peine plus forte qu'un murmure.

Entre ses paupières à demi closes, bordées d'une épaisse frange de cils, il voyait luire ses iris aux pupilles dilatées. Elle renversa la tête en arrière et étira la main pour caresser la mâchoire et le menton de Beauregard, avec un geste lascif et provocant qui ne ressemblait pas à la Victoria orgueilleuse et pudique qu'il connaissait.

— Laisse-la partir, répéta-t-il d'une voix suppliante.

— Non.

Les yeux de Beauregard se mirent à rougeoyer, lui arrachant un frisson.

Pour la première fois depuis longtemps, il se rendait compte de la force du pouvoir d'attraction de son grand-père.

— Je ne t'ai jamais demandé aucune faveur. J'ai toujours fait ce que tu me demandais. Je t'ai protégé. Laisse-la partir.

— Il est trop tard.

Beauregard étira sa longue main fine et laissa courir ses doigts sur le cou de Victoria. Lorsqu'il les ôta, ils étaient couverts de sang. Il les porta à sa bouche et les lécha.

— Tant qu'elle ne s'est pas repue de toi, il n'est pas trop tard, plaida Sébastien, dont les tempes battaient violemment.

— Mais elle va le faire. Elle va se repaître de moi, et tu seras heureux, Sébastien. Je te le promets. Fais-moi confiance.

Sébastien arracha son bras gauche à la poigne de Hugh, puis se libéra d'une secousse de l'étreinte de Gardriel.

Aussitôt, les deux cerbères se ruèrent sur lui, les crocs et les poings sortis.

Un coup féroce l'atteignit en plein abdomen et il s'effondra à terre.

— Sortez-le d'ici ! ordonna Beauregard.

Aussitôt, deux mains brutales l'empoignèrent et le traînèrent hors de la chambre. Et quand la porte se referma, la dernière chose qu'il entendit fut un rire féminin guttural et sensuel.

# 22.

# Où le pire se produit

Ainsi donc vous avez décidé de nous quitter ? dit Wayren. Maintenant qu'Akvan et son obélisque ont cessé d'être une menace, vous vous sentez inutile et ne voyez pas de raison de rester.

— Lilith va entrer dans une colère noire et lancer ses limiers sur mes traces quand elle découvrira ma… défection… C'est pourquoi je préfère disparaître momentanément.

— Et sans même un au revoir ?

— Je ne vois pas l'intérêt de retourner le couteau dans la plaie.

— Zavier est mourant.

— Je sais. Et j'en suis sincèrement désolé. C'est un brave homme.

Wayren leva à nouveau ses yeux pâles et pénétrants vers Max.

— Allez-vous laisser la *vis bulla* de Victoria ?

Il serra le poing pour s'empêcher de palper l'amulette qu'il portait sous sa chemise.

— Elle n'a pas besoin de deux *vis bullae*, dit-il.

— Mais elle en porte déjà deux, précisa Wayren sans cesser de le fixer du regard.

— Dans ce cas, à quoi lui servirait une troisième ? grommela-t-il.

Il voulait s'en aller avant que Victoria ne s'en revienne au Consilium.

— Au revoir, Wayren. Je vous donnerai des nouvelles. *Essere con Dio.*

Dès qu'il fut sorti de la bibliothèque, il se hâta vers la sortie en empruntant une porte dérobée.

Quelques instants plus tard, il gravissait l'étroit escalier qui menait à la cave d'un immeuble désaffecté à quelques pâtés de maisons de Saint-Quirinus. Comme il émergeait du vieil édifice, il songea que c'était peut-être la dernière fois qu'il empruntait ce chemin.

Sans un bruit, il se faufila par la porte de derrière et traversa la cour large de cinq pieds à peine et remplie de gravats.

Le soleil commençait à se lever, répandant une douce lumière sur les masures alentours. Max prit une longue bouffée d'air frais. Sa première journée de sa maudite liberté venait de commencer.

Il était libre, sans doute, mais toujours prisonnier de ses souvenirs de Vénatore.

Il aurait dû demander à Wayren d'effacer complètement sa mémoire afin d'avoir l'esprit en paix.

Il se remit en marche. Il voulait mettre le plus de distance possible entre lui et le Consilium – le monde qui avait été le sien pendant plus de dix ans.

Soudain, un bruit de pas rapide résonna derrière lui. Instinctivement, il s'empara de son pieu.

— Pesaro !

— Nom d'un chien, Vioget ! Que me voulez-vous ? grogna Max sans cesser d'avancer.

— Victoria.

Max se figea. Quelque chose dans la voix de ce rat…

— Beauregard l'a capturée.

Max se retourna, et ce qu'il vit lui glaça le sang. La

belle petite gueule de ce bellâtre de Vioget était défigurée, et il boitait.

— Il l'a... Les mots restèrent collés au fond de sa gorge, mais Vioget avait compris.

— Pas encore, mais il le fera si nous ne l'arrêtons pas à temps.

Max le toisa tandis que chaque parcelle de la profonde antipathie qu'il lui inspirait remontait à la surface.

Ravalant le flot d'injures qui lui montait aux lèvres, il reprit le chemin du Consilium. Si Vioget s'était abaissé à demander son aide, c'est que la situation de Victoria était critique. Ils allaient avoir besoin des autres.

— Avez-vous vu Wayren ?

— Oui, c'est elle qui m'envoie. Les Vénatores attendent.

Ainsi donc, Sébastien savait. Max fit un petit signe de tête et dit les mots qu'il n'aurait jamais cru dire un jour à Sébastien Vioget.

— Je vous suis.

Sébastien grinçait des dents.

— Oui, je sais que Beauregard s'attend à ce que nous fassions irruption chez lui.

Bien que n'étant pas un violent par nature, il avait envie de lancer son poing dans... quelque chose, n'importe quoi.

Mais il se reprit. Il n'y avait pas une minute à perdre. Dieu merci, ils étaient presque arrivés à la villa de Beauregard.

Il commençait à faire jour et une heure environ s'était écoulée depuis qu'il s'était échappé de l'antre souterrain de son grand-père. Sébastien se dit que les vampires étaient probablement en train de dormir.

Il saurait comment échapper à la vigilance des créatures qui veillaient sur le domaine de Beauregard.

— Nous ne pouvons pas entrer tous ensemble, dit Max d'une voix cassante.

— J'allais justement le dire, avant que vous ne m'interrompiez, rétorqua sèchement Sébastien.

Il tourna son attention vers les trois Vénatores qui les accompagnaient. Perdre son sang-froid n'eût fait qu'aggraver les choses.

Pendant combien de temps Beauregard allait-il s'amuser avec elle, la toucher, l'embrasser, avant de la faire boire ?

Serrant les dents, Sébastien s'obligea à se concentrer sur ce qu'ils allaient devoir faire pour essayer de la sauver.

— Il y a deux voies d'accès principales aux appartements privés de Beauregard, expliqua-t-il à voix basse, tandis qu'ils se tapissaient derrière le mur qui entourait la maison. Et un passage secret que je suis seul à connaître – en dehors de Beauregard.

— Il s'attend certainement à ce que nous l'empruntions.

— C'est pourquoi nous allons nous scinder en deux groupes. Le premier va faire du raffut pour attirer l'attention des morts vivants de sa garde rapprochée.

— Combien sont-ils ?

— Dix, douze peut-être. Vous pouvez vous en charger, n'est-ce pas, Pesaro ? Une douzaine de vampires ne vous fait pas peur.

L'espace d'un instant, il crut que Max allait le frapper, mais il se retint et hocha la tête d'un petit geste sec et hautain.

Michalas parla pour la première fois.

— Grâce à Miro, nous avons désormais de quoi faire diversion, pas vrai, Max ? Nous allons attirer leur attention pendant que vous vous faufilez par le passage secret.

— Et que comptez-vous faire, une fois là-bas ? demanda Max sur un ton délibérément railleur. Demander poliment à Beauregard de vous rendre Victoria ?

— Il ne s'attend pas à ce que je l'attaque, répondit Sébastien du tac au tac. Mais c'est justement ce que je vais faire.

Max eut un regard incrédule, mais ne dit rien.

Sébastien leur donna les dernières instructions, puis ils se séparèrent, Michalas et un Vénatore blond allaient accompagner Max, tandis que l'autre, appelé Brim, suivrait Sébastien.

Comme ils commençaient à s'éloigner, Max empoigna Sébastien par l'épaule d'une façon qui n'avait rien d'amicale.

— Ramenez-la, lui dit-il en plongeant son regard noir et froid dans le sien.

Puis il tourna les talons.

Sébastien s'engouffra dans le passage étroit et sombre qui menait à la cave.

Il était terrifié à l'idée de ce qu'il allait trouver à l'autre bout du tunnel.

Ils avaient presque atteint la porte dérobée quand ils entendirent un *boum* au loin. Les autres avaient commencé à faire diversion.

Il ne faisait aucun doute que Max et les deux autres parviendraient à eux trois à contenir une douzaine de vampires. Car bien qu'il lui en coûtât, Sébastien était forcé de reconnaître que Max était un combattant hors pair.

Une seconde explosion retentit, plus proche cette fois, qui fit trembler tout l'édifice.

Une fois devant la porte secrète, il se retourna et regarda Brim. L'homme, qui le dominait d'une tête, avait la peau couleur d'ébène et les cheveux coupés ras, et portait sa *vis bulla* à l'arcade sourcilière. Ils échangèrent un regard entendu, et Sébastien se tourna à nouveau vers la porte.

Il hésita un court instant, puis entra comme une furie, Brim à sa suite. Il se retrouva nez à nez avec un vampire qui tenta aussitôt de l'intercepter, mais Brim avait déjà brandi son pieu. *Pouf,* le vampire éclata sans bruit, tandis que Sébastien se ruait vers le lit tendu de velours rouge. Des bruits de bagarre derrière lui, lui indiquèrent que Brim était aux prises avec d'autres vampires. Mais Sébastien ne pensait à rien d'autre qu'à sauver Victoria.

Une odeur ferrugineuse de sang engluait l'air. Il n'arrivait plus à respirer. Il n'y voyait plus et ses jambes ne bougeaient pas aussi vite qu'il l'aurait voulu... il avait l'impression de marcher à contre-courant dans un torrent.

Soudain Beauregard surgit devant lui, les yeux rougeoyants et les crocs sortis.

— Tu arrives trop tard. Toutes mes excuses et mes condoléances. Même si je sais qu'un jour tu me remercieras.

— Non, je ne te crois pas ! s'écria Sébastien en scrutant de loin la silhouette étendue dans le lit.

Ses longs cheveux bruns dissimulaient son visage et la courtepointe était remontée et recouvrait son corps.

— Il le faut pourtant. Elle est à moi, désormais.

Il déploya son long bras musclé sous les yeux de Sébastien. Le bracelet maléfique brillait à son poignet, et juste au-dessus, une profonde entaille dégouttait de sang noir et luisant.

— Elle a bu de bon cœur, avec avidité. Et sans bouder son plaisir, Sébastien.

— Non !

Quand il s'approcha du lit, Beauregard ne chercha pas à le retenir.

— Avec son pouvoir et mon sang, elle sera encore plus puissante que Lilith, par l'épée de Lucifer !

— Sois damné ! hurla Sébastien.

Soudain, le pieu, cette arme qu'il avait si longtemps méprisée, lui sembla aussi redoutable que les pistolets et les épées dont il se servait pour chasser et se battre en duel.

*Dieu m'est témoin !*

Juste au moment où il allait frapper, Beauregard stoppa son geste avec une épée sortie de nulle part.

— Sébastien, calme-toi, lui dit-il. Je te promets que nous pourrons la partager. Et maintenant que nous avons le parchemin, nous allons triompher...

Grognant sous l'effort, Sébastien se lança en avant

et saisit son grand-père par le cou. Mais le vieil homme riposta avec force et le repoussa violemment contre le mur. Les rideaux du lit tremblèrent, mais Sébastien le tenait toujours par la gorge. L'épée tomba des mains de Beauregard qui luttait pour l'obliger à lâcher prise.

— Va au diable ! rugit Sébastien en brandissant son pieu.

— Non, tu ne peux pas faire ça, souffla Beauregard en labourant la main de Sébastien de ses ongles acérés. Après tout ce que j'ai fait pour toi.

— Tu me l'as prise.

— Elle cherchait à nous séparer l'un de… l'autre. Je l'ai fait pour… nous.

Sébastien resserra son étreinte, ignorant le sang qui ruisselait sur son poignet.

Un coup, un seul et tout sera fini.

— Je t'ai élevé… quand personne ne voulait… de toi.

Ses yeux avaient cessé de rougeoyer et il avait rentré ses crocs.

— Parce que mon père a été ravi par ta maîtresse ! éructa Sébastien. Elle l'a transformé, tu ne te souviens pas ?

— Elle était… jalouse… de lui.

La gorge de Beauregard se convulsa sous sa main et il toussa. Mais Sébastien n'était pas dupe. Il savait qu'on ne pouvait pas tuer un vampire par strangulation. Tout au plus pouvait-on l'entraver suffisamment longtemps pour pouvoir lui enfoncer un pieu dans le cœur.

— Et… comme tous… les Vioget… il n'a pas pu… résister à… l'attrait d'une belle… femme.

Sébastien réalisa que les bruits de lutte derrière lui avaient cessé. Il tourna la tête. Il n'y avait plus personne et Brim avait disparu. Ils étaient seuls.

— Non, Sébastien. Non.

Au lieu de tirer ou de griffer, la main de Beauregard s'était faite délicate, implorante.

— Tu vas le regretter. Et tu le sais…

— Assez !

Les doigts de Sébastien s'enfoncèrent dans la chair de son grand-père.

Il leva son pieu.

— Je t'aime.

Au même instant, la porte s'ouvrit à la volée et Max entra au pas de charge, couvert de sang et les traits déformés par la colère.

S'approchant du lit, il tira la courtepointe.

Victoria murmura, se retourna en battant des paupières puis referma les yeux.

Quand Max la souleva, sa chevelure retomba dans son dos, dévoilant les morsures sanguinolentes sur son cou et ses épaules. Ses lèvres se retroussèrent en un sourire sensuel et un filet de sang s'échappa du coin de sa bouche.

— Doux Jésus, murmura Max en lançant à Sébastien un regard plein de haine.

Soudain tout disparut, et Sébastien enfonça son pieu.

Il y eut un léger *pouf*, un petit nuage de cendre, et le bracelet de cuivre tomba à ses pieds avec un petit bruit métallique.

# 23.

# Où une veillée mortuaire est organisée

— Il n'y a rien à faire, dit Wayren.

Derrière elle, la fontaine scintillante gazouillait doucement. Dans ce cas précis, l'eau bénite ne leur était d'aucun secours.

— Ne sentez-vous pas ? Ne sentez-vous pas sa présence, même ici ?

Elle savait qu'ils avaient détecté la présence d'un mort vivant – l'une des leurs avait été changée et amenée ici, sous les voûtes sacrées du Consilium. L'expression de désespoir qui creusait les traits de Sébastien en disait long sur la culpabilité qui le rongeait intérieurement.

Michalas et Brim échangeaient des murmures et des regards furtifs.

Max, impassible, se tenait dans l'ombre d'une arcade, comme s'il avait voulu se séparer des autres, maintenant qu'il ne pouvait plus sentir par lui-même.

Et ce n'était peut-être pas plus mal, maintenant que Victoria n'était plus.

— Ylito et moi allons la veiller jusqu'à ce qu'elle revienne à elle, dit Wayren. Vous autres pouvez disposer.

Elle se détourna des visages sombres, ravagés par le désespoir et la colère.

Elle priait pour que cette colère, en particulier celle de Max, ne se retourne pas contre Sébastien.

Elle longea la galerie des portraits en soupirant. Zavier serait bientôt mort. Quant à Victoria…

Un bruit de pas lui fit tourner la tête. C'était Sébastien.

— Je veux être là quand elle se réveillera, dit-il, les manières enjôleuses et le ton léger, soudain remplacés par un profond chagrin et une sourde détermination.

Il serait un bon Vénatore. Son heure était venue.

— Avez-vous l'intention de vous joindre à nous désormais ? demanda-t-elle, en lui faisant de la place pour qu'il puisse marcher à ses côtés.

— Je n'ai plus de raison de ne pas le faire. Si je… j'ai été bête et irresponsable.

C'était vrai, mais tout comme Max avant lui, il finirait par trouver sa place ici, et apprendrait à tirer des enseignements de ses erreurs.

— Vous avez tué votre grand-père. N'allez pas croire que je ne sais pas ce qu'il vous en a coûté.

En voyant ses traits hagards et tendus, Wayren ne put s'empêcher de penser au grand Uriel – mais un Uriel à la sensualité extraordinaire.

— Il n'y a vraiment aucun espoir ?

— Aucun, dit Max d'une voix sèche qui fit sursauter Wayren. Elle a bu de son sang.

Wayren s'arrêta de marcher jusqu'à ce que Max les ait rejoints, puis répondit :

— Après s'être repu d'elle, elle était très faible et a bu le sang de Beauregard pour remplacer le sien. Quand elle se réveillera, elle sera transformée.

— Dans ce cas, pourquoi ne pas la transpercer tout de suite et en finir d'une bonne fois ?

— Parce qu'il faut que vous la voyiez telle qu'elle est devenue pour pouvoir faire votre deuil, dit-elle à Sébastien.

Et que vous vous rendiez compte par vous-même qu'il n'y a plus rien à faire.

Ils avaient atteint la pièce où reposait Victoria. La chambre était trop petite pour qu'ils puissent s'y tenir tous les cinq, mais Wayren savait qu'il eût été vain d'essayer de garder Max et Sébastien à l'écart. Victoria avait été lavée et habillée comme pour être enterrée.

Ses longs cheveux bruns noués en une lourde tresse reposaient sur sa poitrine, et sa longue robe blanche faisait ressortir encore plus la pâleur de ses traits. Une main reposait sur son ventre et une veine bleue sillonnait son visage depuis la tempe jusqu'à la mâchoire.

En les voyant entrer, Ylito releva la tête, son regard croisant celui de Wayren.

— Il lui faut du sang, dit-il tout bas. Je ne suis pas certain du résultat, mais Hannever voudrait tenter l'expérience.

— Acceptera-t-elle de boire ? demanda Max en sortant un couteau, prêt à se couper les veines du poignet.

Mais Wayren l'en empêcha.

— Attendez. Il faut que ce soit du sang Gardella, dit Ylito.

Sébastien avait déjà retroussé sa manche.

— Donnez-moi votre couteau, Pesaro.

Max se recula et s'adossa au mur, les bras le long du corps, dans une attitude d'apparente indifférence.

La tension était si forte que même Wayren, qui n'était généralement pas affectée par les énergies négatives, se raidit.

Au même instant Hannever entra.

— Du sang. Maintenant !

Il portait un plateau avec plusieurs coupes, deux petits flacons et divers autres objets qu'il posa sur la table.

Sans un mot, il s'approcha de Victoria et fit une petite entaille sur son bras, puis pressa la veine pour recueillir une petite goutte de sang noir.

Un silence de mort régnait dans la chambre.

La colère, la culpabilité, la terreur et la folie étaient palpables.

Quand Hannever se détourna de Victoria, Sébastien lui offrit son bras.

Hannever pratiqua une petite incision et recueillit le sang dans deux bols. *Ploc, ploc, ploc…* le bruit résonnait dans la petite pièce, comme de minuscules explosions.

— À quoi bon ? retentit soudain la voix âpre de Max.

— À rien sans doute. Mais elle en a besoin. On ne perd rien à essayer, dit Hannever sans cesser de s'affairer.

Il versa une goutte d'un mystérieux liquide dans le sang de Sébastien, puis le remua avec un bâtonnet.

— Ça ne marche pas.

— Essayez avec Max, dit Wayren.

Mais le sang de Max ne convenait pas non plus, selon Hannever.

— Il faut que nous lui donnions du sang ! dit Sébastien entre ses dents serrées.

— Zavier, dit Max. Il faut essayer avec Zavier.

Wayren et Ylito échangèrent un regard. C'était une bonne idée.

— Mais il faut qu'il accepte.

Wayren hocha la tête.

— Il acceptera. Je vais aller lui parler.

# 24.

# Où un courant d'air glacé jette un froid

Victoria murmura en s'agitant. C'était la première fois qu'elle remuait depuis qu'ils étaient entrés dans la chambre. Sébastien écarta une mèche de son front moite et livide.

C'était la dernière fois qu'il la touchait.

Il laissa errer ses yeux sur sa bouche, la courbe de son menton – qu'elle relevait fièrement quand elle feignait de ne pas le désirer.

Désormais, il n'aurait plus personne à séduire quand il monterait en voiture, personne à taquiner, à attirer à lui, à entourer de ses bras.

La blessure qu'elle lui avait infligée à l'épaule avec son pieu continuait de suinter, lui rappelant pourquoi elle reposait sur ce lit de mort, et comment elle était arrivée jusqu'à l'antre de Beauregard.

Qui l'avait menée jusque-là et pourquoi. Comment Beauregard les avait manipulés l'un et l'autre.

Plusieurs heures s'étaient écoulées depuis qu'Hannever et Ylito lui avaient donné le sang de Zavier. Ils avaient réussi à le lui administrer au moyen d'un tube, mais en pure perte apparemment, car la nuque de Sébastien était toujours glacée et Victoria toujours aussi pâle et froide.

Elle gémit à nouveau. Sébastien releva la tête et croisa le regard de Max, debout, de l'autre côté du lit.

Il ne vit aucune lueur d'espoir dans ses yeux, juste une froide détermination.

Un pieu reposait sur la table de chevet, à portée de sa main, et Sébastien savait qu'il n'hésiterait pas à s'en servir.

Wayren et Ylito s'étaient retranchés dans un coin de la chambre où ils attendaient, absorbés dans la lecture d'un texte ancien. Sébastien se souvint soudain que le parchemin qu'il avait volé au Consilium se trouvait toujours dans l'antre de Beauregard.

Quand tout ceci serait terminé, il faudrait qu'il y retourne pour essayer de le retrouver.

Soudain, Victoria battit des paupières. D'un seul coup, l'atmosphère changea. Tous retinrent leur souffle.

Wayren et Ylito se rapprochèrent. Sébastien entendit un léger cliquetis, puis un claquement métallique. Max, Wayren et Ilias s'affairaient autour du lit.

Des entraves.

Ils étaient en train de l'attacher !

Tâtant le bord du lit, il dénoua furtivement les liens de cuir et de métal. Jamais il ne pourrait.

La respiration de Victoria était devenue stridente et ses paupières battaient. Elle remua une jambe, ses lèvres s'entrouvrirent, sa tête roula de côté. Elle essaya de lever un bras sans y parvenir… Max lui tenait le poignet fermement plaqué sur le lit.

Enfin elle ouvrit les yeux, ils n'étaient pas rouges, mais toujours du même brun pailleté de vert.

Ylito s'était approché de la table de chevet pour prendre quelque chose.

Non, pas le pieu ! Pas encore !

Mais quand Sébastien regarda à nouveau la table, le pieu y était toujours, sous la main de Max.

— Qu'est-ce que… demanda Victoria en promenant son regard lentement sur chacun des visages penchés au-dessus d'elle. Beauregard !

Elle essaya de bouger. Elle semblait égarée.

Ylito fit un geste, et quelque chose gicla dans l'air avant de retomber en pluie sur son visage.

Mais au lieu de se mettre à crier ou à se débattre au contact de l'eau bénite, Victoria détourna simplement la tête, comme quelqu'un qui cherche à se protéger d'une averse d'été.

— Pourquoi faites-vous cela ? demanda-t-elle d'une voix raffermie.

Quelque chose changea dans la pièce, comme si une lumière avait jailli. Tous retinrent leur souffle, n'osant espérer…

— C'est incroyable ! lâcha Wayren, stupéfaite.

Puis elle se pencha et passa une main sur la figure et les épaules de Victoria. Elle ferma les yeux et se mit à psalmodier doucement, bouche fermée.

— Ce sont les deux *vis bullae*.

Tous regardèrent Max qui avait ôté sa main de la table où reposait le pieu.

Elle en porte bien deux, n'est-ce pas ?

Sébastien le foudroya du regard. Comment diable pouvait-il le savoir… alors que lui-même n'était pas au courant ?

Wayren se redressa sans cesser de faire courir doucement ses mains sur le corps de Victoria.

— Ce doit être ça. Car je ne vois pas d'autre explication. Le pouvoir combiné des deux *vis* a pris l'ascendant sur le sang de Beauregard. Elle n'a pas été transformée.

— C'est pour cela qu'elle avait besoin de sang, ajouta Ylito. Le sang impur du vampire n'ayant pas réussi à la dominer, il lui fallait du sang de mortel.

— De quoi parlez-vous ? demanda Victoria. Pourquoi suis-je ici ?

Un immense soulagement s'empara de Sébastien. Pour la première fois depuis longtemps, il ressentait autre chose que du remords ou de la culpabilité.

*Dieu merci.*

Mais lorsqu'il prit ses doigts dans sa main, il réalisa avec effroi que sa nuque était toujours glacée.

# Epilogue

## Où l'on découvre que rien n'est plus à craindre qu'une femme blessée

Sarafina Regalado entra d'un pas décidé dans l'antre de Lilith la Ténébreuse.

Elle avait fait un long voyage depuis Rome pour atteindre ces contrées reculées, et elle était à bout de forces. Mais elle refusait de se laisser intimider par la puissante reine des vampires qui se tenait devant elle. Car que pouvait-il lui arriver ?

Que Lilith la morde ?

Ce serait plutôt agréable.

— Je te connais ? demanda Lilith au bout d'un long moment. Pourquoi as-tu bravé mes gardiens pour me parler ?

— Mon père était le comte Regalado, mais il est mort. La femme Vénatore l'a tué.

Les yeux bleus cerclés de rouge se plissèrent.

— Ainsi donc, c'est toi. Et que me veux-tu ?

— Je vous apporte des nouvelles, lui dit Sara en regardant autour d'elle.

Le mobilier était somptueux… et la robe de Lilith, démodée et faite d'une drôle d'étoffe, mais qui lui allait comme un gant.

— Akvan est détruit. La Porte de l'Alchimie a été ouverte.

— Ce n'est pas une nouveauté, dit la reine en l'enveloppant d'un regard avide. Beauregard est mort aussi, enfin. Même si son bracelet a de nouveau disparu.

De dessous sa cape, Sara tira une feuille de papier jaunie et écornée par les ans et recouverte d'une mince pellicule de cire.

— Peut-être trouverez-vous ceci intéressant ? Je l'ai obtenu auprès d'un des disciples de Beauregard, celui-là même qui m'a amenée jusqu'ici.

Lilith s'empara du parchemin d'un geste nonchalant, mais dès qu'elle vit le dessin de la fleur et les instructions rédigées dessous son regard s'aiguisa.

— Et qu'attends-tu de moi ?

— Je veux savoir comment Max a réussi à tuer Akvan, répondit Sara.

La reine la regarda, et son visage livide pâlit au point de devenir translucide, laissant voir un réseau de veines bleues sous la peau.

— Maximilian ! rugit-elle en se retournant si soudainement vers Sara que celle-ci tressaillit.

Les yeux de Lilith s'étaient mis à brûler comme le feu.

— A-t-il tué Akvan de sa main ? *De sa main ?* Réponds !

Sara hocha la tête.

— De sa main, parfaitement.

— *Non !* C'est impossible ! Il m'a trahie !

Ses lèvres se pincèrent en une ligne étroite, tandis que sa crinière tourbillonnait autour d'elle comme un nuage incandescent.

— Et vous n'êtes pas la seule, dit Sara. Encore que – s'empressait-elle d'ajouter quand la femelle vampire sortit ses crocs comme si elle s'apprêtait à la déchiqueter – le tort qu'il vous a fait est certainement bien pire.

— Max ! Comment a-t-il osé ! hurla-t-elle d'une voix

stridente, haletante de rage. Après toutes les faveurs que je lui ai accordées ! Il m'a trahie.

Sa voix retomba d'un coup quand elle ajouta :

— Je me vengerai.

Elle regarda Sara. Ses yeux continuaient de luire, mais ils avaient cessé de la brûler. Toutes les veines sauf une avaient disparu sous sa peau blanche. Ses lèvres se retroussèrent avec volupté.

— Nous allons nous venger. Mais en attendant, approche, chère petite, et donne-moi ton joli petit cou.

# Remerciements

À chaque nouveau roman, je m'aperçois que l'écriture n'est pas un travail solitaire. C'est pourquoi je remercie du fond du cœur les nombreuses personnes qui ont participé à ce projet.

À commencer par Marcy Posner, qui m'a tenu la main pour m'empêcher d'aller là où je n'avais pas pied, tout en m'encourageant dans la bonne voie.

Merci également à Claire Zion, dont les brillants commentaires font que les *Chroniques des Gardella* vont en se bonifiant… à chaque nouvelle aventure.

Merci à tout le groupe de NAL, qui a permis à Victoria et à ses aventures de s'imposer sur le marché – Sandra Devendorf, Hilary Dowling, Kara Welsh –, et à l'extraordinaire et très talentueuse équipe artistique dont les couvertures et les campagnes publicitaires sont de plus en plus belles et me laissent à chaque fois sans voix ! Merci aussi à l'équipe commerciale qui a fait un travail fabuleux et grâce à qui mes livres sont en vente absolument partout et jusque dans les endroits les plus inattendus.

Un grand merci également à mes amis blogueurs pour leurs contributions, en particulier Carl V. (qui n'hésite pas à se mettre en quatre pour m'apporter son soutien), Cheya, Nancytoes, Zeus et Marina, Bam, Susan Helene, Chris, Mary F., Kailana, les Smart Bitches, Heather Harper, Megan F., et tous ceux qui fréquentent mon blog. Merci aussi à Jeff pour les photos magnifiques !

Merci à mes amies auteures, Jackie Kessler, Diane Gaston, Janet Mullany, Anne Mallory, et toute la bande de Wet Noodle Posse.

Je n'aurais jamais pu me passer du soutien de Holli et Tammy, très présents tout au long du processus créatif, ni de celui de Jana DeLeon – pouvoir pleurer sur son épaule ou crier de joie dans ses oreilles m'a considérablement aidée.

Merci à Christel pour les conseils en italien et en français, et à Beth, Debi, Danita et Jen. Et merci aussi au Brigton Borders qui nous ont accueillies, moi et ma passion pour le mambo, presque chaque jour durant la dernière ligne droite, et à Paperback Outlet pour les deux meilleures sessions de dédicaces jamais organisées !

Enfin, à Steve et à mes trois petits chéris qui ont compris que le travail d'écriture n'était pas facile et m'ont laissé écrire en paix… même quand nous aurions préféré pouvoir passer du bon temps tous ensemble. Je vous aime de tout mon cœur et vous remercie pour votre amour, votre enthousiasme et votre aide pour ficeler l'intrigue.

DU MÊME AUTEUR

TOME 1

LES CHRONIQUES DE GARDELLA

## Chasseurs de Vampires

A chaque génération, un membre de la famille Gardella hérite des lourdes responsabilités familiales : cette fois, c'est Victoria Gardella qui est appelée à devenir chasseuse de vampires. Héritière d'une longue lignée de *Vénatores*, elle doit doit perpétuer cette ancestrale tradition.

Dans les rues du Londres de l'époque victorienne, elle se rèvèle une redoutable adversaire des créature des créatures des tènèbres.

Jusqu'au jour où une passion dévastatrice s'en mêle. Victoria se retrouve écartelée entre son devoir familial et le célibataire le plus en vue de la capitale, le fascinant marquis Philip de Rockley.

En affrontant un puissant vampire, Victoria va devoir chosir entre son devoir et ses sentiments.

**Le premier volet de la série best-seller pour les amateurs de sensations fortes.**

ISBN : 978-2-35288-452-1

## Du même auteur

Tome 2

Les Chroniques de Gardella

# Le Crépuscule des Vampires

Héritière d'une longue lignée de *Vénatores*, les fameux chasseurs de vampires, Victoria Gardella a été désignée pour perpétuer la tradition ancestrale. Cette lourde responsabilité la mène cette fois en Italie.

Dans les rues sombres de la Rome du XIXe siècle, elle doit absolument neutraliser un vampire dont le pouvoir augmente démesurément en absorbant les âmes des morts. Accompagnée de Sébastien, un homme aussi séduisant que peu recommandable, Victoria affronte l'ennemi le plus redoutable que les Gardella aient eu à combattre au cours de l'Histoire.

Et lorsqu'elle découvre qu'elle a été trahie, la chasseuse de vampires doit faire appel à un courage et une détermination sans limites pour tenter de survivre…

**Le deuxième volet de la série best-seller : aucun répit pour les amateurs de sensations fortes…**

ISBN : 978-2-35288-516-0